北京法源寺

BEIJING
FAYUAN TEMPLE

李敖 著

图书在版编目（CIP）数据

北京法源寺 / 李敖著 . -- 北京：东方出版社，2025.2.
ISBN 978-7-5207-4130-9

Ⅰ . I247.5

中国国家版本馆 CIP 数据核字第 2025P4F768 号

北京法源寺
BEIJING FAYUANSI

作　　者：	李　敖
责任编辑：	申　浩
出　　版：	东方出版社
发　　行：	人民东方出版传媒有限公司
地　　址：	北京市东城区朝阳门内大街 166 号
邮　　编：	100010
印　　刷：	天津融正印刷有限公司
版　　次：	2025 年 2 月第 1 版
印　　次：	2025 年 6 月第 3 次印刷
开　　本：	880 毫米 ×1230 毫米　1/32
印　　张：	9.375
字　　数：	270 千字
书　　号：	ISBN 978-7-5207-4130-9
定　　价：	49.80 元

发行电话：（010）85924663　85924644　85924641

版权所有，违者必究

如有印装质量问题，我社负责调换，请拨打电话：(010) 85924602　85924603

大变局时代，读书人的真正出路不在应试做官，而是以行动救世，甚至不惜舍身成仁。

——李　敖

目录 Contents

楔子——神秘的棺材……………………………………………… 001
第一章　悯忠寺…………………………………………………… 006
第二章　寂寞余花………………………………………………… 012
第三章　"休怀粉身念"…………………………………………… 034
第四章　西太后…………………………………………………… 054
第五章　康进士…………………………………………………… 070
第六章　皇帝……………………………………………………… 080
第七章　回向……………………………………………………… 099
第八章　大刀王五………………………………………………… 123
第九章　戊戌政变………………………………………………… 145
第十章　抢救……………………………………………………… 168
第十一章　舍生…………………………………………………… 187
第十二章　从监牢到法场………………………………………… 205

第十三章　他们都死了 …………………………………… 228
第十四章　"明月几时有" ………………………………… 246
第十五章　古刹重逢 ……………………………………… 262
尾声——掘坟 ……………………………………………… 284
我写《北京法源寺》 ……………………………………… 286

楔子——神秘的棺材

天河像一条带子,正南正北地悬在天上。北京的人说:"牛郎在河东,织女在河西,今年七月见一面,再等来年七月七。"

七月七过去了,正南正北的天河改了方向。北京的人又说:"天河掉角了!天河掉角,棉裤棉袄。"这就是说,天快凉了。

接着是七月十五,是鬼节,家家都要"供包袱"。"供包袱"是到纸店买金银箔,叠成小元宝,搭配上一团一团的"烧纸",装在方纸袋里。纸袋是特制的,上面用木刻版印上花样,由活人写上死人的名字,放在家门口,就烧起来了。烧的时候,要额外留出两张"烧纸"单独烧,作为邮费。就这样地,活人就把钞票火汇给死人了。

七月十五伺候过了鬼,八月十五就伺候人了。八月十五中秋节,家家要蒸"团圆饼"。饼有五分厚,有六七层,用的材料包括葡萄、桂圆、瓜子、玫瑰、木樨①、红糖、白糖、青丝、红丝、桃仁、杏仁、面粉,一个蒸笼只蒸一个。过了中秋夜,第二天就切开了,家里有多少人,就切多少块,表示团圆。所以,"团圆饼"人人有份,不吃就表示不团圆。

每一年的中秋,就在北京这样轮回着。时间年复一年地在前进,风俗周而复始地在重演。团圆、团圆、大团圆,多少中国人民在风霜

---

① 即桂花。

里、在烽火下、在骨肉离散中，为这一梦想糅进了辛酸与涕泪。直到团圆化成多少块，像"团圆饼"化成多少块，一切修短随化，终期于尽，除了辛酸、除了涕泪，一切都归于乌有，只除了一具棺材。

* * *

把棺材上漆，是北京人的一件大事，愈好的棺材愈要上漆，甚至年年上漆，没漆的棺材是穷人的。中国人讲究养生送死，送死比养生更考究，北京城的送死比其他城更考究。北京城的送死特色是"杠房"，杠是不同粗细的圆木，交叠起来，由"杠夫"抬起，上面放着棺材。杠的数目有"四十八杠"，有"六十四杠"，愈多愈神气、愈多愈稳。稳得上面可放上满满的一碗水，不论怎么抬杠，保证水不洒出来。不洒的原因是杠夫走路不用膝盖，腿永远是直挺挺的，像僵尸一般。指挥他们的人叫"打香尺的"。"打香尺的"像赶一堆僵尸，不说一句话，只凭敲打一根一尺长、两寸宽的红木尺来发号施令，不论上下快慢、转弯抹角、换人换肩，都以敲打为记。北京城送死的另一特色是"一撮毛"。"一撮毛"是职业性撒纸钱的，他在腰间扎了条白带子，陪同丧家穿孝，以示敬重。出殡时候，每经十字路口或机关庙宇，就由"一撮毛"出面，把几十张碗口大小中有方孔的白色冥钞往天空撒去，撒上天的时候，一定要一条白练式地上去，高达九、十丈，然后像一群白鸽般地飘下来，使路人侧目，然后鼓掌叫好。

这些特色，都表示了北京的人对送死的郑重，活人对死人的事，是含糊不得的。

* * *

　　那是八月十六，中秋过后第一天的子夜，一个健壮的黑衣人谨慎地走向北京西四甘石桥，走进下牌楼的草地，向一根木柱子跑去。他一边跑着，一边自背上解下大麻袋，在月光下，把木柱下的一具死尸装进袋里。他匆匆在四周草地上检查了一下，又随手捡起许多零星东西，一并装进，然后扎紧袋口，背起来跑了。

　　他跑过了一条街，回头看着，见到四边无人，就匆匆转入小巷，在小巷里穿梭前进着。清早三更的时候，他已经成功地脱出北京的内城。

　　北京的内城有九个门，俗称"里九"，外城套在内城南边，有七个门，俗称"外七"。内城外城之间的三个门是中央的正阳门（丽正门）、东边的崇文门（文明门）和西边的宣武门（顺承门）。黑衣人背着麻袋，付了贿赂，脱出了宣武门，就朝左边的胡同里走去。他一转再转，转入一条死胡同。死胡同中有一间空屋，屋前有个小院子，有两个人等着他，地下一口棺材，棺材盖是打开的。两人看他来了，帮忙接过了麻袋，解开麻袋，把死尸装进棺材。黑衣人把麻袋中的零星东西仔细清出来，一并装进棺材里。他掏出腰间的毛巾，为死尸的脸清理着。

　　那张脸已被刀割得血肉模糊，但是轮廓还在，那是一张威武而庄严的脸，在月光下，神情凄楚地呈现在黑衣人面前。死尸全身是赤裸的，全身都被刀割得没有完肤，四肢也全断了——他是被"凌迟"处死的。

　　"凌迟"是中国辽、宋以后死刑的一种，是尽量使人犯临死前痛苦的一种文化，是专门用来对付大逆不道的人犯的。"凌迟"俗称"剐"，是把人犯绑在木柱上，由刽子手以剐刀细细切割，叫"鱼鳞碎剐"。剐刀长八寸，有木柄，柄上刻一鬼头，刀刃锋利无比。中国骂人话说"千刀万剐"，就是描写这种情况的。

黑衣人清理了死尸的脸，凑合了四肢，用一张薄被，盖了上去，棺材上了盖，打下了木钉。黑衣人点上了一炷香，插在上头，跪下磕了三个响头，然后扑到棺材上，大哭起来："老爷啊！你死得好惨！好惨！"他喃喃喊着。多少个小时的紧张与麻木，都随着泪水化解开来。

其他的两个人，忙着在棺材前后穿绳子，穿出两个绳圈，用一根木杠，贯穿过去。这棺材没有"四十八杠"，也没有"六十四杠"，只是两人抬着吊起的单杠。棺材没有上漆，是最廉价的那一种，木质是轻飘飘的。

两个人一前一后，把棺材抬起来。黑衣人擦了眼泪，拿着香，走在前面。清早四更的天气，北京已经很寒了。

* * *

他们快步走着，来到一大片红墙边。红墙上面铺着灰瓦，下面敷着灰泥。他们沿着红墙走着，红墙尽头，便是三座大门。中门最大，两边各有一座石狮。一位和尚站在中间，招呼他们进去。进去右首有一间房，房中摆好两个长板凳，棺材就放在板凳上。

"都准备好了？"黑衣人问。

"都准备好了。"和尚答，"我们立刻开始做佛事。"

"愈快愈好。今天晚上我们来起灵。"

"埋在哪里？"

"埋在广渠门卧佛寺街东边。那边不招眼，不太有人注意。"

"很好，很好。"和尚合十说，"佘先生真是义士！佘先生肯在这样犯忌的时候收尸，真是人间大仁大勇，我们佩服得很。"

"哪里的话，"黑衣人说，"法师们肯秘密做这一次佛事，超度亡魂，才是真正令人佩服的。"黑衣人作了揖，然后说："现在佛事就全委托给法师了，我要出去办点事，准备今晚的起灵。"

"佘先生请便。这边一切，请放心就是。"

黑衣人再作了揖，和另外两人走出了庙门。迈出了门口，两人中的一个问黑衣人："这庙叫什么啊？"

黑衣人回身一指，正门上头有三个大字——"悯忠寺"。

第一章　悯忠寺

7世纪的644年，中国正是唐朝的第二个皇帝唐太宗的天下。他忍了好多好多年，决心亲征东北的高丽①了。高丽那时候，不仅在朝鲜半岛称霸，北边的势力，还延伸到中国东北的辽水流域，这是好大喜功的唐太宗决不能忍耐的。不能忍耐归不能忍耐，他不能不小心，因为三十年前隋朝就为了打高丽，害得国内空虚，引起了革命，唐太宗才趁机灭了隋朝，建了唐朝。如今三十年后，他自己再重新发动这一进攻，是不能不特别小心的。

唐太宗的计划是，用二十万人以下的兵力，快速进攻，速战速决。他把这个计划告诉了一个三十年前曾参加打高丽的老战士，但老战士却说：辽东太远了，补给困难，高丽人很会守城，速战速决恐怕很难。但是，老战士劝阻不了唐太宗，最后一个劝阻他的大臣——魏徵——也死了，没有人劝得住他，他决心打这场仗了。

645年三月，他要出发了，他留守后方的儿子很紧张，哭了好几天。最后，送他行的时候，他指着自己的衣服对儿子说："等到下次看见你，再换这件袍子。"——衣服都不用换季，仗很快就会打胜的。

五月，唐朝的大军打到了辽东城下，辽东是现在中国东北的辽阳城，血战以后，攻下了辽东城。六月，已进军到安市（辽宁盖平县东

---

① 高句丽。后文"高丽"均同此。——编者注

北）。高丽动员了十五万人，双方展开了恶斗，最后高丽打不过，就决定坚壁清野，将几百里内断绝人烟，使唐朝军队无法就地找到补给。就这样地，战争拖下去了。

夏天快到了。唐太宗还穿着原来的袍子，不肯脱下来。七月过去了，八月过去了，储存的粮食快光了，东北的天气也冷了，唐太宗的袍子也破了。新袍子拿来，他拒绝换，他说，将士们的袍子也都破了，我一个人怎么穿新的？最后，只好撤军了，九月在撤退里度过，十月在撤退里度过，十一月才回到幽州，到幽州的时候，所有的马，只剩下五分之一了。

幽州，就是北京。

唐太宗很痛苦，他换掉了旧袍子，可是换不掉旧的创痕。魏徵要是活着就好了，他想。魏徵活着，就会劝他别打这场仗。他派人到魏徵坟上，新立了一座碑。把魏徵的太太、儿子找来，特别慰问他们，表示他对魏徵的怀念。

他在幽州，盖了一座庙，追念为这次征东而死的所有的将士，他们的死亡，是为国尽忠而死，死在家乡以外。他们的死亡是叫人心恻的，他们的身世是可怜的，这座庙的名字，应该表达出这种意思。唐太宗最后决定，这座庙，叫作"悯忠寺"。

寺里面，盖了一座大楼，叫"悯忠阁"，立了许多许多有名的和无名的纪念牌位，阁盖得极高，高得后来有一句谚语："悯忠高阁，去天一握。"表示它离天那么近。

这是中国早期的忠烈祠。

一千年过去了。一千年的风雪与战乱，高高的悯忠阁已经倒塌了，但是悯忠寺还凄凉地存在着。

悯忠寺刚盖时候的北京旧城，早就没有了，原来旧城的范围，也没有古迹可寻，留下的记录，只能追溯到 10 世纪的辽朝。辽朝在北京盖了新城，悯忠寺被新城围住，位置在新城的东方。12 世纪的时候，金朝灭了辽朝，它把北京城重新加大。在辽朝盖的城外面，盖了一个大四倍的城，把它套在里面，这时候的悯忠寺，在金朝的北京城里，位置就偏向东南。13 世纪，元朝又灭了金朝，又重新盖了北京城，这个城，整个地朝北移动了，金朝的城，只有东北角的一小部分并到元朝的新城里。这时候的悯忠寺，被抛在城外的西南角。14 世纪，明朝赶走了元朝，又重建北京城，整个地朝南移，盖了一个方形的城，并入了元朝旧城的三分之二。这时候的悯忠寺，还是在城外面的西南角，不过离城比一百年前近了。到了 16 世纪，大臣告诉明朝第十一个皇帝说，城外面的百姓，比城里面的多了一倍了，不能不保护他们。于是皇帝在 1550 年，叫一个奸臣严嵩主持，在城的南边，加盖了一个外城，东西比内城宽一点，南北比内城短一半。从此以后，这个古城的样子，就确定了。就这样地，四百三十多年下来，直到今天。

1550 年外城盖好的时候，悯忠寺正式重圈到北京城里来。过了九十四年，清朝取代了明朝，原来在辽水流域的满族，统治了中国。又过了八十六年，清朝的第三个皇帝世宗雍正皇帝，在他即位第九年——1731 年的时候，想到了这座忠烈祠，他把它改名叫"法源寺"。四十九年后，清朝的第四个皇帝高宗乾隆也亲来这里，并且亲题了"法海真源"四个字，刻成匾，挂在这庙里。

又一百六十多年过去了，法源寺的附近，已经多了人烟，也多了寺南的义地和荒冢，许多从外地到北京来的人，死在北京，不能归葬的，都——埋在这边了。那时候不流行火葬，人死后连同棺材运回家乡，很不简单。他们生时不能回归故乡，死后埋骨于此，总希望有点家乡味。所以，这些坟地也分区了，江苏人埋在江苏义地，江西人埋在江西义地，河南人埋在河南义地，不能明显分区的，也有许多义地可埋。至于能够归葬的，都先把棺材停在庙上，在庙里的空房，摆上长板凳，棺材就放在上面。有时候这一放就放得很久，甚至没人再过问。有的棺木不好，会生虫子、出恶臭，庙里的人，也只好一再用厚漆漆它，漆不住的，也只好就地处理，沦入荒冢了。

就这样地，北京的寺庙就成为人们生死线上的一个过渡，寺庙的和尚，除了本身的出世修行以外，他们的重要职务，就是代人们生前解决人神问题、死后处理人鬼问题。

法源寺的和尚，也是如此。

不同的是，法源寺在北京的寺庙里，有它特有的悲怆气氛。其他的寺庙，兴建的原因大多比较单纯，像隆福寺、法华寺，只是明朝皇帝应太监的请求，为了弘扬佛法，就盖起来了；像护国寺、普度寺，是元朝丞相托克托[①]、清朝摄政王多尔衮的宅邸，就宅邸一改就完成了。法源寺却完全不一样。它从唐太宗死前四年盖起，目的就是追念为中国而死的先烈与国殇，它的悲怆气氛，从它原始的"悯忠"字样就已表露。北京的寺庙名字，柏林寺、贤良寺、普济寺、广化寺、宝禅寺、妙应寺、广济寺、崇效寺、龙树寺、龙泉寺等等，都没有悲怆的意味，嵩祝寺、瑞应寺、大庆寿寺、延寿寺等等，甚至还洋溢着一片喜气。只有悯忠寺，它一开始，就表露了阴郁与苍茫。它日

---

① 脱脱（1314—1355年），元朝丞相。

后的历史,也一再和这种气氛相伴。在它兴建后四百八十年,一个亡国的皇帝被关到里面,那是北宋的钦宗。他有着可怜的身世,他的父亲徽宗,艺术家的成分远多于皇帝,在位二十五年,把国家搞得一塌糊涂后,丢给了他。他只做了一年皇帝,就亡国了,然后做了三十一年的囚犯。在悯忠寺,他回想故国,在晓钟夕照里,过着痛苦凄凉的岁月。

13世纪,南宋也亡了。一个江西的进士谢枋得,参加抵抗蒙古兵失败,妻子都被俘。他隐姓埋名,在江湖上算命,他不肯用元朝的钱,只肯收米面等实物,给他钱,他就生气,丢在地下。后来被发现了,他逃到福建,藏身武夷山中。元朝统一中国后,为了笼络汉人,到江南访求宋朝的遗士,跟它合作,名单开出三十人,谢枋得在里面,邀功的官吏找到他,强迫他北上。到北京后,他被安置在悯忠寺,他看到寺里的曹娥碑,想到曹娥这个为了找父亲的尸体,十四岁就自杀了的汉朝女孩,感慨:"小女孩都能做到,我不能不如你啊!"遂把自己饿死在悯忠寺里,死的时候,六十四岁。

悯忠寺,就带着这样悲怆的身世,从历史走了下来。在14世纪,当悯忠阁还没倒塌的时候,一个生在元朝第一个皇帝时候、死在元朝最后一个皇帝时候的老人张翥,曾为它留下一首哀婉的律诗,那是:

> 百级危梯溯碧空,
> 凭栏浩浩纳长风。
> 金银宫阙诸天上,
> 锦绣山川一气中。
> 事往前朝人自老,

魂来沧海鬼为雄。

只怜春色城南苑，

寂寞余花落旧红。

在"寂寞余花"的时候，开始了本书的故事。

第二章　寂寞余花

时间是1888年，是清朝第九个皇帝光绪十四年，中国的戊子年旧历正月初二日的上午，一个三十来岁的青年人，一对有神的大眼睛，紧闭着嘴，有点黑，一脸广东人的长相，留着辫子、穿着灰色长袍、外套黑马褂、脚穿御寒的毛窝[①]，漫步走向悯忠寺来。那时候悯忠寺已经改名法源寺，改了一百五十七年了。法源寺在北京宣武门外西砖胡同，远远望去，并排的三座大门，每座都对开两扇，门顶上是厚重的宫殿式建筑，门与门之间是墙，墙头也同样铺上琉璃瓦。这一排山门建筑，第一印象使人觉得厚重，好像凡是看到的，都戴了又厚又重的大帽子，庄严地等你过来。中间的门最大，前面左右各一只石狮子，尤其显得庄严。正门是开着，可是冷清清的，看不到什么人。虽然是正月初二，过年过得最热闹的时候，法源寺这种庙，却不是热闹的地方。北京的群众这时候去的是朝阳门外的东岳庙，这是奉礼道教东岳大帝的庙，庙里有真人大小的地狱七十二司，恶形恶状的，看起来很恐怖，据说还出自元朝塑像名家刘元之手。地狱有的还有活动机关，曾有吓死游客的事，所以停止了，足见这个庙的格调不高。这座老庙每到过年，香火特旺，男男女女，一清早就赶去烧香。庙的后院，有一头铜骡子，有人那么高，铸得很好。传说这骡子很灵，有病

---

① 用芦花或鸡毛做成的保暖鞋。

的人用手摸它身上哪个部位，自己身上哪个部位的病就会好；没病的人摸它身上哪个部位，自己身上哪个部位以后就不生病，要摸还得过年时候摸，过年时候才最灵。于是一到过年，这头铜骡子周围就被挤得水泄不通，被摸得光亮无比，不亦乐乎。它的生殖器，没人公然摸，但也极光亮，据庙里老道说，半夜三更许多人专门来摸它，这大多是生花柳病的人。

铜骡子以外，就是月下老人庙，庙中有一副写得极好的对联，上联"愿天下有情人，都成眷属"，下联"是前生注定事，莫错姻缘"。上下联分别来自《西厢记》和《琵琶记》，妙手天成，使这座小庙大生光彩。来烧香的都是老太太带大姑娘，有的大姑娘知道了是什么神，不好意思，不肯磕头，老太太逼她磕，她气得扭扭走了；有的不知道什么神，糊里糊涂也就磕了，一天下来，香灰满地，到处成堆。

在东岳庙求健康长寿、求婚姻美满以后，发财问题还没解决，于是男男女女，又拥到广安门外财神庙。财神庙有个大香炉，可是人山人海，都来上香，容也容不下，香一上，管香炉的人就立刻把香抽出来，丢在下边大香池里，要想自己的香多烧一会儿，得在旁边拜托管香炉的，管香炉的也没办法，不过如果这香不是自己带来的，而是向这个庙买的，就可以稍加优待。庙里又定做大量的纸元宝，不卖，因为神不能做买卖，不过善男信女如果奉献足够的香钱，神可以奉送一个。就这样地，财神庙的盛会，最后发了财的，是财神自己。

法源寺比起来，就冷清多了。

法源寺的大雄宝殿并不高，走上八级台阶，就是宝殿正门。正门看上去四扇，只是中间两扇能开。正门左右有对联，上面有三扇横窗，横窗上就是"大雄宝殿"横匾。台阶旁边立着旧碑，因为是千年古刹，寺里的这类古迹也很多。有的旧碑下面塑着大龟，这个乌龟台石叫"龟趺"，唐朝以来就流行了。乌龟头略向上抬着，好像背负着历史，不胜负荷。

青年人站在台阶旁边第一块旧碑前面，仔细看着碑文，又蹲下来，看着龟趺，他好像对龟趺比对碑文更感兴趣。龟在中国，是一种命运的象征。中国人自古就烧龟的背，从裂纹里判断命运，在中国人眼中，千年王八万年龟，龟是长寿的动物，它有足够的阅历来告诉人类吉凶福祸，可惜的是，龟不说话，所以只好用火刑逼供。烧出的裂纹，经过解释，有利，皆大欢喜；不利，就不敢动。唐太宗为了抢政权，杀他哥哥和弟弟的时候，左右劝他下决心，不然你哥哥弟弟就要杀你，唐太宗始终犹豫，最后搬出乌龟来问卜，张公谨[①]走上去，抓起乌龟，丢在地上，说卜以决疑，不疑何卜？今天要做这事，已不容怀疑，如果卜的结果不吉，难道就不做不成？于是唐太宗就不问卜了。周朝灭商朝以前，也先问卜，结果竟是不利，大家都害怕了，姜太公把乌龟丢在地下，用脚去踩，说死骨头哪里知道什么吉凶？于是周武王还是出兵了。在中国历史上，除非这种英雄豪杰，没有人敢打破这种传统的信仰。

青年人望着碑下的龟趺，看得出神了，没感觉背后已经站了一位和尚。那和尚好奇地望着这个青年人，像青年人端详龟趺一样地端详着他。最后，青年人站起身来，伸一伸懒腰，绕到龟趺的背后，这时候，他发现了和尚。

和尚不像和尚，倒像一位彪形大汉。他四十多岁，满面红光，两

---

① 张公谨（594—632年），唐代将领，凌烟阁二十四功臣之一。

道浓眉底下,一对精明的眼睛直看着他。和尚脸含着笑,但他的两道浓眉和一对利眼冲去了不少慈祥,他够不上菩萨低眉,但也不是金刚怒目,他是菩萨与金刚的一个化身。和尚的造型使这青年人一震。

和尚直看着青年人,心里也为之一震。这青年人气宇不凡。四十多年来,和尚阅人已多,但像这青年人这样面露奇气的,他还没见过。

青年人向和尚回报了笑容,和尚双手合十,青年人也合十为礼,但两人都没说话。

过了一会儿,青年人把右臂举起,把手抚上石碑,开口了:

"法师认为,是法源寺的名字好呢,还是悯忠寺好?"

和尚对突如其来的问话,没有任何惊异,顺口就答了:

"从对人的意义说,是法源寺好;从对鬼的意义说,是悯忠寺好;从对出家人的意义说,两个都好。"

青年人会心地一笑,法师也笑着。

"我觉得还是悯忠寺好,因为人早晚都要变成鬼。"

"寺庙的用意并不完全为了超度死者,也是为了觉悟生者。"

"但是悯忠寺盖的时候,却是为了超度死者。"

"超度死者的目的,除了为了死者以外,也为了生者。唐太宗当年把阵亡的两千人,都埋在一起,又盖这座悯忠寺以慰亡魂,也未尝不是给生者看。"

"对唐太宗说来,唐太宗杀了他弟弟元吉,又霸占了弟媳妇杨氏。后来,他把弟弟追封为巢刺王,把杨氏封为巢刺王妃。最妙的是,他把他跟弟媳妇奸生的儿子出继给死去的弟弟,而弟弟的五个儿子,却统统被他杀掉。照法师说来,这也是以慰亡魂,给生者看?"

"也不能说不是。"和尚不以为奇,"在中国帝王中,像有唐太宗那么多优点的人很少,唐太宗许多优点都考第一,当然他也有考第一的缺点,他在父子兄弟之间,惭德大多。有些是逼得不做不行,有些却不该做他做了。做过以后,他的优点又来收场。我认为他在事情过后,收场收得意味很深。盖这悯忠寺,就是证明。他肯盖这悯忠寺,在我们出家人看来,是种善因。"

"会不会是一种伪善?"

"判定善的真伪,要从他做出来的看。做出来的是善,我们就与人为善,认为那是善;如果他没做,只是他想去行善、说去行善,就都不算。我认为唐太宗做了,不管是后悔后做了,还是忏悔后做了,还是为了女人寡妇做了,还是为了收揽民心做了,不管是什么理由,他做了。你就很难说他是伪善。只能说他动机复杂、纯度不够而已。"

"我所了解的善,跟法师不一样。谈到一个人的善,要追问到他本来的心迹,要看他心迹是不是为善。存心善,才算善,哪怕是转出恶果,仍旧无损于他的善行;相反地,存心恶,便算恶,尽管转出善果,仍旧不能不说是伪善;进一步说,不但存心恶如此,就便是存心不恶,但并没存心为善,转出善果,也不能说是善行;更进一步说,存心不善不恶,但若有心为善,转出的善果,也是不值得称道的,这就是俗话所说的'有心为善,虽善不赏;无心为恶,虽恶不罚'。上面所说,重点是根本这个人要存心善,善是自然而然自内发出,而不是有心为善。有心为善是有目的的,跟善的本质有冲突,善的本质是没有别的目的的,善本身就是目的。至于无心为善,更不足道,只是碰巧有了善果而已,但比起存心为恶却反转出善果来的,当然也高明很多。天下最荒谬的事莫过于存心为恶,反而转出善果,这个作恶的人,反倒因此受人崇拜歌颂,这太不公道了!所以,唐太宗所作所为,是一种伪善。"

"刚才我说过,判定善的真伪,要从一个人做出来的看,而不是想出来的说出来的看。这个标准,也许不理想,可是它很客观。你口口声声要问一个人本来的心迹,你悬格①太高了,人是多么复杂的动物,他的心迹又多么复杂,人的心迹,不是那么单纯的,也不是非善即恶的,事实上,它是善恶混合的、善恶共处的,有好的、有坏的,有明的、有暗的,有高的、有低的,有为人的、有为我的。而这些好坏明暗高低人我的对立,在一个人心迹里,也不一定是对立状态,而是混成一团状态,连他自己也弄不太清楚。心迹既是这么不可捉摸的抽象标准,你怎么能用这种标准来评定他存心善,还是存心不善不恶,还是存心恶,还是有心为善呢?心迹状态是一团乱麻,是他本人和别人都难分得一清二楚的啊。所以,我的办法是回过头来,以做出来的做标准,来知人论世,来以实践检验真理。我的标准也许比较宽,宽得把你所指的存心善以外的三类——就是存心不善不恶、有心为善,甚至是存心恶的三类都包括进去了,只要这四类都有善行表现出来,不管是有意的无意的好意的恶意的,只要有善行,一律加以肯定。所以我才说,唐太宗肯盖这个悯忠寺,是种善因。"

"法师真是佛心,喜欢与人为善,到了这样从宽录取的程度。"

"宽是宽了一点,但也不是不讲究分寸。像我说唐太宗盖这个悯忠寺,是种善因,并不是做善行,这就是分寸。"

"照法师这么说来,盖了这么个大庙都不算是善行,只算是善因,

---

① 标准、档次。

那么怎么才算是善行?"

"这要看对谁来说。如果某甲有一两黄金,他出九钱盖庙,哪怕只能盖一砖一瓦,这是善行;如果某乙有十万两黄金,他出一千两盖了整个的庙,他的善行,就比起来像善因,很难算是善行。"

"所以唐太宗不算?"

"唐太宗身为皇帝,当然不止是十万两的某乙,他盖愍忠寺,不能算是善行。何况,他有权力根本就不使盖愍忠寺的理由发生,那就是何必出兵打高丽?不打高丽,就不会死人,就无忠可愍,所以,唐太宗如根本不打高丽,那才算是他的善行。"

"照法师这个因人而异的标准,我发现法师悬的格,简直比我还高。唐朝当时受到四边民族的压力,唐太宗不动手打别人,别人大了,就会打他。如今你法师竟用的是人类和平的标准、不杀不伐的佛教标准,来要求一个十九岁起兵、二十四岁灭群雄、二十九岁就君临天下的大人物,法师未免太苛求了。"

"你说的不无道理,我悬格太高了。可是,大人物犯的错,都是大错。唐太宗若不是大人物,我也不会这么苛求了。因为,从历史上看,当时高丽并没有威胁到唐朝,高丽虽然欺负它南边的新罗,但对唐朝,还受唐朝的封,还对唐朝入贡,唐太宗打它没成功,盖愍忠寺回来,第二年高丽还遣使来谢罪,还送了唐太宗两个高丽美人。这些行为,都说明了你说的唐太宗不动手打别人,别人大了,就会有打他的威胁性,至少对高丽来说,是担心得太过分。我认为唐太宗打高丽,主要的原因是他的'天可汗'思想作祟,要君临天下,当然也就谈不到爱和平了。我承认,要求唐太宗那样雄才大略的皇帝不走武力征服别人的路线,那反倒不近人情了。"

"这么说来,法师还是肯定唐太宗了?"

"当然肯定,任何人做出来的善我都肯定,而不以人废善。至于想去行善、说去行善,那只是一念之善,并没有行,那是不算的。善和行善是两回事,善不行,不算是善。"

"法师这样注意行、注意做、注意以实践检验真理,这种思想,跟孟子以至王阳明的,完全不一样。"

"是不一样。孟子认为发善情就是善,所谓'乃若其情,则可以谓善矣';王阳明认为在内心就是善,所谓'至善只是此心纯乎天理之极便是',这些抽象的检定善的标准,我是不承认的。善必须行,藏在心里是不行的。"

"法师这种见解,我听了很奇怪,太不唯心了,佛教是讲唯心的。"青年人露出一点取笑的神气。

和尚好像有一点为难,想了一下,最后说:

"真正的唯心是破除我执,释迦牟尼与何罗逻仙人辩道时说:'若能除我及我执,一切尽舍,是名真解脱。'我执就是主观的心,善如果没行出来,只凭主观的心认为已经是善就善了,这是唯心的魔道,不是唯心的正道。唯心的正道是破除这种凭想凭说就算行了善的魔道。真正的唯心在告诉人什么是唯心的限度,什么是光凭唯心做不到的。比如说吃饭,必须吃,想吃和说吃并不算吃,一定要有吃的行为;善也是这类性质,善要有行为,没有行为的善才真是伪善。"

"法师这一番话,我很佩服。只是最后免不掉有点奇怪,奇怪这些话,不像是一般佛门弟子的口气,不像是出家人的口气。我说这话,是佩服,不是挖苦,请法师别见怪。"

和尚笑起来,又合十为礼,然后伸出右手,向庙门外面指一指:

"现在北京城都在过年,大年初二,外面正在赶热闹,而你这位年轻朋友居然有这么大的定力,不怕寂寞,一个人,到这冷清清的千年老庙来研究古碑龟趺,一看就不是凡品。"

青年人笑了一下。这时候,一阵鞭炮的声音,在附近响起。

"听先生口音,是广东?"

青年人的笑容转成了窘态。他听了太多次的挖苦他们口音的谚语——"天不怕,地不怕,就怕老广讲官话"。何况他到北京来,一比之下,官话更是不行。

"是广东南海。法师呢?"

"先生听不出我口音?"

"我第一次来北方,分不出口音,只觉得法师官话讲得很好。"

"说了先生不信,我也是广东人。"

"也是广东?"

"是广东,广东东莞。"

"那我们太近了。法师的官话讲得没有我们家乡味,为什么讲得这么好?我们讲广东话可好?"

"惭愧,我不大会说广东话,我生在北京,并且一直住在北京。"

"尊大人一直住在北京?"

"我们这一支,一直住在北京,已经两百五十多年了。"

"这么久了?"

和尚点了点头。

"两百五十多年前,广东人就老远到北京来,那一定是在北京做官的。"

"那倒不是,先祖是陪做官的来的,做官的被皇帝杀了,先祖偷了做官的尸首，埋在北京，一直在墓旁陪着到死，从此我们这一支就住在北京，没再回广东。"

"咦，法师说这做官的，被皇帝杀了？……这做官的也是东莞人？"

和尚点点头，露出一种会意和等待的眼神。

"是袁崇焕！袁督师袁崇焕！"

和尚笑了："我说先生一看就不是凡品，果然说得不错。先生这样年轻博学，真叫人佩服。不错，是袁督师袁崇焕。"

"那我知道法师贵姓了，法师可姓佘？人示佘？"

"怪了、怪了，先生不但博学，而且多闻。先生怎么知道我姓佘？"

"我早就听说袁督师冤狱被杀，弃尸西四甘石桥，没人敢收尸，他的仆人佘氏半夜偷了尸首，埋起来后，一直守墓到死，死后也埋在坟边。佘家后来代代守墓不去。今天真是幸会，碰到了老乡亲，又碰到了义人之后。"

"先生说得都不错，现在袁督师的坟还在北京，在外城东边广渠门里广东义园。"

"我去过了。"

"去过了？先生真是有心人。"

"袁督师是我们老广第一个影响中国政治举足轻重的人物，明朝不杀他，满洲人就进不了关，中国整个历史都改写。并且若照袁督师的战略，明朝就不会浪费一半多的兵饷来防御辽东，就不会弄得民穷财尽，引出李自成进北京。袁督师太重要了。"

"袁督师是大人物，叫人崇拜。"

"法师令先祖能够对袁督师守死不去,也叫人崇拜。"

"那是袁督师人格感召的结果。"

"人格感召一般来说,有一个限度,但是令先祖竟冒死偷尸首埋起来,并且照顾在坟旁边,一直到死,这是忠肝义胆。"

"承先生过奖。但有更忠肝义胆的。袁督师下狱以后,忽然出来一个书生,叫程本直,一再为袁督师喊冤呼吁,结果被崇祯皇帝给杀了。他的尸首,后来也由先祖埋起来,就埋在袁督师坟的旁边。……"

"这么一说,我记起来了,这位程先生的墓碑边上有人题了十个字,叫'一对痴心人,两条泼胆汉',是不是?"

"对了,先生真是好记性,这位程先生跟袁督师不但素昧平生,甚至可说还有点不愉快,因为他三次求见袁督师,袁督师都没见他。袁督师被捕以后,他一再替袁督师喊冤,结果被判死刑。他死的时候,说我不是为私情死的,我是为公义死的。先祖是跟袁督师多年的仆人,他为袁督师做的,私情的原因占得很重。但这位程先生做的,却全是争正义、争公道,在皇帝发了大脾气要杀人的时候,他为袁督师仗义执言,他的为人,可真有性格。可惜他只是一个布衣,没地位,也没什么名。由这位程先生的事,可以想到袁督师的伟大,感人至深。我还记得程先生呼冤书里的几句话,他说:'举世皆巧人,而袁公一大痴汉也!惟其痴,故举世最爱者钱,袁公不知爱也;惟其痴,故举世最惜者死,袁公不知惜也。于是乎举世所不敢任之劳怨,袁公直任之而弗辞也;于是乎举世所不得不避之嫌疑,袁公直不避之而独行也。'这就是先生看到的'一对痴心人,两条泼胆汉'的渊源。"

"噢，原来是这样。"

"程本直说袁督师'一大痴汉也'，这五个字用得真妙。"

"法师也认为是？"

"照世俗的标准，当然是。当时明朝已经那样腐败，是非不明、宦竖当道，守东北的大将熊廷弼，刚被冤枉杀掉，传首九边、田产籍没、家属为奴。而袁督师却还来跳这个火坑，他不但不买朝廷里奸臣的账，并且杀了毛文龙，断了奸臣贪污的财路，这样做人，岂不正是傻瓜干法？从袁督师死了以后，我们广东人，再也没有在朝廷里有那样举足轻重的地位了，也没人要做一大痴汉了。

"在近代中国，为国家做大事很难，政治中守旧的势力和小人势力太大了，这两大势力都是明明摆在那儿的，所以想为国家做大事，什么下场也都可以事先看得出来；既事先看得出来，还不怕死、还要做，除了是一大痴汉外，还有谁肯干？凡是肯干的人，都要准备悲剧的收场。"

"没有例外吗？"

"例外？在近代中国历史上可太少了。有的人也打破守旧的势力，做点大事，但他必须安抚好另外一个势力，就是小人的势力。像明朝的张居正，他不安抚小人的势力，他就不要想有作为；但安抚了小人势力，他自己又算什么呢？就算这些是不得已，但最后，张居正做的大事，落得些什么呢？他一死，订的法制给推翻了，家给抄了，大儿子受刑不过自杀了，家里大门被封，人出不来，十几口给饿死了，剩下的充军了，整个的下场是悲剧。"

"听法师谈话，想不到法师对中国历史这么有研究，也想不到研究的结果，是这么悲观。"

"先生过奖了。悲观倒是真的。因为悲观，才做了和尚；做了和尚以后，才知道了多悲观。哈哈。"

谈到这里，一个小和尚走了过来，只有十五六岁，长得眉清目秀，在眉清目秀外，却又有着一股英气，他向和尚合十为礼：

"师父，万寿寺的法海和尚来说，他们寺里要为宫里李总管的母亲做佛事，想请师父走一趟，替他们捧捧场，不知道师父肯不肯赏光？我告诉他我们师父初五没空，我们自己也有佛事要做，走不开。"

"你答得很好。"

"可是他说他要见你。"

"你说我这边有客人，走不开。"

青年人赶忙向和尚摇手："法师，我没有事，我只是随便走走，你请便、你请便。"他把右手侧向前，掌心向上，做了请便的姿势。

"不要紧，"和尚举起右掌，向着青年人，"我不太想见他。"转过头，"普净，你答得很好，就照你那样说下去，把他送走。"

"可是，他说要见师父。"

"普净，你自然有办法。你去吧。"

小和尚面露了慧黠的笑，向青年人也打个招呼，转身走了。和尚望着他的背影，欣赏地笑着。

"我这个小徒弟，父亲母亲全在河南旱灾里饿死了，他八岁就被哥哥带着，千辛万苦逃荒到京师，走到这个庙门口，他哥哥说：'你在这里等我，我去一下就来，你饿了，先吃包袱里的窝头。'他说：'只有一个窝头了，我等你回来一起吃。'他就坐在门口等，等到快天黑，哥哥还不回，他急了，在外面偷偷抹眼泪。被我看到了，问他，他只知道是逃荒来京师的，不知道京师有没有亲戚，打开包袱一查，里面卷了一封信，是他哥哥写的，写给庙上和尚，说实在没能力照顾这个小弟弟了，请求庙上收容这个小孩儿，算做许愿许进来的小和尚。当时我被逼得没办法，只好让他住在庙上。他倒也有宿慧，听话，不打扰人，自动搬桌子扫地，好像并不白吃这碗饭。只是晚上常常偷偷流泪；有时在庙门口张望，等他哥哥回来接他，但他哥哥再也没回来。就这样八年下来，他在庙上自修，书念得很不错，人也聪明伶俐。"

"我刚看他，就是一副聪明相。"

"刚才是万寿寺的和尚来，万寿寺，先生知道吧？就是西直门外那座大庙。"

"我没去过，听说过。"

"那庙可比我们这座小庙神气多了，光后面千佛阁，就有佛像好几千，其他可想而知。刚才说的宫中李总管的母亲做佛事，李总管，先生听说过吧？"

"莫非就是李莲英？"

"就是他。他现在是中国第一红人，皇太后信任他，一切言听计从。他为他母亲做佛事，由万寿寺来办，万寿寺想约北京各庙的和尚来捧场，我们不能参加这种谄媚权贵的事，所以才有刚才的一场。"

"法师的作风很不简单。"

"出家人，按说看破红尘才对，可是北京的许多出家人，也许离京师官场太近了，竟染上了势利眼的毛病，见了大官一副脸，见了小百姓另一副脸。不过出家人势利眼，也由来很久了。"

"这大概是佛教在中国流传，一直得到大官帮忙的缘故。"

"先生说得有道理。记得那个笑话吗？一个穷秀才，在庙里看到老和尚对大官恭恭敬敬、对他不恭敬,就质问老和尚,老和尚说:'你搞错了,我们禅话,恭敬就是不恭敬,不恭敬就是恭敬。'那秀才立刻给老和尚一个嘴巴子,说:'我们秀才,不打就是打,打就是不打。'哈哈。"

"哈哈。"

"说到这里,倒要借问一句,先生你是穷秀才吧?"

"差不多。"

"那我运气很好,到现在还没挨打。"

"法师客气。哈哈。"

"我还没请教贵姓?"

"康有为。《书经》里'康济小民'的康;《礼记》里'养其身以为有为也'的有为。"

和尚点着头:"真是志士豪杰的名字。《孟子》里说:'人有不为也,而后可以有为。'康先生有所不为,而后成为康有为,我要向您道贺,这年头,有所不为的人太少了。"

"在乱世里,做到有所不为,已经不容易。比如说,法师不参加李总管的佛事,就已经不容易。"

"不同康先生客气,的确不容易,不晓得以后要给庙上惹来多少不方便。我这样做,庙里有些人就不赞成。在乱世里,只是消极地做点不同流合污的事,就大不易。至于积极有为一番,就更别提了。何况,站在佛门的立场,有为是无常,所谓'一切有为法,如梦幻泡影,如露亦如电',更显得无可为了。"

"法师引的是《金刚经》?"

"康先生对佛典竟也如此精通,令人佩服。康先生在哪里学来这么多大学问？在京师吗？还是在家乡？康先生的老师是哪一位？"

"我的老师是九江先生——朱次琦朱先生。"

"哦，原来是九江先生的高足。九江先生不是一辈子只肯穿布袍的进士吗？他在山西做官，进出都走路，自己做工，吃得极简单？"

"是啊！"

"那康先生在山西追随九江先生？年纪不对啊？"

"不是，那时候我还没出生。九江先生大我五十一岁，他其实是先父的老师，他同先祖是好朋友，我做九江先生学生是他六十九岁以后的事，到他七十五岁去世，我一直跟他，前后六年。他临死以前，说他写的书，对将来的中国没有什么益处，他竟都给烧了，他的精神太叫人感动了。"

"真太可惜了。"

"他死那年我二十四岁，经史子集倒念了不少。我走的路，也是中国一般知识分子走的老路，就是念古书、应科举。可是九江先生的身教，却给我极大的影响，尤其他死前用火一本一本烧掉他一生的心血，左一本《国朝学案》，右一本《国朝名臣言行录》；左一本《蒙古记》，右一本诗文集……烧得满地都是灰，看得我眼泪都流下来了，劝也劝不住。九江先生立身极为严肃，他临死以前烧他一生著作，态度平静而坚决，他古书念得那么好，科举也考到进士，可是临死前，却用行动表示了这些都不是中国知识分子真正的路，人该尽弃俗学，以行动救世。他这些意思，并没空口要我们学生如何如何，相反地，他说得很少。只在最后临死前来了这段不言之教，等于现身说法。他虽在死前三十多年就离开科举与官场，可是下半生三十年的讲学著书生涯，他竟也在死前加以否定，认为不切实际。他这一烧一死,使我根本上受了大刺激。九江先生死后,我到北京来,开开眼界,也深刻想了想中国的前途,最使我印象深刻的是逛国子监,这是中国养成知识分子的最高学府,我走进大门,走进琉璃坊,看看钟亭鼓亭,又看到蒋衡[①]写的那些石碑,想到他花了十二年的时间,写这八十多万字的十三经石碑,第一流聪明才智消耗在这里,现在对中国有什么用处?中国要救的时候到了,可是这些十三经石碑,救不了中国啊!我买了很多书,经过上海,大量买了江南制造局和外国传教士印的有关现代学问的著作,在家乡南海的西樵山,闭户研究了五年。我不会外国文,只能看这些译本,从译本里融会贯通举一反三。五年下来,自信有点心得,认为救中国,必须走外国路子,变法图强不可。所以,五年以后,这次到京师来,看看有没有机会。这几天正赶上过年,我对碑刻有兴趣,特地到这里来看看旧碑,幸会了法师。法师学问道德虽然只领教了片羽吉光,可是就已令人景仰不已了。"

"哪里哪里,我们出家人,不足以语此。康先生是九江先生大学问家高足,又学贯中西,我们做和尚的,只随便看几本书,哪能受得住你们行家过奖。并且康先生以天下为己任,康济小民,可以有为,更不是我们出家人所能望康先生项背的。"

这时候,远远地小和尚普净又走过来。和尚问他:

"有什么事,普净?"

"总算把万寿寺的和尚请走了。"

"你很能干,普净。"

普净不好意思,笑了一下,看了康有为一眼,点点头,又转向

[①] 蒋衡(1672—1742年),清代著名书法家,手书《乾隆石经》等。

师父:

"等下要开饭了。"

"我知道,你在小饭厅摆一张桌子,今天中午我想请这位康先生赏光,吃个便斋。"

康有为赶忙迈前一步:"法师不要客气。"

"客气的是康先生,快到吃饭的时候了,何必拘泥一顿饭啊,康先生不是俗人,怎么拘起俗礼来了?并不为康先生特别做,我们吃什么,康先生就吃什么。"

"也好、也好。"康有为立刻也就同意了。

"那我就去准备。"普净转身要走,和尚叫住他,"来,普净,我特别为你介绍一下:这位是康先生,是师父所佩服的大学问家,跟师父也是同乡。不过康先生才是真正的广东人,师父这种广东人,已经落伍了。"

小和尚向康有为合十为礼,康有为也一样答礼,康有为说:

"一来就打扰小师父了。"

"哪里会,"小和尚说,"康先生能被我们师父佩服,我们就佩服。我们师父难得邀人吃饭,除非他欣赏这个人。"

"好了,普净。"和尚笑着,"你禅机泄露得太多了,快去准备吧!"

"好,去准备,今天康先生运气好,今天不吃馒头。"

"哈哈。"康有为笑着。"法师这位小师弟反应真快,他知道广东人怕馒头。"

"还有,普净,你多炒两个蛋,跟我们一起吃。"

"好。"小和尚转身走了。

"小朋友什么都知道。提到馒头,我又想起一个他的故事。他到庙上前几天,每天早饭吃一个馒头,他也分到一个,但他只吃一半,每天留下半个。有时候午饭也吃馒头,每人限两个,他就只吃一个,留下一个。后来跟他同住的和尚通知我,说他包袱愈来愈大,怪怪的,我们就委婉地找个机会请他打开包袱,结果一看,都藏的是一个半个的馒头。他逃难逃怕了,又想到他哥哥在外面可能挨饿,所以把他应得的分量,都只吃一半。当时他睁了大眼睛,低头看着馒头,又抬头看着我们,又低头看着馒头,又抬头看着我们,只结结巴巴地说了一句:'等哥哥来的时候,能不能把馒头带走?'我听了,忍不住掉下眼泪。他跟哥哥逃难时候吃过死老鼠、吃过树皮、吃过草根,并且可能吃过人肉。他记得一次哥哥拿回过一块肉,吃起来怪怪的,他问哥哥'是什么肉',哥哥皱眉头想了一下,说:'别管了,快吃吧,吃剩下我吃。'"

"唉,政治黑暗,使中国老百姓这样惨。"

"不过有的是天灾,似乎也不能全怪当政的人。在我们出家人看来,这是在劫难逃。"

"法师慈悲为怀,所以难免开脱了许多当政的人的责任。我在南海西樵山研究经世致用之学,对中国灾荒问题,也小有研究。俗话说'天灾人祸',这四个字相连,的确有道理。天灾的发生,我们以为是天祸,其实里面有人祸。就以水灾而论,水灾发生,是过多的河水无法宣泄,无法宣泄的原因,是许多供大河宣泄的小渠,因为官商勾结被霸占。小渠附近土地肥、灌溉方便,所以官商勾结,把小渠堵住,他们不但不肯掘开渠口,反而把附近加高,这么一来,不该成低地的地方——就是老百姓的地方——反倒变成了低地,水一涨,就成了水灾。所以这种水灾，是人为的，不能赖在天上。这样赖，老天爷也不服气。"

"哦，原来如此。我这住在城里的人，真孤陋寡闻。"

"我还不是一样。我若不发愤搞经世致用之学，光念'四书'、'五经'，也只会念《书经》的'洪水滔天，浩浩怀山襄陵'，或《孟子》的'洪水横流，泛滥于天下'，也只会徒发感慨，只会怨天，不会尤人。但自从我走经世致用的路以后，我看古书，突然眼睛开了，慢慢发掘了真相。我看《宋史·食货志》，看到有'盗湖为田'的记载，说湖的附近被盗为田以后，'两州之民，岁被水旱之灾'，结果'所失民田，动以万计'。我才知道水灾旱灾的人为原因是什么。这时候，我看了邵伯温的《闻见前录》上说的伊水洛水水涨，'居民庐舍皆坏，惟伊水东渠有积薪塞水口，故水不入丞相府第'，才恍然大悟是怎么一回事。"

"康先生看书，真是触类旁通，叫人五体投地。"

"法师过奖了。只不过我受了九江先生生前死前的身教，自己又闭门造车土法修炼五年，不墨守中国读书人的老方法看古书，而有这么点心得而已。"

"以康先生这样的大才，这次到京师来，预备有怎样的一番作为呢？"

"我想来想去，无可奈何之余，发现只有一条路，就是上万言书，直接给皇上，如能说动皇上，根本上来一番大变法，国家才有救，一切问题才得根本解决。"

"历史上上万言书变法成功的，又有几人？我知道的只有宋朝的王安石，最后还是失败了。守旧的势力和小人的势力，是中国政治上的两大特色，越不过这两关，就要准备悲剧的收场。"

"对我说来，要想演悲剧，还为时过早，因为我的万言书还上不上去，法师晓得中国的规矩，没有大官肯代递，你写什么，皇上都看不到的，老百姓是不能直接上书的。老百姓直接上书，搞不好要发到关外做奴隶，乾隆时候就有这种事。"

"那康先生有没有找到大官肯代递呢？"

"找过，找过很多，都不行，大家都尸居余气，多一事不如少一事，大家都要做官，不要做事。"

"所以，冠盖京华，康先生却在大年初二，一个人，孤零零地到古庙里研究起旧碑来了。"

"谈到旧碑，我倒极有兴趣，这次来京师，我买了许多碑本，预备研究点没用的东西，转一转自己的注意力。没用的东西，说不定在什么时候，会有意想不到的作用。像王羲之的《曹娥碑》，竟能使谢枋得在这庙里见到就绝食，最后完成了自我，谁又能想到呢？"

"谈到完成自我，谢枋得自己也早有一死的意思，他在走这条路。他在这庙里看到《曹娥碑》，对他的自杀，只是画龙点睛，那条龙，他自己早已画好了。你康先生也是如此，你画的龙是变法救中国，你在走这条路，你也准备了许多年，只差最后点睛了。点得好，就是飞龙在天；点不好，就是龙归大海。不管是哪一样，你都完成了你自己。"

"法师自己呢？"

"我是出了家的人。"

"出了家对中国前途，总不是不管吧？"

"我很关切。"

"关切并不等于管。"

"关切也是一种管。"

"照法师刚才指教的,善必须行,藏在心里是不行的,照这个标准,法师对中国前途所'行'的,是不是不太够?"

"我只是一个和尚,康先生想叫我如何行呢?我的力量很小,我至多只能自己不扶同为恶、不同流合污、不去万寿寺谄媚权贵,只能洁身自好而已,像——像——像什么呢?"

"像这庙里的丁香。"康有为指着那一片丁香树。

"姑且这么说吧,像这庙里的丁香。"

法源寺的丁香很多,它的丁香,在北京很有名,它在几百年前就从广东传到北京了。在中国,丁香被用作药材,用来温脾胃、止霍乱、去毒肿和口臭。

"丁香洁身自好,也好看、也好闻。但要做中药,得磨成粉煮成汤才有用。若不粉身碎骨,它只是好看好闻而已。"康有为说。

和尚听了,木然地望着康有为,最后点点头,侧过身,伸出了右臂:"请康先生来用饭吧!"

第三章　"休怀粉身念"

进了饭厅，饭刚摆好。饭是高粱米混小米，北京普通人不常吃大米饭，因为太贵。菜只三盘，二大一小，大盘一盘是素烧白菜豆腐、一盘炒蛋，小盘是酱瓜。和尚请康有为入座，坐的是直角的硬木椅，人坐在这种椅子上，除了正襟危坐，不容易有第二种坐法。饭桌是方的，是普通的、不怕烫的红漆桌，简单而干净。正面墙上挂着一幅横幅，上面写着：

　　西汉有臣龚胜卒，
　　闭口不食十四日。
　　我今半日忍饥渴，
　　求死不死更无术。
　　精神时与天往来，
　　不知饮食为何物。
　　若非功行积未成，
　　便是业债偿未毕。
　　……

是谢枋得的绝命诗。把这位不食而死的烈士的遗诗，这样挂在食堂里，倒是一种含意深远的对比。

和尚等康有为看完墙上的横幅后,请康有为用饭:

"刚才有言在先,不为康先生特别准备,我们吃什么,康先生就吃什么,请用饭吧。在世俗标准,绝不好意思拿这样菲薄的菜请客,但康先生不同,所以我也不觉得失礼。"

"法师是真人。"

三个人就吃起来。和尚没吃以前,把蛋分作双份,说:"蛋由康先生和普净合吃,我不吃蛋。刚才康先生看的横幅,是一百年前庙上一位和尚写的,康先生是行家,这字写得怎么样?"

康有为看都没再看一眼,随便答道:"字是写得不错,写了一手好赵字,只可惜用赵孟頫的字体,写谢枋得的绝命诗,未免太不相称了。"

"这……我一时想不起来为什么。"

"他们是同时候的人哪!赵孟頫投降了元朝,谢枋得跟元朝不合作,谢枋得死而有知,发现他的绝命诗竟是赵体字,不是太可笑了吗?"

"啊!康先生说得是。我们浅学,都看不出来,真荒唐、真荒唐。"

康有为笑着,有一点自得的神色。和尚问:

"为什么一百年前这位和尚写了这手赵体字呢?这有什么道理吗?"

"可有道理呢,一百年前正是乾隆时候,乾隆皇帝喜欢赵体字啊!所以流行赵体。再往前,乾隆的祖父父亲康熙皇帝雍正皇帝喜欢董其昌,所以当时又流行董其昌的字。一切都是上行下效,这是中国的特色。这也说明了,中国的许多事情,要办,都得从上面来。"

"像乾隆皇帝喜欢赵孟頫的字,喜欢以外,大概也有政治作用吧?"

"政治作用是很明显的。元朝是蒙古人,在汉人眼里是胡人。赵孟𫖯不但是汉人,而且是宋朝的皇族,元朝统治中国,有这么一个人来捧场,当然是很好的号召。乾隆皇帝是满洲人,在汉人眼里也是胡人,他当然也会援例利用赵孟𫖯,何况他真的喜欢赵孟𫖯的字呢。"

"那么赵孟𫖯是汉奸了?"

"奸不奸的问题要看用哪一种标准,如果用的是汉满蒙藏等各族都是中国人的标准,对中国人自己的种族来说,并无所谓奸。并且,忠奸问题也并不像表面上那么简单、那么黑白立刻分明。在一个人阅历较多一点以后,他有时难免会发现,人间许多对立的问题,如是非、正邪、善恶、好坏等等,并不都是很草率就能断定的。同时对立的情况,往往并不如想象中那样明显,对立的双方,可能有混同的成分、相似的成分,甚至还有完全相反的尴尬场面发生。中国正史中,从宋朝欧阳修主编的《新唐书》开始,有所谓《奸臣传》,后来的正史,像《宋史》《辽史》,纷纷援例,于是忠奸之分,在历史上和观念上,也就愈发显明。正史以外,中国的小说戏剧,对忠奸的判决,影响极大。尤其在戏剧里,为了帮助观众有'忠奸立判'的效果,'红脸'和'粉白脸',也就应运而生。忠肝义胆的自然是勾红脸,如关公;权奸误国的自然是勾粉白脸,如曹操,这种分法利落,固然给了观众不少方便,于施展爱憎之间,少掉了不少麻烦。但是一旦分错了,就对不起人了。试看《宋史·奸臣传》中被戴上奸臣帽子的,有的根本不算奸臣,像赵嗣!而该戴奸臣帽子的,像史弥远,却又逍遥于《奸臣传》之外!由此可见,忠奸问题,并不像书上和民间传说中所说那么简单。例如曹操,不但不是奸臣,并且是大英雄。曹操不是奸臣，还属容易翻案的。像冯道，就复杂得多了。冯道在五代乱世里，他不斤斤于狭义的忠奸观念上，不管是哪朝哪代，不管是谁做皇帝，只要有利于老百姓，他都打交道。宋朝时候，唐质肃问王安石，说冯道'为宰相，使天下易四姓、身事十主，此得为纯臣乎？'。王安石认为当然是纯臣、是呱呱叫的了不起的大臣。王安石以伊尹为例，反驳说：'伊尹五就汤、五就桀，正在安人而已。'贤者伊尹在商汤、夏桀间游走，目的不在对谁忠、对谁奸，而在照料老百姓。王安石认为冯道能委屈自己，'屈身以安人'，这种行为，'如诸佛菩萨行'，简直和佛和菩萨一样伟大呢！例如契丹打进中国，杀人屠城，无恶不作，中国的英雄豪杰，谁也保护不了老百姓，但是冯道却用巧妙的言辞、大臣的雍容，说动了契丹皇帝，放中国人一马。欧阳修写《新五代史》虽然对冯道殊乏好评，但也不得不承认'人皆以谓契丹不夷灭中国之人者，赖道一言之善也'！冯道能够以'一言之善'，从胡人手中，救活了千千万万中国百姓，这比别的救国者对老百姓实惠得多了。冯道这样与胡人合作，骂他是汉奸，通吗？公道吗？"

"用这种标准，谢枋得死得不是没有意义了？"和尚问。

"谢枋得死的意义有他更高的价值标准，这种标准，是人为他信仰而死，这就是意义。至于他信仰的对不对，或值不值得为之一死，那是另一个问题。那种问题，往往时过境迁以后，可能不重要，甚至可能错。例如谢枋得忠于宋朝，但宋朝怎么得天下的，宋朝的天下，得之于欺负孤儿寡妇之手，谢枋得岂有不知道？所以，宋朝的开国之君，十足是篡位的不忠于先朝后周的大臣，不能不说是奸臣。这么说来，忠臣谢枋得，竟是为奸臣所篡夺到的政权而死，这样深究起来，不是死得太没意义了吗？"

"谢枋得自己知道吗?"

"我认为他知道,可是他不再深究下去。"

"为什么?"

"因为宋朝已经经过了十八代皇帝,经过了三百二十年的岁月,谢枋得本人在宋朝亡国十年以后才去死,他对三百二十年的旧账,要算也没法算。"

"没法算就算了?"

"也不是算了,真相是他根本就没想算。"

"为什么?"

"因为他已经养成了习惯。宋朝的三百二十年的天下、三百二十年的忠君教育,已经足以使任何人把这个政权视为当然,时间可以化非法为合法,忠臣是时间造出来的。时间不够,就不行。宋朝以前的五代,五十三年之间,五易国、八易姓、十三易君,短短五十三年中,走马换将如此,国家属于谁家的都不确定,又何来忠臣可言?事实上也没有忠君的必要。原因是那些君的统治朝代,都很短促,时间不够,谁要来忠你?但宋朝就不然了,宋朝时间够。时间够了,就行。"

"你可以把狗关在屋里,但要它对你摇尾巴,时间不够,就不行。"小和尚忽然插上一句。

和尚看小和尚一眼,小和尚低了头。康有为却说:

"小师父的比喻,完全正确。人间的事,如果用低一点的标准去看,的确也不高。很多人的忠心耿耿,其实和狗一样,甚至还不如狗。"

"刚才康先生说'忠臣是时间造出来的',要多少时间才能造出来?"和尚问。

"时间多少是无法硬定的,不过,有在同一时间里就出现'谁都是忠'的肯定现象。忠奸问题一直是困扰中国人的一个老问题。但是,真正会读古书的人,必然发现:中国传统中'忠'的观念,其实有两个不同的方向:就是'相对的忠'与'绝对的忠'。伟大的晏子,在齐庄公被杀时候,不肯死难。他的理由很光明,他说:'君为社稷死,〔我〕则死之;为社稷亡,〔我〕则亡之。若〔君〕为己死〔为〕己亡,非其私昵,谁敢任之!'齐庄公既然是因为偷别人老婆而被本夫所杀,显然不是'为社稷死''为社稷亡',对这种无道之君,国之大臣,是不会为他死难的,但他的'私昵',却可以为他死难。所谓'私昵',不是别的,就是统治者的家臣和走狗。中国'忠'的观念,起源是很好玩的。在古文字中,根本没有'忠'这个字,'忠'字出现在春秋时期,但那时候的'忠',是'委质为臣'式的'忠','质'是雉、是野鸡,野鸡在古人眼中,是一种'守介而死,不失其节'的象征,'委质'就是表示对个人的效忠;'臣'的原始意义是俘虏或奴隶,'委质为臣'就是'私昵'者对主子的效忠。这种'忠',是无条件的,是'绝对的忠'。相对地,晏子所主张的'忠'却是有条件的,是以统治者'忠于民'做相对条件的,以大臣'以道事君'做相对条件的,这种'忠',是'相对的忠'。不幸的是,中国传统思想中,'相对的忠'一系,未能正常地发展下去;而'绝对的忠'一系,却被扛上开花,反常地演变,变得愈来愈不成样子,直演变到三纲五常化的境地,'君'变'君父'、'臣'变'臣子'。于是,'生我之门死我户'的'私昵'之'忠',变成了中国'忠'的观念的主流。就这样地,临难死节的要求,便成了中国传统思想的正宗。不过，这种思想的正宗，是经不得实事求是的。我举隋唐之间改朝换代的两个人物做例子。先以屈突通为例。隋文帝派屈突通到甘肃检查牧政，查到两万匹私马，隋文帝要杀主管马政的公务员一千五百人，屈突通说，为马杀人非仁政，他愿一死以为一千五百人请命，隋文帝听了他的话，不杀人了，还把他升了官。屈突通做官，执法很严，六亲不认，他的弟弟屈突盖也和他一样。当时流行的话说：'宁食三年艾，不见屈突盖；宁食三年葱，不逢屈突通。'可见他的剽悍。唐高祖起兵的时候，屈突通正为隋朝守山西永济。他率部队去救京师长安，被唐高祖部队困住。唐军派他的家童劝他投降，他不肯，把家童杀了；又派他的儿子劝他投降，他也不肯，阵前骂他儿子说：'以前同你是父子，今天是仇人了！'立刻下令用箭射他儿子。后来京师陷落，唐高祖部队派人去心战，屈突通的部队哗变，他下马向东南磕头大哭，说：'我已经尽了全力，还是打败了，我对得起你皇帝了！'遂被部下解送到唐高祖面前。唐高祖说：'何相见晚耶？'劝他投降，屈突通说：'我不能做到人臣该做到的，不能一死，所以被你抓到，实在丢脸。'唐高祖说：'你是忠臣。'立刻派他做唐太宗的参谋总长。天下大定后，唐太宗在凌烟阁画二十四功臣像，屈突通也在内。屈突通被解释作隋朝忠臣，也是唐朝的忠臣，理由是唯其一心，虽跟两君也是忠臣。所以，屈突通死后，魏徵提出屈突通是'今号清白死不变者'，他的忠心可靠，为唐朝上下所钦服。但是，屈突通同时代的另一个例子，又有了讨论的余地，那就是尧君素。尧君素曾是屈突通的部下，屈突通投降后，跑去招降他。大家见了，两人都为之泪下。屈突通说：'我的部队被打垮了，但我加入的是义师，义师所至，天下莫不响应，事势已如此，你还是投降吧！'尧君素说：

'你是国家大臣,你怎么可以这样?你看你骑的马,还是上面赐给你的,你好意思还骑它吗?'屈突通辩白说:'咳,君素,我已尽过全力了!'尧君素说:'我还未尽过啊!我还有力量可尽啊!'于是尧君素死守不降。唐朝部队在城下,抬出他太太来劝降,尧太太说:'隋朝已经亡了,天命属意谁做皇帝也明白了,你干吗跟自己过不去?'尧君素说:'天下事,非妇人所知!'说了就给他太太一箭,把太太射倒——同时两个人,前面屈突通射儿子;后面尧君素射太太,中国的忠臣自己还没尽到忠,却先将家人做了血祭!在历史上,尧君素入了《隋书》,屈突通却进了《唐书》,同时代的人,分别编进了不同时代的历史,为什么呢?为的是尧君素为隋朝力屈而死,他是隋朝的人;屈突通为隋朝力屈而未死,他就不是隋朝的人了。但在情理上,屈突通尽过全力的纪录,却又无碍其为忠臣,这又怎么说通呢?合理的解释是:屈突通在尽过全力以后,他所效忠的对象,已不存在了;而新兴的统治力量,是天意与民意所归的。他所效忠的对象,也并不比新兴的统治力量进步。他再挣扎,也'功未存于社稷,力无救于颠危'。所以,他就在新朝里为国尽忠了。"

"那么,谢枋得的情形到底怎样解释呢?"和尚问。

"我刚才说过,谢枋得死的意义在为信仰殉道。那种信仰,在时过境迁以后,可能不重要,甚至可能错。例如当时在他眼中,蒙古人不是中国人;他的国家观念,也不明确,他认为亡国,事实上亡的是宋朝赵家这一世系,中国好好的,并没有亡。但评论历史人物必须设身处地,以谢枋得当时的见解,他死得并非没有意义,我们尊敬他,是为了他为他的信仰殉道,而不是信仰的内容,因为那种内容,五六百年下来,早已都不成立。宋朝固然是中国人中国史,元朝也是中国人中国史。"

"明朝清朝呢?"

"也一样,像我头上这根辫子,两百四十多年前,满洲人入关,下剃发令,全国要十天内实行,不然就杀,所有汉人——除了你们和尚和女人外,都改汉人的发型,和满人一样了,当时也有人拒绝而被杀的,但两百四十年下来,一切都习惯了,不但习惯了——"康有为停了一下,两眼专看着小和尚,慢慢地补一句,"也会摇尾巴了!"

小和尚笑起来,又低下了头。和尚也笑着。康有为继续说:

"以两百四十年前的汉人见解,当时反对满洲人不能说不对,但是两百四十年以后,若还在用当时的理由,就不妥当了。两百四十年前,外国人没有打到中国人的大门,汉人没见过真正的外国人,自然将满洲人当作外国人,现在知道真正的外国人是什么了,满洲人其实也是中国人。"

"满洲人是皇族,不是和汉人不平等吗?满洲人政权不是腐败吗?"和尚问。

"不平等归不平等,腐败归腐败,那是中国人内部的矛盾问题。内部矛盾问题要在内部解决,但不论怎么看,我认为也不发生满汉的种族理由,在我眼中,满洲人是中国人,满洲人做皇帝是中国皇帝。就如同在冯道眼中,契丹人又何尝不是中国人,契丹人做皇帝又何尝不是中国皇帝,只要对老百姓有好处,谁管皇帝是胡人汉人?"

"所以你要向满洲皇帝胡人皇帝上万言书?"

"是。我上万言书,就表示我对这个政权所作所为不满意,但其中并没有满汉种族问题,两百四十年了,我并不认为还有这种老掉牙的问题。"

"你这样想，你有没有想到，满洲人自己并不这样想？"和尚突然用了这种反问。

"这……这……倒很难说。不过从外表上、形式上，满洲人在一进关就宣布满汉通婚了，做官和行政权汉人也有份。至于骨子里的防范、排挤与特权，倒也很难避免。但我相信像皇上这种高层的满人，会识大体、会认清既然'率土之滨，莫非王臣'，他又何必分满汉？要分也早该是历史了，如今两百四十多年了，不论是汉人，不论是满人，再在这个题目上闹来闹去，可真无理取闹了。"

"这么说来，康先生是拥护清政府了？"

"谁对中国做好事，就拥护谁。满清政府如果对中国做好事，为什么不拥护？现在这个政府已经两百四十多年了，这是一个很厚的基础，一个政府的基础有这么厚，不容易，要在这个厚基础上救中国，才更驾轻就熟。我只希望自己的救国办法能够上达皇帝，只可惜没人能转达。"

"有没有这种人，照佛法说来，是一种因缘。因是'先无其事而从彼生'，缘是'素有其分而从彼起'，只要有构成因缘的条件，我想，康先生不但可以碰到这样代递万言书的人，和他有缘；并且说不定还和当今皇上有缘，而可以像王安石那样地得君行道。"

"未来的事，实在无法逆料，但听了法师的指点，倒给了人不少希望。无论如何，因缘在法师和我之间，倒的确发生了，并且法师和小法师之间，甚至小法师和我之间，都是因缘。"

康有为说着，望着小和尚，小和尚笑着。和尚也望着小和尚笑着，然后指着蛋，小和尚点点头，又吃起来了。和尚又请康有为吃蛋。康有为有点疑惑：

"谢谢,怎么法师自己不吃?"

"康先生晓得,出家人吃全斋,在严格的意义下,蛋也不该吃,我做到了。我自己不吃,可是我却赞成别人吃,所以我让普净他们吃。"

"这跟吃素不违背吗?"

"致斋在心,吃素是一种精神,精神影响了行为,一般人不了解,全弄错了。鱼和肉叫腥,臭菜——葱、蒜、韭菜等等——叫荤,大家以为荤是鱼和肉,所以吃斋只是不吃鱼和肉,而大吃臭菜,这是精神上先没了解吃素的真义;至于有的庙里大做素鸡素鸭,那简直是精神上完全在吃荤,一点也没吃素的本意了。"

"照师父这样说,我想我也最好不吃蛋。"普净说。

"你要吃,你年轻,你需要营养。"

"可是我和师父一样是出家人。"

"你还不能算。十四岁到十九岁只是应法沙弥①,你还不能算是正式和尚。"和尚以开玩笑的语气说。

"那我什么时候算?"

"你不一定要算。"

"为什么?"

"因为你不一定要在庙里长住。"

普净紧张起来,咬住下唇,握紧了左手,把拇指压在食指下面。那是他的一个习惯,一紧张,就要这样。他两眼直望着和尚,轻轻问:

---

① 不久即可参与出家生活的沙弥。

"师父的意思是说,有一天可能不要我了?"

"不是,当然不是。"和尚温和地说,放下筷子,伸手握住普净的左手,"师父只是觉得,做和尚的目的在救世,救世的方法很多,住在庙里,并不一定是好方法,至少不是唯一的方法。"

"师父自己呢?"

"我的情形有点不同。"

"怎么不同?"

"有一天你会明白。我只能说,我是三十岁以后才出家的。三十岁以前,我虽对佛典小有研究,可是并不是和尚。你不知道我三十岁以前的历史,有一天你会知道。"和尚说到这里,有一点凄然,不想再说了。

这时康有为插话进来:

"我以为法师从小就做了和尚,照法师的年纪看来,原来不过才几年的事。"

"也不是几年了,你看我几岁?我四十一了。我已经做了十一年和尚了。"

"十一年?我不晓得师父做和尚才只不过做了十一年。"普净说。

"只是十一年。"和尚淡淡地说。

"一直在这庙里?"康有为问。

"一直在这庙里。这庙跟我祖先一直有渊源,当年先祖半夜里偷把袁督师的尸体装进棺材,从刑场偷运出来,就先运到这庙上。半夜偷偷为袁督师做了佛事,运到了广东义园,秘密埋葬。当时先祖跟庙里的当家和尚有交情,当家和尚也仰慕袁督师的为人,所以很愿意为袁督师做佛事。此后我家世世代代,有任何佛事都在这庙上做。十一年前我出家,自然也就在这庙上。因为这庙在北京不算吃得开的庙,所以和尚不多,流动性也大,我竟能在十一年里熬上了当家和尚。"

"盖这个庙的原因,本来就是追念为东北边疆死难的中国人的。袁督师也是为同一个理由而死,在这庙上做佛事,倒也真正名副其实。"

"康先生注意到的这点,我还没注意到,康先生提醒了我,这也许是当年当家和尚愿做佛事的另一个理由。"

"当时庙上为袁督师立了牌位吗?"

"当时哪里敢,当时袁督师的罪名是通敌,通关外的满洲人,以叛乱罪处死,谁敢同情他?"

"袁督师死在崇祯三年,十四年后,明朝亡了,满洲人进了关,对这位所谓勾结他们的袁督师,采取什么态度?"

"清朝明明知道这是冤狱,这是他们反间计的成功,但不太说得出口,因为一来用这反间计太卑鄙了,二来为袁督师昭雪即等于宣传他是抵抗满洲的英雄,对入关的满洲人,当然不妥,所以对袁督师的殉国真相,一直讳莫如深。袁督师生前有两句诗,'功高明主眷,心苦后人知',功是高了,可是皇帝一点也不明,反而把他当卖国贼给杀了;心是苦了,可是后人又知道多少呢?两百五十年了,一位为国冤死的英雄还不能被公开昭雪,公道何在啊?"

"袁督师的不幸是,他生前死后正好碰上明清两个朝代,明朝说他是清朝的,清朝说他是明朝的,结果明朝又亡了,没法替他公开昭雪;随后又两百多年清朝的天下,未便公开昭雪,才出现这么大的一幅谑画。人生际遇真不可知啊,个人在群体斗争的夹缝中,为群体牺牲了还不说,竟还牺牲得不明不白,死后盖棺都不能公开论定。为什么群体对个人这样残忍？"

"个人只有和群体的大多数一起浮沉，才能免于被残忍对待，个人太优秀了、太特立独行了，就容易遭到群体的迫害，群体是最残忍的，个人比较好，群体比个人不是更好就是更坏，群体比个人极端得多。所以，优秀的个人如果优秀得过分，就得准备付出惨痛的代价给群体，作为'冒犯费'。所以，许多优秀的个人为群体做事，必须事先就得抱有最后还得被群体出卖的危险。我想，当年的袁督师一定多少有这种认识，他的前任熊廷弼刚被冤枉杀掉，他怎能不知道？知道还来跳火坑，自然就表示他已有为群体而牺牲个人的准备。话说到这里，我想到你康先生，你想救中国吗？你想走这条路，你就不得不先做一番准备，群体是健忘的、是非不定的、忘恩负义的、残忍的。愈是伟大的民族，愈有这些特色。所以，有一天，当你遭受了这种待遇，你可能变得爱中国，却不爱中国人。那时候，请你记得我的话，群体就是这样的，你不要奢求，你求仁得仁就好了，一笑而死吧。群体会歌颂你，那也在二百五十年以后，像我们歌颂袁督师一样，谈起我们这位广东老乡袁崇焕，想起他、怀念他、到他坟上凭吊凭吊他，这就是公道自在人心了。"

和尚说完了一席话，康有为点点头，表情有一点凄楚，没再接话。这时候，小和尚开口了：

"师父，您刚才说您当和尚只当了十一年；而您现在四十一，十一年前正好三十岁，三十岁以前您做什么？"

和尚一听，脸上的安详顿时失掉了，两道浓眉紧紧皱起，他一对精明的眼睛从小和尚脸上转向窗外，又转向天空，整个房间忽然变成死寂，没有一点声音。康有为静坐不动，他只感到一股丁香的气息，阵阵从他鼻子里吸进,这一点呼吸的感觉,使他觉得在死寂中有一种生机。他只动眼珠,斜看了一下小和尚,小和尚已低下了头,两眼凝视着空了的饭碗,右手拇食指交互轻摸着碗边,没有任何别的动作。

过了很久,康有为终于轻轻地用两手挪开椅子,欠起身来。"打扰得太久了,师父。"和尚醒过来,望着他。康有为补了一句:"我也该告辞了。"

"还早啊,康先生。"和尚赶忙说着,站了起来,"喝杯茶再走。来,我们到前面客房坐,喝杯茶。来,普净,一起来,等一下再收拾桌子。"

* * *

客房很小,简单的摆设,朝南是一面窗,窗台下摆着张太师椅,太师椅两边夹着茶几。茶几两边转成直角,各有太师椅一张,分别东向西向。北面墙上有书橱,橱上全是佛经。橱中间伸出一张方桌,上面有文具,两边有椅子,看来好像是客房兼做书房。后面墙上最招眼的是一卷条幅,写着魏之琇[①]游悯忠寺诗:

琳宫深邃柏苍苍,
忏佛台因古国殇。
妙法有源逢圣世,
孤忠堪悯惜唐皇。

[①] 清代名医。

老僧戒约温而厉，
游客心情慨以慷。
莫向残碑说安史，
景山鼙鼓更凄凉。

康有为站在这幅字的前面，深深地被诗句吸引住。唐朝太宗盖这悯忠寺后一百年，安禄山、史思明这些将军坐镇北京，曾在悯忠寺盖了两座大塔，后来安禄山、史思明叛乱，几乎将唐朝推翻，幸亏唐朝引用外国兵平乱，安禄山、史思明又一再内讧，才算保住了唐朝江山。但一百多年后，唐朝还是完了，安禄山也早被杀了，史思明也早被杀了，只是他们留下的两座高塔还凄凉地存在。又一百年过去了，又一百年过去了，又一百年过去了，塔终于倒了，也不知什么时候，只留下断垒残碑。诗人来了，向残碑说安史，想到大唐帝国的一世雄风，不论是帝王豪杰，不论是骄兵悍将，都云散烟消了，安禄山、史思明固然尸骨无存，就是盖悯忠寺的唐太宗的陵寝，也早被翻开了。一幅大唐帝国的烟云，在中国各处，都散开着、流失着，但在小小的这座悯忠寺里，却微妙地相聚着、衔接着。悯忠寺太小了，小得没有人注意，但从有心人眼里，从诗人笔下，它象征的竟是那么深远、那么凄凉。诗人从一粒沙里能看到世界、从一朵花里能看到天国，又何况悯忠寺，它有这么多的尘沙与花草。从悯忠寺里，诗人可以看到那万马奔腾，看到那中国先民的经营与破坏、欢笑与眼泪、生命与死亡，和死亡以后金石的追念，乃至金石本身变成残碑断垒。唐代过去了，五代又来；五代过去了，宋代又来；宋代过去了，元代又来；元代过去了，明代又来。明代老了，明代的光芒已经黯淡，进入黑夜，黑夜里，悯忠寺的庙门偷开了，迎进袁崇焕的孤棺；袁崇焕进入孤棺以后十四年，把他杀死在刑场的明朝皇帝，竟也在鼛鼓声里，凄凉地走上景山，吊死在树上。诗人写下了"景山鼛鼓更凄凉"的句子，只有从有心人眼里、从诗人笔下，一切才是若亡而实在。

若亡而实在。看起来好像过去了，其实没有，其实还在那儿。中国的哲学家早就提出"景不徙""影不移"的论证。在一处空间里，不断地有人和活动的留影，留影处处在改换，后影已非前影，前影虽然看不见了，其实仍在原来的地方。任何空间、任何古迹、任何残碑断垒，愈有历史性的遗存，愈有这种层层相因的留影，只有空间、只有古迹、只有残碑断垒，只有它们才一幕幕面对了人世的兴亡。时间在它们面前排队走过，它们是时间的检阅者，是历史的证人，这一真相，诗人感触最深，诗人把他的感触留在纸上，纸挂在墙上，也做了新的留影。从诗人留影到纸，从纸反投这种留影到后人，又是一套完整的轮回。

"这首七律写得真好。"康有为好像刚刚醒来，赞美刚刚做的一个梦，"它把我要说的，都说出来了。"他侧过头来，看到和尚静静地望着他，仿佛对他的心境，有着同样的印证。最后，和尚指着北面的桌子：

"我们备有纸笔，也想请康先生为我们庙上留点纪念。"

"法师一番盛意，我却之不恭，可是答应了又未免大胆。"康有为笑着。

"哪里的话。康先生好古敏求[①]，书法一定不凡，能为我们留点雪

[①] 喜好古学而勉力追求。

泥鸿爪,千百年后,也是悯忠寺的一件特藏……"

"法师说得太远了、太远了。法师这样看得起我,我很感知遇。写字是小技,中国人为它消磨了不少青春,但为了养性和联谊,写字倒也不是坏事。既然法师一定要我写点字留作纪念,我也不怕写不好,恭敬不如从命,好在是留作纪念。"于是,康有为就走到桌边,坐下来,在一张玉版宣纸上,慢慢写下了:

丁香体柔弱,
乱结枝犹垫。
细叶带浮毛,
疏花披素艳。
深栽小斋后,
庶使幽人占。
晚随兰麝中,
休怀粉身念。

最后小字写上:"杜少陵江头五咏丁香。己丑正月,南海康有为。"康有为落笔写下第一行的时候,和尚的脸上就露出惊喜。全部写完了,和尚看了又看,大为欣赏。康有为的字写得太好了,笔情纵姿,气象万千,雄浑之中,又自成家法,风格独具。和尚说:

"一看康先生落笔,就知道康先生在碑上下过大功夫。康先生此生光凭书法,就可以不朽了,又何必搞政治呢?哈哈哈。"

"古人说立德立功立言三不朽,并没说'立书法'可以不朽啊!"康有为笑着说,"就算能从书法上得到不朽,那又算什么本领啊?对国计民生又有什么好处啊？"

和尚点点头："康先生志在救世，真是佛心。但无论如何，字的确是好。康先生博闻强记，随手写出杜甫的丁香诗，来配上我们以丁香出名的悯忠寺，真是太好了！普净你看，康先生写得多好！"

小和尚站在后面，好奇地瞧着，经师父一特别叫出，也就加入了：

"师父，这诗大概的意思是什么？"

和尚说："诗和佛法一样，有许多只能意会，不能言传，中国一句说诗的话叫'诗无达诂'，就是说，诗没有确定的解释，甲可有甲的解释，乙可有乙的解释。康先生，你说是不是？"

"师父说得是。"康有为点着头。

"但是杜甫写这首诗，大概的意思还是可以感觉到的，照我的解释，全诗大意该是：丁香很柔弱，结子又多，叶子和花都漂亮，但是是素色中的美丽，不是艳丽的。把丁香种在房子后面，是为了给有思想的人欣赏。丁香自己呢？它早晚像兰麝一样发出芳香，但却不必想到自己会磨成粉的。整首诗的意思是，一个柔弱美丽的生物，它该知道自己的特质，完成自我，虽然自我的最后完成恐怕是粉身碎骨，也不必多想了！噢，康先生，你看我有没有弄拧这首好诗，我胡乱解释的，可算不太离谱？"

"解释得好，解释得好。我认为这首诗也该这么解释。杜甫写这首诗，意思是积极的，在写一种柔弱的生物，也有坚强的特质。大家以为雄壮的松树岁寒而知后凋，没注意到柔弱的丁香也是有这种坚强的特性。丁香一辈子，生前死后都发出了它的特质，虽然长得一点也不雄壮。所以，大事不全是强者做的，弱者也可以做不小的事，如果结局是粉身碎骨，弱者也许不敢做。但如果'休怀粉身念'，不必多想它，最后弱者做出的功德，也不一定小呢。"

"愈解释愈妙了！"和尚说，"杜甫先生当惊知己于千古——引康先生为知己。"

"引佘法师为知己。"康有为补上一句。

"引我们为知己。"两人不约而同。

大家都笑起来。小和尚看着诗，点着头。

喝过了茶，康有为起身告辞："我南下回乡时候，法师可有什么在家乡要办的，我可以代劳。"

"没有，没有。家乡离我，不论在空间上时间上，都太远了。北京城就是这么一个吸引人的地方，它使你觉得，它就是你的家乡。"

这时候，一位管事的走进来，向和尚说："永庆寺的和尚在外边，说想同我们一齐到万寿寺为李总管的母亲做佛事，怎么回他话？"

和尚苦笑了一下，摇摇头："好，请他等一下，我亲自同他说。"

和尚和小和尚直送康有为到庙门。到了门口，互相道别。康有为走了几步，忽然和尚叫住了他："街那边的谢文节祠去过了吗？"康有为说没有。和尚说："不妨去一下，康先生要想多体会谢枋得殉国的真相，那个地方，也该走一走。"

第四章　西太后

北京城西北角的城门叫西直门，出了西直门，一条河一直向西。顺着河上去，再往前走七里水路，右岸就是大名鼎鼎的万寿寺。

万寿寺建于 16 世纪的 1577 年，那年是明朝第十三个皇帝神宗万历五年。这座庙，是当时明宦官冯保盖的。盖的时候，明朝国库很富，所以先天很足，盖得很气派。中间大延寿殿五楹，两边罗汉殿各九楹。后面的藏经阁很高，左右韦驮达摩殿各三楹。在这座大庙兴建以前一百七十年，明朝的第三个皇帝成祖，由于政治和尚姚广孝帮他篡了侄子的宝座，而当了皇帝，他感谢姚和尚，特叫姚和尚监造铸了一座直径一丈二尺、重量八万七千斤的大铜钟，叫"华严钟"。因为钟上由沈度[①]写了《华严经》八十一卷全文和金刚般若三十二分字，刻了上去，成祖叫六个和尚每天一个字一个字去敲，"字字皆声"。全部敲完，"华严一转，般若一转"。明神宗盖万寿寺，把这座大钟悬为特色，也敲个不停，直到他孙子熹宗时代，才算停止。钟声停了，明朝跟着也就亡了。

清朝起来以后一百年，第四个皇帝高宗乾隆皇帝，在乾隆十六年（1751 年），把这座大钟搬到西直门外的觉生寺，在寺后院为它盖了钟楼。可是，从此以后，这座篡劲十足不安于室的大钟，却篡了觉生

[①] 沈度（1357—1434 年），明代书法家，台阁体书法的代表人物。

寺的名字——北京人都不叫觉生寺了，都叫大钟寺了。

大钟搬走了，万寿寺松了一口气，可以重新布置它的法相，迎接新的统治者了。过去在明朝时候，明朝统治者就来巡视过，在庙上吃饭休息，使它引为殊荣。明朝统治者和宦官盖了它，它的身世，一开始就跟统治者和宦官结下因缘。这样下来，在它三百岁生日的时候，它又跟清朝统治者和宦官搭上了线——统治者是西太后，宦官是李莲英，就是李总管。

从万寿寺前面的河上再转向西北，到了离西直门二十里的地方，就是万寿山。万寿山本来叫瓮山，乾隆皇帝在把大钟搬到觉生寺的同一年，他为了庆祝他母亲六十岁生日，把瓮山改名叫万寿山。山前面有个湖，叫西湖，乾隆皇帝也把它挖大挖深了一倍，改叫昆明湖，这个地方是北京的大水库，北京的水源，一部分就是从这边来的。清朝不但把它作为水库，还把它作为海军的一座训练营，找了许多福建人来演习水操，湖改为昆明湖，意思就是纪念汉武帝讨伐西夷的昆明国的事。那一次，汉武帝想打昆明国，因为昆明国有滇池，需要海战。汉武帝为求逼真，在国都长安西南，仿造了一个昆明池，做军事演习。清朝乾隆皇帝为这个湖取了这个名字，用意是很明显的。

万寿山昆明湖不但是北京的水库和海军训练营，而且是清朝皇家的郊区大花园。这地方山水总称好山园，乾隆皇帝改名叫清漪园。这个清漪园，虽然大到圆周 16.48 里（8.24 公里），可是还不算是排名第一的皇家花园。排名第一的是在它东北圆周二十多里的圆明园。圆明园是世界上第一名的皇家花园，它从清朝一成立，就开始修建，到了乾隆皇帝时代，又全力经营了六十年，天天在修。它不纯粹是中国建筑，里面还有西方传教士几十年的心血，见过西方皇家花园的传教士,说它是"万园之园"。它的风景有一百多处,有东方的、有西方的,有仙境、有佛境,它不只是一座皇宫,而是由长廊走道连接起来的百多座皇宫。据估计,每一座宫殿,不包括里面的装饰,建造费用就值当时四百万法郎。这样比起来,长度只有半公里的法国凡尔赛宫简直不敢看它一眼。

中国的皇帝,喜欢圆明园远超过北京城里的皇宫,每年有三分之二的时间,都住在圆明园里。因此,圆明园实际上,就变成一座金碧辉煌的城,它有五千多军人防守,里面却没有百姓,有百姓也是扮演的。皇帝高兴,一声令下,所有的宫女太监等等都化装起来,扮演成法曹、商人、工人、卖艺的、说书的、小偷等各行各业的人,再有衙门、商店、市场、码头、旅馆、监狱种种地方,各司其业,你来我往,热闹非凡。这是中国式的化装舞会,远从纪元前2世纪便流行在中国皇官里,有时候皇帝也亲自加入,扮演成商人等等,与左右同乐,学做老百姓开心。他们整个是另一个阶级——把老百姓关在十八道金碧辉煌的宫门外面,然后在里面装作老百姓的阶级。

乾隆皇帝以后的清朝,开始衰弱,穷苦的老百姓已有造反的行为。乾隆皇帝的儿子,清朝第五个皇帝仁宗嘉庆皇帝,在他即位第四年,开始调查他父亲当政时代的贪官,其中有一个叫和珅的,家产被查抄后,财富竟等于全中国岁入总额的十倍!嘉庆皇帝面临的困难还算是幸运的——他只碰到内忧,他的儿子宣宗道光皇帝即位,竟在更严重的内忧以外,又首次遭到白种人的外患——鸦片战争败给了英国。自1842年的《南京条约》起,给了洋鬼子领事裁判权、内河航行权、最惠国待遇、关税的控制、租界的范围、通商的港口、大量军费赔偿和香港的领土。这是中国三千年来从来没有过的屈辱和变局。

中国人简直无法适应。拖了十五年，道光皇帝的儿子文宗咸丰皇帝在位的第七年（1857年），终于起了大冲突，英国法国的联军攻陷了广州，俘虏了所谓不战不和不守不死不降不走的颟顸总督叶名琛，然后又联合美、俄两国向北方进军。清朝政府没办法，于第二年，只有进一步地赔款、进一步地丧权辱国、进一步地签订不平等条约——《天津条约》。

《天津条约》签字后的第二年，英国法国派人到北京换约，为了上岸的地点和人数不照中国规定和国际公法，双方发生冲突。英国突然发炮轰击大沽炮台，守军还击，居然打沉了四条英国船，打死了八十九个英国人。于是引起了新的战争。咸丰十年（1860年），英法联军在中国登陆，向北京进军，中国人打不过，三十岁的咸丰皇帝从圆明园里出走，避难到热河去。英法联军进了圆明园，开始大抢特抢，一个英国军官追记这抢劫说，当时大家抢疯了，甚至法国兵把英国已经抢到手里要"留给女皇"的东西，也给抢走了。另一个英国军官追记说，每个人都快乐极了，甚至连门都不开，一律用脚去踢；他们用珍本图书去点烟，枪击了所有的镜子，把维纳斯雕像给装上胡须，当作棒击木偶游戏的脑袋……这些文明人，他们毁掉了搬不走的中国的一切，甚至连他们自己的维纳斯，也要乱棒打杀了。

这就是说，这些文明人，抢还不够，他们还要破坏。最后，英国人居然主张破坏还不够，要烧掉圆明园，以作为中国对外国不文明行为的惩罚。这种决定，当时法国人认为，如果一烧，吓跑了中国政府主持签约的人，反倒不好，所以不肯参加，但英国人坚持要用这种更不文明的方式，来表达他们有海盗传统的文明。英国人派了一师人负责纵火，当时的惨相，据一个英国人追记说，10月18日，圆明园和附近所有的宫殿,都一齐架火烧起来。烧了两天两夜,黑烟仿佛一张幔子,随着大风,蜿蜿蜒蜒,到了北京,黑云压城、日光掩没,看起来,好像"一段长期的日食"。

当时中国的和谈代表,皇帝的弟弟恭亲王,曾经向英国法国说,你们既然是文明大国,这样做,根据的是什么?请告诉我,你们国家和我的国家,争执的是什么?

何人答得出这种问题呢?

"一段长期的日食!"

文明国家的军队烧圆明园,烧出兴致来了,顺便把附近玉泉山的静明园、香山的静宜园等四十四处风景、八十一间铜殿,都给烧了,同时万寿山昆明湖的清漪园,也一齐灰化在火海里了。这次进军北京的战争,英国死了十三个人,伤了十三个人;法国死了七个人,伤了六个人。中国答应赔五十万两银子,法国人同意了,英国人还不肯,他们放火烧圆明园,园中三百多中国人都烧死在里面,为了洋人二十条人命,中国人战死的、烧死的、自杀的,已经不知多出几百倍了。

不幸的报告,终于传到热河,咸丰皇帝吐了血。

咸丰皇帝在圆明园的时候,有四个汉族女人分住四座花园宫殿,叫牡丹春、海棠春、武陵春、杏花春,外加上一个满族女人,住在天地一家春,被称为"五春共度"。这个满族女人,姓叶赫那拉氏,名叫兰儿,为他生下一个儿子,他死的时候,这小孩儿只有六岁,继位做了皇帝,就是清朝第八个皇帝——穆宗同治皇帝。

满族女人刚进皇宫的时候,地位很低。她早年的身世,很费猜疑。官书上记载她是满族人,她的曾祖父、祖父、父亲都做过中级官吏,三代的官场地位都不高。她三岁的时候,父亲就死在安徽。十六岁以前，她一直住在南方，传说她根本就是汉人，籍贯广东，父亲姓周，是一个下级军官，因犯罪被杀，她给转卖到满族人惠徵家里做丫鬟，就这样冒充起满族人来。十六岁后，她和妹妹北上，被当宫女选进皇宫，住在圆明园。因为她在南方住得久，会唱南方的流行歌曲，被皇帝注意到，于是开始晋级。当时皇宫女人的级位是：最高级是皇帝的祖母，就是圣祖母——太皇太后；第二级是皇帝的母亲，就是圣母——皇太后；第三级是皇帝的大太太——皇后；第四级是皇贵妃，是姨太太的头儿；第五级是贵妃，等于二姨太，两个；第六级是妃，等于三姨太，四个；第七级是嫔，等于四姨太，六个；第八级是贵人，等于五姨太，人数不定；第九级是常在，等于六姨太，人数不定；第十级是答应，等于七姨太，人数不定；第十一级是宫女，人数不定。宫女只算是丫鬟，还不够资格做姨太太，要被皇帝看中，有了性行为才能升级做姨太太。清朝的宫女约在两千人以下，在中国朝代里，还算是少的，因为唐朝有过四万人的纪录。专制时代帝王的荒淫，光此一件事，就可想而知。

　　这个会唱南方流行歌曲的满族女人，在圆明园里逐步向上爬，由于她为皇帝生了儿子，立刻身价百倍，她又会讨皇太后的欢心，所以不久，就升为贵妃。大家称她懿贵妃。

　　文宗死前，当政的是三个满族人——远房的亲王怡亲王载垣、郑亲王端华和端华的弟弟肃顺。三人中以肃顺最有眼光、最能干。肃顺是满族中最能认清与汉族合作的先知，他深深知道汉族的人才多，要借重这些人才来治理中国。他特别改正了满族防范汉族的毛病，而与汉族的卓越人士交往。曾国藩没有他，无法大用；左宗棠没有他，也早被人陷害了。其他如郭嵩焘、如王闿运，这些汉族的人才，都是他

欣赏的。他为人豪爽,常请汉族的卓越人士到家里来喝酒。他对满汉的评语是:

"咱们旗人混蛋多,懂得什么?汉人是得罪不得的,他那支笔厉害得很!"

肃顺为了整顿政治的腐败,得罪了不少人。比如他认为满族军人——八旗——不能打仗,要减少俸饷待遇,得罪了不少人;为了整治考试舞弊,严办贪污,也得罪了不少人;他年少气盛、心直口快,又得罪了不少人。这个毛病,使他还得罪了一个女人——那个满族女人。

英法联军逼近,文宗从圆明园出走的时候,走得很仓皇,圆明园的一些妃嫔不能全带走,以致英法联军进入时,她们都跳水自杀了。文宗向热河逃难的第一天,晚饭只吃到烧饼、老米膳、粳米粥。第二天早上,才吃到一点猪肉片,连平常山珍海味吃惯的皇帝都吃不到好东西,别人可想而知,大家只能喝豆浆。但这些困难,一些娇生惯养的妃嫔却管不了那么许多,她们就迁怒于直接负责的头儿——肃顺。在路上,满族女人嫌她坐的车太不舒服了,要肃顺给她换一辆。肃顺骑在马上,不耐烦地说,现在兵荒马乱,是什么时候了,有这一辆就不错了。到了热河,物资缺乏,无法供应这些娇生惯养的妃嫔过北京式的日子,于是肃顺就更不得谅解了。

文宗到了热河后,心情很坏,他把戏子们从北京找来,给他唱戏。除了《四海升平》一出外,他对听戏的兴趣高过对国事的兴趣。他听得很仔细,唱错一个字的四声他都要纠正。有一次纠正一个戏子的字音,戏子说根据旧谱是这样唱,但皇帝说:

"旧谱错了!"

文宗身体不行了,虽然还精明得可以改正一个字的字音,但他不得不开始想道:如果他不行了,后事该怎么办?

清朝的家法,皇帝位子是父亲传儿子,但没规定一定传给老大。当时候选人有他弟弟奕䜣,奕䜣比他行,以致他父亲宣宗始终无法决定。一次他们去打猎,弟弟奕䜣满载而归,可是他却两手空空,他的师傅教他,等下皇上问他为什么这样没用,他就说:

"春天是万物生长的时候,杀生对天地和气有害,所以宁肯空手回来。"

这一说辞,使皇帝觉得他比弟弟稳重,所以决定由他做皇帝,弟弟做恭亲王。如今他若死了,他的儿子只有六岁,恭亲王多少令他不安,所以他在死前一天,在宣布他儿子继承皇位的同时,宣布怡亲王载垣、郑亲王端华和肃顺等八个人为赞襄[①]政务大臣,一齐辅佐他儿子。八个人里面,没有恭亲王。

至于他的太太,根本没有参与政治的份儿。母后不能干政,不但是清朝的家法,也是中国宫廷的传统,中国传统女人亡国有功、治国不行。中国最早的名女人像夏朝的妺喜、商朝的妲己、周朝的褒姒、春秋的西施,都是亡国有余的人物;而汉朝初年,第一个皇帝刘邦的太太吕后,在刘邦死后夺权乱来,更倒尽了人的胃口。所以汉朝第五个皇帝汉武,安排他年幼的小儿子继承他,却将小儿子的母亲杀掉。他的理论是:皇帝小,皇帝的母亲就会专权,女人一专权,就会祸国。咸丰皇帝知道这种事,他也感到儿子的妈妈懿贵妃是个厉害的女人,所以,他为儿子安排辅佐,女人也不能列名。

---

① 辅助,协助。

皇帝死了。六岁的儿子当了皇帝，为了尊敬他，他的母亲不好再做妃子级的人物，所以，她开始升级，和生不出儿子的皇后开始接近，于是，变成了两个皇太后：原来的皇后变成母后皇太后，上徽号称慈安太后；懿贵妃变成圣母皇太后，上徽号称慈禧太后，住在西宫，一般叫西太后。

西太后是个野心勃勃的女人，她认为目前是一个机会，她向慈安太后说，现在丈夫死了，你我都吃不开了，肃顺这些人当起权来，以后我们好日子也没得过了，我们何不联络恭亲王，来一次政变？慈安太后被她说服了，于是她们秘密通知了在北京收拾英法联军走后烂摊子的恭亲王，计划好政变。

政变在文宗棺材运往北京的路上就开始了，载垣、端华都被交给缎带，强迫自杀，那时候，不杀你，叫你自杀，是一种优待、是一种恩赐，叫作"加恩赐令自尽"。中国人不喜欢死的时候身首异处，所以不砍头，而要你自杀是一种恩典。但从速死的效果上看，砍头的痛苦却比较轻。至于肃顺，西太后恨他，要在北京菜市口刑场上公开杀他。那一天肃顺被绑在牛车上，因为大家都为咸丰皇帝穿孝，肃顺也穿着一身白衣，脚穿布鞋，气氛凄凉；但他好汉做到底，他在死前一直大骂，骂西太后的淫毒。他临刑时不肯下跪，刽子手用大铁棍打断了他的腿，才把头砍下来。他死后家也被抄了，家财都进了西太后的私房。他死的罪名之一是不给皇太后应用的物件，这种可笑的罪名，显然在报复她逃难到热河路上的一幕。就这样，为了一个淫毒女人的权力欲和小心眼，整个清朝的祖制都给破坏了，皇帝的遗命给抹杀了，一股有新头脑的改革力量，就在绞环和刀血之中，全部摧毁了。

中国在下降。

满族女人的势力,却在高升。西太后和慈安太后,开始垂帘听政。垂帘是垂下一道黄幔,地点通常是养心殿,两宫太后坐在黄幔后面,黄幔前面坐的是皇帝。进宫后三步,就先跪称"奴才某某,恭请圣安",然后脱帽、磕头,并且说"奴才叩谢天恩",再戴上帽子向前走,在前面的垫子上跪下。按规定,臣子不准同主子平视,要低着头进去、低着头应对、低着头出来,皇宫很大,没有电灯,只有蜡烛。刚一进去,过一阵才看得清。一般习惯是看皇帝下巴以下的地方,这样看,既免掉平视的不敬,也可感觉到主子脸上的表情,所以,严格地说,除非有技巧地偷看,晋见的人实在也看不清主子的模样。

西太后垂帘听政那年只二十七岁,前面有足够的时间供她夺权和挥霍,她没有受过什么教育,只凭一己的机警与毒辣,取得了主政的机会。皇帝是她儿子,并且只有六岁,对她没有妨碍。能妨碍她专政的人,只有两个,一个是慈安太后、一个是恭亲王。在西太后还是贵妃的时候,慈安太后已经是皇后,尽管穆宗即位后,西太后也升级为皇太后级,但她毕竟没做过皇后,在慈安太后面前,总是不对劲。文宗生前,曾给了慈安太后一个密诏,这是一道遗旨,上面说,如果懿贵妃闹得不像话,皇后可以召集大臣,宣布这个密诏,处懿贵妃死刑。文宗死后,西太后对慈安太后极为恭敬,恭敬之中,使人觉得还是有嫡庶正侧的分寸,使慈安太后感到满意。有一次,慈安太后生了大病,病好了,看到西太后胳臂上裹着伤,问她怎么回事,西太后说:

"太后病了,我求神拜佛,发了愿,在臂上割了肉,拌在药里,为太后治了病。"

这种割肉拌在药里的行为，是中国的传统迷信，中国人相信如果一个人病重，他的子女如果割股和药，给病人吃，这种行为就会感动上苍，病就会好。慈安太后听了西太后的说明，非常感动，便对她说：

"真想不到你对我这样好，简直和姐妹一样，先帝真看错了人！"

于是把咸丰皇帝留有密诏的事，透露出来；同时取出密诏，当着西太后的面，把密诏烧了。

这一烧，烧掉了西太后所有的顾忌和礼貌，从此以后，一切局面都变了。

两个太后集体领导的局面，愈来愈倾斜了。西太后愈来愈大权独揽，她的方式是重用宦官。宦官俗称太监，是一种被割掉生殖器的男人，这种人的用处，是在皇宫里打杂。皇宫里事多，但皇帝的妻妾也多，男人在里面办事，会办出毛病，但女人又不如男人能干，于是就有了这种没有生殖器的男人。古代的皇宫真是一种畸形的结合——有成千上万的女性生殖器，有上千上百的没有男性生殖器，却只有皇帝一个人有男性生殖器。

男人被割掉生殖器，又整天伺候在权力中枢，照顾皇帝饮食起居，在皇帝身边看皇帝表情、代皇帝传命，很自然地，一种情况就形成出来：他们得到皇帝信任，他们有权力，他们可以上下其手弄权力，并且这种权力的弄，又以强烈的心理变态做背景，于是，天下大乱，就多了一个乱源。

太监一般都是无知的小人，弄权弄得十分离谱。中国第一个出名的太监赵高，就表演过"指鹿为马"的干政技术，弄亡了秦朝。到了汉朝，太监们更是闹得不像话，到处横行霸道。一个太监有抢夺百姓房子三百八十一幢的纪录，弄到汉朝亡了，军人开部队进宫，一次把太监杀光了两千多个。可是没用，唐朝又来了，唐朝的太监更凶，因为他们不止欺负起官吏百姓了，还欺负到皇帝头上，唐朝皇帝三分之一都是由太监拥立的，最后又弄完了唐朝，照样是军队开进来，大杀特杀，杀红了眼睛，甚至连没有胡子的人也当太监杀掉。到了明朝，太监又卷土重来。明朝第一个皇帝为了怕太监弄权，特别规定不许太监读书识字，结果无知妄作，更是可怕，明朝的太监王振，搜刮的金银竟装满六十间仓库。另一个太监魏忠贤，他的势力遍达内阁六部四方督抚，闹到全国向他拍马屁，马屁特色是给他盖庙——建生祠。祠通常是纪念死掉的伟人的。但马屁专家认为魏忠贤活着的时候就该享有这份荣誉，于是全国大小官员，都纷纷在各地为他建生祠，盖一所要花几十万，要砍多少树、占多少地皮，可是谁也不敢不盖。光在河南开封建生祠，就毁掉了两千间民房。另一方面，称皇帝为万岁，可是称魏忠贤为九千岁，只比皇帝少一千岁。就这样胡闹，闹到明朝最后一个皇帝，他把魏忠贤办了，可是明朝也亡了。

明朝初年为了怕太监弄权，曾在宫门外挂上铁牌，说太监不得干预政事，干预者杀头。可是挂归挂，明朝的太监仍旧闹到了亡国。清朝初年也挂了铁牌，规定得更严，犯法干政不止杀头，要一刀一刀剐死。可是挂归挂，太监还是坐大起来。清朝规定太监不许擅出皇城、不许干涉外事、不许交结外官、不许假名置产……犯了这些禁条都是死罪，可是得宠的太监都没看在眼里。西太后为了争权夺利，就运用太监给她做爪牙。最初她用的是太监安德海。安德海在皇宫里闹个不停，还闹到外面去。西太后垂帘听政第九年（1869年），安德海坐了大船小船，浩浩荡荡到山东去，船上挂着大龙旗，说"奉旨钦差采办龙袍"，船上有他买来的十九岁女孩，有他叔叔、妹妹、侄女，有跟班的、保镖的、做饭的、剃头的、修脚的、说书的，还有个和尚和和尚的厨子。他们在船上，又唱又闹，又雇来歌女表演，和尚也加入作乐。到了山东，上岸换车轿，骡二十二头、马十六匹，还有一头驴，外带大车轿车，又浩浩荡荡前进。当时山东巡抚丁宝桢看不过去了，秘密通知了恭亲王，恭亲王认为该给西太后一点警告，就叫丁宝桢把安德海就地依法杀了。消息传到了正在听戏的西太后耳里，她大为光火，她恨恭亲王，也恨慈安太后，认为是他们的阴谋，她要报复，她又继续培养她羽翼下太监的势力。

又过了十一年（1880年），西太后的势力更稳固了。这年八月，她叫太监李三顺带东西出宫，送给她妹妹。依照宫例太监不准走正门，只能走旁门，可是太监一定要走正门，还不听检查，结果跟守门的发生武打，太监跑回去，加油加酱报告西太后。西太后找来慈安太后，说："我还没死，他们就眼里没有我了，不杀守门的，我就不想活了。"慈安太后害怕，就下令杀守门的，掌管司法的官说这可不行，守门的一来没犯法，二来根据祖制，守门就该这样不通融。慈安太后说，什么叫祖制？等我死了，我岂不也是你祖宗？坚持要杀人。作为司法首长的刑部尚书潘祖荫说，既然交犯人到刑部，就得依法处理，依法处理就是无罪开释，如果太后要杀，太后可以另外自行去杀，不能叫司法官这样违法杀人。慈安没办法，只好告诉了西太后，西太后找来潘祖荫，大哭大闹，捶床大骂，骂潘祖荫没良心。后来同意打折扣，不杀，可是要当庭打守门的，要"廷杖"——在朝廷上公然打屁股。恭亲王说："'廷杖'是明朝的虐政，我们清朝不能学。"西太后说："你事事跟我作对，你是谁啊？"恭亲王说："我是先皇第六个儿子。"西太后说:"我革你的职。"恭亲王说:"革得了职位爵位,可是革不了先皇儿子的身份!"西太后气得要命。最后还是迁就她,再打折扣,把不该处罚的处罚了事。

诸如此类的无法无天,到了同治皇帝十八岁的时候,有了一点转机。同治皇帝十八岁得结婚,结了婚便算成年人,太后垂帘听政就得结束,于是,形式上的政权转移,愈来愈近了。

在皇后的候选人方面,两宫太后各推荐了一个,同治皇帝选中了慈安太后推荐的封为皇后,把西太后推荐的封为慧妃,使西太后心里老大不高兴。结婚后,西太后老是找碴,说怎么可以天天在房里鬼混呀,也要到慧妃那边走走啊。同治皇帝对这样一个令人痛苦的母亲,感到厌倦,于是哪边也不去了,反倒化了装,溜到皇宫外面去扯,最后生了病。皇后跑去照顾他,没想到西太后脱了袜子,潜行到幕后偷听,听到皇帝说:"你暂时忍耐、忍耐吧,我们总有一天要出头的!"

西太后立刻跳出来,抓住皇后的头发,一边拖一边打,并喊着拿棍子来,使同治皇帝在惊吓中死去。两个月后,十八岁的皇后吞下黄金自杀。于是,垂帘听政的局面又回来了,西太后在形式上失去的政权,在两年以后,在亲生的儿子被她逼死以后,又回到她手中来了。

同治皇帝死后,按照规矩,应该找比他晚一辈的人继任新皇帝,但是晚一辈的一出来,西太后又老了一级,她是受不了的,于是,她把她妹妹的孩子,她的外甥,推出来做清朝第九个皇帝,就是德宗光绪皇帝。德宗当皇帝时只有四岁,比起穆宗当皇帝时只有六岁来,起算点更低了,西太后更有时间去大权独揽了。

就这样地，西太后在光绪皇帝即位后第七年毒死了慈安太后，第十一年开革了恭亲王，国家在她大权独揽下愚昧而自私地统治着，一切都在腐蚀着，中国愈来愈下降了。

在西太后联合慈安太后、恭亲王夺权的时候，她二十六岁、慈安太后二十五岁、恭亲王三十岁。三个年轻人，在外患声中承担了内忧，内忧中最麻烦的是各地的民变，在三个年轻人夺权成功以前，民变已经持续了十一年之久，此后又持续了十六年，在民变过程中，浙江从三千万人口，剩得只有一千万了；号称"人间天堂"的浙江杭州，从八十万人剩得只有几万人了；江苏从四千五百万人，剩得只有两千万了。其他各省的荒村、饥民、野火、白骨、人相食，也都经常可见。

虽然内忧外患如此严重，愈来愈严重，满洲女人却逍遥在北京城里，在她二十六岁夺权成功后三十年，把皇家郊区大花园清漪园重修成美轮美奂的颐和园。

颐和园是中国最大的园林胜景，有一百多处古典建筑，包括宫殿、楼阁、亭台、戏院、寺观、佛塔、水榭、长廊、长堤、拱桥、石舫等等，是前后经营八百年的帝王行宫。到西太后手里，她重新整修、扩建，变成了只许她一个人享用的禁苑。最早时候，每年四月初一，她就住到这里，住到十月初十才回北京皇宫；后来她索性长住在这里了。

在颐和园里，这个满族女人穷奢极侈是惊人的。她吃一顿饭，要摆出一百二十八道菜，花费白银一百两，折合成穷苦中国农民的小米，可供一万五千个中国农民吃一顿。换句话说，她一天吃的，就是四万五千个中国农民吃的总和。但是，中国农民还吃不起小米，他们从杂粮到树皮，都得要吃，小米还是高级食品呢！

西太后从北京皇宫出发去颐和园的途中，总要下轿休息一下，休息地点，就是万寿寺。就这样地，万寿寺变成了炙手可热的一座寺，西太后的亲信李莲英等，做起佛事来，就非万寿寺莫属了。

第五章 康进士

当西太后从万寿寺,坐着轿子,又"回避"又"肃静"地西去颐和园的时候,康有为从法源寺走出来,孤零零地,南下广东了。

他这次北京之行是失败的。他来北京的目的是上书皇帝,请求改革政治。在做这上书之前,他在广东南海西樵山,做了五年的准备,在西樵山里,他埋头研究中国古书,也研究所有西方新书的译本,他不会外国文,但他搜罗了所有翻成中文的书,从读书得间[①]里,去了解外国。结论是:中国必须走现代化的路才能有救,要这样走路,首先得说服一个人,就是皇帝——说服西太后是没有希望的,西太后是老顽固——皇帝点了头,一切才好办。于是,他千方百计,决定上书皇帝。这次北京之行,是他上书皇上梦想的实验,但是,他失败了,因为书虽写好,可是上不上去。在中国帝王政治里,老百姓下情上达——直接的上达,是非常困难的事,皇上极少给老百姓这种机会,想上书可以,必须得跟权贵搭线,由权贵代上,但权贵代上就得对上书的内容负责任,谁又愿意没事惹麻烦呢?何况,权贵的线也不是那么好搭的,一个人微望轻的老百姓,又哪来这种线呢?

就这样,康有为沮丧地决定南归,他决定先加强自己的身份、自己的发言权,再卷土重来。那时候,人微望轻的老百姓,使自己有身

---

① 得到机会。

份、有发言权的起点是应考,考秀才、考举人、考进士。考进士是最重要的,他那时只是秀才,他决心考进士,并且著书立说、开堂讲学,培养自己的班底。

这次北京之行虽然失败了,但在康有为心里,有件事情使他聊以自慰,就是他总算跟权贵——皇帝的老师翁同龢搭上一点线。他先上书给翁同龢,其拒绝见他;他又托国子监祭酒盛昱介绍,但是翁同龢认为他的上皇帝书语气太直了、意见也没什么用,还是拒绝代为上达。虽然这样,康有为毕竟给这上了权贵排名榜的大官,留下深刻的印象。碰巧的是,翁同龢是书法家,对古碑颇有研究,康有为对书法和古碑,也有相当的水准。他在北京研究书法和古碑,把这种心得,在南归以后,花了十七天的时间,写成了《广艺舟双楫》,寄给翁同龢。翁同龢惊讶这年轻人有如此功力,留下的印象,从深刻中转有同好之感了。

当然,写这种《广艺舟双楫》,对康有为说来,绝不是他著书立说的主题,他的主题是经世济民的大著作,用这种大著作,给中国导航、给知识分子走向。这种大著作,可分三部:第一部是打破传统学说的《新学伪经考》,告诉知识分子,要敢于摆脱传统的枷锁;第二部是点破孔子真义的《孔子改制考》,告诉知识分子,即使是孔子,也是主张改革现状的,不要怕改革现状;第三部是提出未来远景的《大同书》,告诉知识分子,应先走改革路线以至小康,最后再到大同的境界。

在著书立说以外,他开了一班私塾,收了十几个学生,其中有一个十七岁就中了举人的小神童梁启超,那时十八岁,愿意拜他为师。举人拜非举人为师,看来有点奇怪,但是梁举人是真正佩服这位三十三岁的康非举人的。梁启超本来是把旧中国的东西,念得头头是道的,但是有一天,和一个朋友见了康有为,却发现康有为的学问是海潮音、是狮子吼,他和那朋友又惊又喜、又怨又哀,惊喜的是原来山外有山、海外有海,学问的世界是那么大,并且能碰到康有为这种高人,多么令人庆幸!哀怨的是,他和那朋友一直信仰的那些头头是道,竟是如此地此路不通,过去所花的那么多的气力,其实都走错了方向,虽然这种方向是一般中国知识分子人人都走的,但听了康有为的高谈阔论以后,他们决定跟着康有为走。于是,在康有为南归以后第二年,他的私塾在广州开班了。私塾叫万木草堂,教授的科目,从古典到现代、从宗教到演说、从数学到体育,一应俱全。虽然师徒加在一起,也不过十几个人,可是大家都分工合作,做助教的叫博文科学长、敦品行的叫约礼科学长、带运动的叫干城科学长、管图书仪器的叫书器科监督,师生上下,亲爱精诚,一起生活着、学习着,为那渺茫而伟大的前程,共同投下新的信念、新的憧憬。

就这样,三年过去了。这三年,跟康有为前五年的准备是大不同了。前五年的准备是孤独的,这三年的准备却是团体的。这三年中,他不但更充实了自己,并且印行了《新学伪经考》《孔子改制考》等主题著作,人微望轻的他,已变得比以前有名,并且有了梁启超做他最得力的学生、做他最光芒四射的鼓手。他愈发"吾道不孤"了。

1894年到了,这是中国的甲午年,这一年,中国的外患更复杂了。过去来欺负中国的洋鬼子,还都是金发碧眼的,都是白种人,以英国人、法国人为主。在中国古代国威远播的时候,这些洋鬼子跟中国根本没碰头,中国的国威,也施展不到他们头上,中国国威施展的对象多是黄种人,包括日本、越南等。日本在汉朝,就被中国封为倭奴国王；在元朝，还被中国攻打过，日本在中国眼中，一直是看不上眼的。但在19世纪到来的时候，日本因为肯变法，而变得强大，大到要打中国的主意了。日本人眼睁睁地看到，中国在衰弱，中国在1842年，被英国城下之盟，订了《南京条约》；1858年，被英国、法国城下之盟，订了《天津条约》；1860年，又被英国、法国城下之盟，订了《北京条约》……城下之盟以外，杂七杂八的屈辱性条约，也一订再订。日本认为中国这块肥肉，它也要参加吃一口了。于是，在1894年，因朝鲜问题，同中国打起甲午战争了。

甲午战争是在1894年8月1日正式宣战的，中国打败了。打败以后，大家都骂行政上负责人李鸿章，可是李鸿章却说："此次之辱，我不任咎也！"他说他久历患难，知道世界与国家大势、知道这仗不能打，他早已警告大家不能打，可是人人喊打，说不打不行，不打是汉奸；结果打了，打败了，大家又骂他没打赢，还是汉奸。所以他说，这次打败仗，他是概不负责的。

这次战争，在陆上，中国在朝鲜布防，不过一万五千人，而日本是四万人猛攻；在海上，中国在黄海的军舰，已经六年没添新船，英国人建议必须先买两条快船，可是海军经费给西太后挪用修理颐和园了，快船乃被日本买去，其中一艘变成了"吉野"号，就凭这条船，日本打沉了中国海军的主力。

另一方面，战争时的同仇敌忾心态，在中国方面，也是一绝的。在战争开始时，日本方面，自天皇以下，大家忙着听军情；可是中国方面，却自西太后以下，大家忙着听戏。好像仗是别人打的。这种心态，等而下之起来，也就笑话百出。以海军而论，中国海军分派系，分出北洋系、南洋系、闽南系、粤洋系，各搞各的。甲午战争前，中国举行海军大检阅，粤洋系派来"广甲""广乙""广丙"三条船。不料检阅没完，战争突然爆发，这三条船就被留下，以壮声势。战争下来，"广甲"搁浅、"广乙"打沉、"广丙"投降。战争过后，粤洋系的头子竟写信给日本受降将军，说这三条船都有"广"字头，是属于广东的船，本就和这次战争不相干，请你看在我们广东是局外人的面上，把"广"字头的船还给我们！

甲午战后，有外国人评论，说从某一方面来说，这不是中国跟日本的战争，这是李鸿章跟日本的战争。以李鸿章一个人跟日本三千万人作战，自然胜负分明！

日本在中国人眼中，两千年来都是蕞尔之邦、是小邻居、是小藩属，如今堂堂中国被日本鬼子给打败了，中国人感到的耻辱，远甚于被英国鬼子给打败。在这种耻辱下，中国知识分子们，开始有激烈的反应，其中最特殊的，就是"公车上书"。照中国传统的说法，秀才考上举人后，举人进京去考进士，称为在"公车"，"公车上书"就是举人向皇帝上请愿书，也就是联考前的考生们向统治者上书。这种上书，在中国早有传统可循，那就是后汉太学生向皇帝上书的事，所以，上书虽然有点越位，却并非不合传统。甲午战争后第二年，正好是各省举人到京师考进士的日子，康有为、梁启超也都从广东来了。在中国、日本签订《马关条约》的消息传来后十三天，梁启超首先联合了广东举人一百九十人上书陈时局；两天以后，康有为联合各省举人一千两百人，聚会在松筠庵，上书请变法。在上书的过程里，台湾来的举人更是痛心疾首，因为在《马关条约》中，台湾要割给日本人了。这次上书是由康有为起草，他花了一天两夜的时间，写成一万多字的请愿书，可是，对一个江河日下的政权说来，请愿是无效的。上书须经过都察院这衙门转奏,而都察院却不肯转奏,理由是清朝政府已经批准了《马关条约》,没什么好谈的了。

虽然表面上是没什么好谈的了,但是,清朝政府对这种上千人——尤其是举人——的民意表现与联名活动,却不能无动于衷。举人中最突出的是康有为,因为康有为已不是康举人了,他在上书后第二天,就考中了,他真的成为康进士了。

康有为成为进士前,早已是名动公卿的人物。他在六年前就以上书出名,六年来,他的声名更大了。尤其他的著作《新学伪经考》在头一年被查禁,他在举人中的声名,更是如日中天,朝廷中守旧派对他头痛,更是不在话下。他这次中了进士,并且几乎考了个第一,他的声名,自然更上层楼。在层楼顶上,他第三次上书皇帝,总算给皇帝看到了。虽然看到了,可是要想发生作用,却还有一段距离。

康有为成为康进士后,为了鼓吹,他发起办了一个报——《中外公报》,那时中国人并没有订报这回事,要人看报,得白送才看。于是,他们每天印三千份,拜托并买通报童,每天朝深宅大院去送。可是,当时大家弄不清这份报是怎么一回事,老是疑心有什么阴谋送上门来。所以,即使白送,有人也不敢收。弄得报童也害怕了,觉得这个报,一定不是什么好东西,为了怕连累,最后也拒绝代送了。

在这次办报开始后不久,康有为又发起组织一个救国团体——强学会,出版书刊鼓吹新潮。这个会很引起开明人士的赞助,甚至英国美国的公使都捐送了图书和印刷机。但是,很快地,顽固的阴影笼罩过来了,康有为感到他在北京已难以立足了,他决定到南方去,于是,在强学会被查禁的前夜,他离开了北京。

虽然这一年在北京的活动失败了,但是康有为在得君行道①的长路上,也有了不少进展。其中最重要的一项是,六年前,拒绝见他的皇帝的老师翁同龢,对他有了更好的印象,翁同龢不但不再拒绝,并且还和他见了面。翁同龢记得很清楚:六年前的康有为,就预言过中国会败于日本之手,如今不幸而言中,他深深感到:他未免小看了这个名叫"康有为"的书法专家了。如今康有为是进士了,早期进士翁同龢,倒也颇想见见这位后期的进士,于是,两人的会面,便实现了。

这次会面有一段最影响翁同龢的对话。康有为面对这位相貌忠厚如老农的权贵,做了这样的谈话:

"相国当然深知道光二十年,也就是五十五年前的鸦片战争。鸦片战争起因,出在洋人损人利己,把他们自己不抽不吃的鸦片烟,运到中国来,结果打出了鸦片战争。这个仗中国打败了,打败的真正原因是中国根本落伍,中国的政府、官吏、士大夫、军队、武器、百姓统统落伍。中国那时候没跟世界全面接触,不了解自己落伍,是情有可原;但仗打败了,都还不觉悟,又睡了二十年大觉,闹到了二十年后英法联军火烧圆明园,这就不可原谅了。英法联军以后,一部分人开始觉悟了,像恭亲王等开始的自强运动,但是由于皇太后以下大家守旧,恭亲王他们自己也不够新,所以,三十五年来不彻底的觉悟成绩,跟日本人最后一仗打出了真相。前后一算,二十年加三十五年,一共五十五年,由于我们没有彻底觉醒,由于洋人东洋人走得比我们快,五十五年下来,我们比起来是更退步更落伍了。现在我们回想,

---

① 旧指有才识的人得到开明君主的信任,得以推行自己的政治主张和计划。

如果早在五十五年前，鸦片战争一打败，我们就得到教训，不先浪费第一个二十年，再接下来彻底个三十五年，我们哪会像今天！"

"据康先生看，"翁同龢慢慢地说，"五十五年前鸦片战争后，我们不能觉悟的原因在哪里？"

"依我看，重要原因固然是中国上下都守旧，看不出来中国在世界上的处境，但能看出这种处境的士大夫，自己洁身自好、爱惜羽毛、怕清议指摘、不愿多事、不肯大声疾呼，更是重要的原因。比如说，春秋责备贤者①吧，以林文忠公林则徐为例。林文忠公在五十五年前，是官声最好最有作为的士大夫，也是大丈夫，他被派到广东禁烟，道光皇帝朱批'即朕特派，非伊而谁'，对他信任有加；林文忠公也充满了自信，他自信可以打败洋人。但他为人毕竟高人一等，他一到广东，实地一看，就先知道中国武器不如洋人，光靠自信是不够的。因为中国枪炮都是17世纪的旧货，什么鸟枪、抬炮、子母炮、霸王鞭炮等等，都不是洋人的对手。所以他张罗买外国炮、外国船，还叫人翻译洋人出的书刊，以做知彼的功夫。这些材料，后来他交给魏源编成《海国图志》，主张以夷器制夷。日本人把这书翻译成日文，促进了他们的维新。但以林文忠公当时的地位，以他对中国在世界上处境的了解，他做得显然太不够了。为什么？他也犯了中国士大夫守旧的老毛病——洁身自好、爱惜羽毛、怕清议指摘、不愿多事。林文忠公在道光二十二年九月写给朋友一封信，信里明白指出洋人大炮可以打得比我们远、打得比我们快，这个问题不面对，'即远调百

---

① 《春秋》对贤者高标准严要求。旧时对人提出批评时常用这句话，表示敬重对方之意。

万貔狋,恐只供临敌之一哄'。中国陆军尽管有作战经验,但是那种经验都是面对面打仗的经验,现在洋人从十里八里以外,一炮就打过来,面都见不到,就打败了。所以今天'第一要大炮以用',没有大炮,就是岳飞韩世忠在,也毫无办法。'今此一物置之不讲,真令岳韩束手,奈何奈何'!林文忠公写了这封信,他嘱咐他的朋友不要给别人看,这一嘱咐,就完全说明了一切。——林文忠公自己明明知道中国不行的地方在哪里,可是以他的地位,他却不肯大声疾呼。若说他写信当时正走霉运,不便多说话,但是后来他又做了陕甘总督、云贵总督,他东山再起,竟也不肯大声疾呼,自己洁身自好、爱惜羽毛、怕清议指摘、不愿多事。连林文忠公那么贤达有为的人,都对国家大事采取这样消极的态度,中国的事,又怎么得了呢?"

翁同龢一言不发,静静地听着,显然地,他深深受了这个林则徐例子的感动。林则徐死的那一年(1850年),他才二十岁,那时候他人微望轻。如今他六十五了,已经垂垂老去,过去几十年,为国家效力,自感成绩可疑;今后再为国家效力,也不过只有几年了,他感到年华老去,自己已来日无多,人也有代谢,国家需要新的一代来抢救。在他退休以前,如果运用他的眼力和影响力,为朝廷荐进一些有为的新人,岂不更好?眼前这位康有为,倒不失是一位有为的新人。

过了一会儿,翁同龢慢慢点着头,向这三十八岁的康有为亲切地说:"康先生青年有为,我可以看出来,我想你也知道我这老人家可以看出来,不然你也不会一再想见我了。向朝廷推荐有为的人才,是我的责任、是我分内的事,何况知道有人才而不荐举,是不对的。对于康先生,我自然留意。但康先生知道中国政治局面的复杂,就便以我的地位,要想办成一些事,有许多时候,也不能正面处理,而必须以迂回委婉的手法处理不可。我想，我会尽量在短时间内想想法子，使康先生能够得君行道。能不能成功，我不知道，但有一点可向康先生保证的，就是我绝不再爱惜羽毛。康先生知道我在两宫皇太后垂帘听政的帘前讲过书，是两朝皇上的师傅，有点地位，可是我绝不持盈保泰①，一定找机会大力推荐康先生，即使羽毛被拔掉也无所谓了。"

翁同龢是江苏常熟人，近四十年前，他不但考中了进士，还是进士的第一名——状元，那时康有为还没有出生。四十年来，他个人的地位日渐上升，可是中国的地位却日趋下降，他内心的自责与惭愧，随着年纪的老去，与日俱增。五年前他六十大寿，西太后赐他匾一方、联一副、福寿字各一、三镶玉如意一柄、铜寿佛一尊、绣蟒袍料一件、小卷八个，并即日召见，有"汝忠实"之谕，对他的笼络，备极殊荣。可是，他内心里却自责、惭愧，认为他自己的"忠实"是可疑的。这么多年来，他"忠实"的对象，似乎只是对西太后的私恩而已，而不是对整个国家的公益。其中海军经费给西太后挪用修理颐和园那件事，更使他痛心疾首。那时海军的经费是几千万两银子，可是实际拨给海军的，却不过百分之一。那时管国家财政的，不正是他自己吗？那时不能据理力争也不能以进退力争的，不正是他自己吗？那时确定十五年之内海军不得添置一枪一炮决策的，不也正是他自己吗？……如今仗打败了，他自己的误国之罪，怎么说也有份吧？现在，他老了，他感到在有生之年，必须做一点赎罪的事了，为了这样做，即使得罪了西太后，他也顾不得了。

---

① 旧指在宝贵极盛的时候要小心谨慎，避免灾祸，以保住原来的地位。

第六章　皇帝

　　翁同龢进了宫，把康有为的意见，偷偷告诉了皇帝，请皇帝注意这个三十八岁的青年改革家。这时正是甲午之战的第二年，中国打了败仗、割了台湾、赔了二万万两银子，皇帝在苦闷中。

　　皇帝从四岁登基以来，一直在皇太后威严的眼神下长大，二十多年来，没有一天不感到背后那一对可怕的眼睛。小时候，他坐在皇帝宝座上，可是背后有帘子下垂，皇太后坐在帘子后面"垂帘听政"，若隐若现之间，使朝臣听她的，而不是皇帝的。那时候他年纪小，听谁的，对他都一样。他小得不能做皇帝，大他三十六岁的大姨妈，不，皇太后，主持一切。她人在帘子后面，可是命令一直在御座前面。每次上朝，他被抱上御座，两只靴子底就直直对准大臣的老脸，他们说的话，他全不懂，在无聊中，他只好做一项消遣，他们之中，谁在说话，他便靠住大椅背，把靴子并着对准谁，先使他自己看不见那张说话的老脸，然后靴尖互相抵住，把靴跟偷偷分开，再从靴跟的三角形空隙，去看那张说话的嘴——每一张嘴都不一样，但每一口烂牙都一样。他比较每一张嘴和牙，偷偷地笑。他不敢笑出声来，大姨妈，不，皇太后就坐在身后。年纪小的时候，他常常听到什么"姨指"，后来才知道是皇太后的命令——"懿旨"；又常常听到什么"鱼指"，后来才知道原来是他小皇帝自己的命令——"谕旨"。他慢慢分辨出"懿旨"是真的，而"谕旨"却是假的。这些旨呀旨的，他本来都不懂，而是翁师傅教的。翁师傅在他六岁依制就学时就来上课了。记得上课第一堂就是学写翁师傅的名字——"内阁学士翁同龢"，好难写啊！一个人的名字为什么有那么多的"口"字？他想到上朝时靴子缝间的一张张嘴，他笑起来。可是，翁师傅立刻警告他，做皇帝，要庄严，请皇上不要笑。……

就这样，他在没有笑容的宫廷里长大，整天是别人向他磕头，他再向皇太后磕头。他夹在两极之间，两极之间只有他自己。整天面对的，是一层又一层的人墙与宫墙。人墙都是跪着的，是那么矮；宫墙都是立着的，是那么高。他没有玩伴，要玩自己玩，可是旁边总有"他们"在照拂[1]、在偷看，最后玩的也不是自己，而仿佛在戏台上。在宫中的戏台前面，他陪皇太后听戏，他现在自己玩，被他们看，又和在宫中听戏有什么不同？不同的是，他的观众比刘赶三[2]还要少。

他真喜欢看刘赶三的戏，他记得十九岁结婚那年，皇太后说皇帝成人了，要把政权归还给皇帝，撤掉了背后的帘子，实行"归政"，他像个皇帝了。可是，在陪皇太后听戏的时候，他还是得站在旁边，毕恭毕敬。有一天，刘赶三在唱一出扮皇帝的戏，忽然在台上插科打诨，在同台的戏子笑他是假皇上的时候，他坐在那儿忽然说："你别看我这个假皇上，我还有座位坐呢！"当时因为戏演得大家高兴，刘赶三这一说，居然逗乐了皇太后。皇太后那天特别高兴，在台上台下、大家围着讨她欢喜的时候，她居然含笑，慢慢抬高她的食指，说："那就给我们真皇上端把椅子吧！"从此以后，他才在听戏时有个

---

[1] 照顾、照料。
[2] 刘赶三（1816—1894年），清末京剧丑行演员。

座位。

皇太后是他母亲的姐姐，皇太后自己的小孩儿同治皇帝被皇太后折磨死了，所以把他这外甥找来充皇帝。在他刚出生不久，皇太后就问他母亲："有没有打了什么锁？"他的母亲的回话是："启禀皇太后，没有。奴才们还没有准备，只候皇太后开恩。"所谓的锁，是挂在刚出生小孩儿脖子上的锁片。中国人相信人命无常，为了使小孩子平平安安长大，就用象征性的锁片锁住他，使他不能从来的路上走回去。皇太后从俗送了金的锁片给他，他当然做梦也想不到，这位送锁片的大姨妈，竟是真正锁住他一生的人！

皇太后的亲生儿子同治皇帝死后，按照祖制，应该以晚一辈的做接班人，皇帝无嗣，该从近支晚辈里选立皇太子。可是，皇太后不肯，因为这样一来，她自己又高了一辈，变成太皇太后，再去"垂帘听政"，就不成体统了。因此她不给儿子立嗣，反倒找来外甥充皇帝。当时有御史吴可读以"尸谏"力争，可是也没有用。她的妹夫醇亲王听说自己儿子给派去做皇帝，知道上有威风凛凛的大姨妈，这皇帝可不好做，因此吓昏了，他跪在大姨子面前又磕头又大哭，可是却挽不回这一局面。想到自己的儿子做了皇帝，这是一种殊荣；但一想到从此亲情两断、骨肉生分，将来的父子关系变成了君臣关系，他又感到一种隐痛。登极①大典开始之日，也就是四岁的小儿子永远离家之时。那是一个夜晚，四岁的小男孩被叫醒，给抱进了銮舆大轿，唯一他能见得到的熟面孔，是他的乳母，那还是皇太后特诏允许的。

乳母是富贵人家的特产。按照中国的习惯，生母十月怀胎，生下

---

① 登基。

儿子，体力已衰，真正喂奶的工作，主要要靠更合适的专家来担任，所谓专家，就是乳母。乳母大多来自农家，农家的女人接近自然、身体健康、性格淳厚，挑选乳母的条件是找到刚生小孩两个月的、相貌端正又奶汁稠厚的为上选。选定以后，双方约好，从此乳母不得回自己的家、不许看望自己的小孩儿，她每天要吃一碗不放盐的肘子，以利产奶，日子久了，她不再是女人，而是一条奶牛。很多农家的女人，为了救活自己的家人，甘心出来做乳母。常见的一个现象是，她养肥了别人的小孩儿，而自己的小孩儿，却往往饿死了。一朝富贵人家的小孩儿长大，她自己得以回家探亲的时候，常会发现，她自己的小孩儿早已不在世上多年了。

当四岁的小男孩给抱进了銮舆大轿的时候，乳母后退，钻进了一肩小轿，随在仪仗行列的最后，进了皇宫。她跟小皇帝相依为命，但是，小皇帝比她还好一点点——在大庭广众的朝见中，他的亲人，夹杂在众人之中，还可以偷着看到；但她的亲人呢，却永远长在梦中！

皇宫被叫作紫禁城。中国习惯天帝住的天宫叫紫宫，紫是紫微，就是北极星，北极星位于中天，明亮而有群星环绕，象征着帝王的君临。紫禁城的格局，就是这样建造起来的。太和殿雄踞中央，居高临下；皇帝寝宫乾清宫、皇后寝宫坤宁宫，乾坤定位；东边日精门、西边月华门，日月分列；十二宫院，十二时辰。东西六宫后面的几组宫阁，群星环绕——从天地乾坤到日月星辰，真命天子就这样用宫殿衬托出来了。

紫禁城在白天时候，是琼楼玉宇、琉璃生光；但一到夕阳西下、暮色苍茫之际，一层层恐怖气氛，就袭人而来。那时候，进宫办事的人都走了，寂静的乾清宫里就传出太监们的凄厉呼声："搭闩，下钱粮，灯火小——心——"，随着一个人的余音，各个角落里此起彼落地响起了值班太监的回声。这种呼叫，使整个的紫禁城，从中央开始，随着音波传播出一阵阵鬼气，令人毛骨悚然。

小皇帝刚入宫的时候，只有四岁。但毛骨悚然的感觉，却是不分日夜的。在白天，他看到的总是那威风凛凛的大姨妈，不，"亲爸爸"，她要他叫"亲爸爸"，令他毛骨悚然；在晚上，他看到的却是巍峨宫殿的阴影，服侍他的尸居余气、不男不女的太监，和四处的鬼影幢幢，令他毛骨悚然。他在恐惧中唯一的依靠，只有他的乳母，但是乳母并不准时时在旁边，大多的时间，他还是孤独无靠。直到他六岁的时候，翁同龢师傅来教他读书。他的境界，才开始在知识上有了发展。翁同龢跟他的师生之情是深厚的。从翁同龢那里，他知道了自己、知道了中国，也知道了中国以外还有世界。人间有的，不只是那一座座皇宫，在皇宫以外，还有大地中国、大千世界。

熬到十九岁时候，皇太后形式上归政给皇帝，但他这个皇帝，却是空头的，真正的大权，还操在皇太后手里。皇太后虽然在北京城里不再垂帘，但在北京城外的颐和园中，却有一道天网，罩住了北京城。

皇帝十九岁获得归政以后，他看到的国事，是一个烂摊子。皇太后那时五十五岁，中国在她手下，已经三十年了。三十年前，皇太后夺权成功，乃是因为英法联军杀进北京的外患而来，如今三十年下来，又来了甲午之战新的外患，但是国家在皇太后无知又自私的统治下，更衰弱了。三十年前中国是被洋鬼子欺负，三十年后，竟连东洋鬼子都敢欺负起中国来了。随着国家局势的恶化、随着自己年龄的长大，皇帝决心要翻过这座宫墙，真正做一个像样的皇帝。记得他小时候，在紫禁城里，他奔跑着，奔跑过一层又一层的宫墙，可是，不论他怎么奔跑，也翻不过它们，他知道宫墙外面是他自己的国家——有一天，他自己将去治理的国家。如今他长大了，他真的要去治理了，可是宫墙还挡在那儿，不但有形地挡在那儿，并且无形地延伸到北京城外，伸展到城外高高在上的颐和园。那颐和园，他每个月都要去上五六次，去向皇太后请示与请安。虽然贵为皇上，但他不能直接进入皇太后的宫殿，他得跪在门外，等候传见，还得偷偷和一般大臣一样，送李总管他们红包，才得快一点进去，否则先在门外跪上个半小时，也在意中。这是什么皇帝啊！

偌大的宫廷、满朝的文武，除了老师翁同龢外，他没有可以说贴心话的男人。他被归政以后，外面传说有皇太后的"后党"与皇帝的"帝党"之分，前者诨名"老母班"，后者诨名"小孩儿班"，但是，真正的"帝党"党首、"小孩儿班"班主，却是孤家寡人！他何尝有什么党派与班子，人人都是皇太后的耳目，连他的皇后都不例外，皇后不是那隆裕吗？她正是皇太后的侄女！他的身边简直连说贴心话的女人都没有，除了珍妃，珍妃是他心爱的女人。但是，这一心爱，却适足构成了皇太后用来整皇帝的过门儿。皇太后要时常向皇帝展示她的威权，而展示的方法，却是透过罚珍妃跪、下令李莲英等动手打珍妃耳光，作为对皇帝的警告。有多少次，皇帝到景仁宫、到珍妃的房里，只见珍妃掩面低泣的时候，皇帝就心里有数，知道今天又发生了。这一天，他坐在珍妃床边，轻拍着她的背，他无法说什么话，心疼、怜悯、愤怒、内疚、无奈……所有混杂的情绪一起涌来，淹没了他。

*　*　*

有多少次，他从珍妃住的景仁宫那边回来，带着慰藉，却也带着噩梦。噩梦是夜以继日的，那是一种强迫观念，他白天挥之不去，晚上睡中惊醒。噩梦总是从大姨妈，不，皇太后开始，那是一张威严的、冷峻的、阴森的大脸，无声地向他逼近[①]、逼近，愈近愈大，大得使他连哭都不敢，他两臂伸向左右，十指抓动着，像是去抓住一点奥援、一点温暖，他仿佛左手抓到了一只柔软的手，他感到那是乳母的、乳母的手。但是，那只手在滑落、滑落。最后他再也抓不住了，他失去了乳母；另一方面，在恍惚之中，另一只手在抓他，抓他的右手，那是一只更柔软的手，他感到那是珍妃的、珍妃的手。但是，他自己的右手却那样无力，无力援之以手。最后，珍妃的手在滑落、滑落……蓦然间，眼前的皇太后后退了、转身了，渐渐远去。但是，一些嘈杂的声音，却从远处传来，他好奇地赶过去，可怕的画面展示在那儿：远远地，皇太后左右拥簇着，高高在上，坐在大轿上面，珍妃跪在地上，衣服被撕破，被李莲英抓住头发，在掌掴，一边打，一边以太监的刺耳音调，在数："一、二、三、四、五……"

皇帝冲了上去，他顾不得了，大叫："住手！住手！"他抓住了李莲英的肩膀，伸手就是一记耳光。李莲英挣脱了他，弯腰扑向皇太后，跪下去，大喊：

"奴才为了老佛爷！奴才为了老佛爷！被皇上这样下手打！"他一手捂着脸，假哭着。"这差使奴才干不了了哇！干不了了哇！"他

[①]　向前接近。

连磕了五个响头。"请老佛爷开恩哪！放奴才回老家吧！留奴才一条狗命吧！……"

霍然间，皇太后暴怒了。

"皇上的胆子可真不小哪！连我的人都敢打嘴巴子了！打狗还得看看主人面子吧？你眼里没有李莲英，还有我这老太婆吗？……"

"亲爸爸！亲爸爸！"皇上立刻跪了下去，"儿臣不敢。"

"好吧，"皇太后冷冷地说，"我们惹不起还躲不起，看这样，我们就躲在颐和园，不敢到你们皇宫里来了。不过，我告诉你——"皇太后两眼一睁，威严四射，"咱们可是'骑驴看唱本——走着瞧'！别以为你做了皇上，就可以讨了小老婆忘了娘。有人能让你当上皇帝，有人就能把你给拉下来，当什么样的皇帝，你就看着办吧！"……

"你就看着办吧！""你就看着办吧！"……皇太后那张威严的、冷峻的、阴森的大脸，又重新逼近了他，可是这回不是无声的，他的左手没有乳母、右手没有珍妃。他左顾右盼，可是，乳母失踪了、珍妃也倒下了。……他蓦然惊醒，坐了起来，满头大汗。屋里的烛光在闪动着，只有一支烛光，燃烧自己，在阴森之中，带给人间一点可怜的光明。

* * *

皇帝再也睡不着了，他看看洋人送给天朝的时钟，时钟正是 2 点钟。"也该起来了，"他喃喃自语，"今天还要上朝呢！多少官员，已经在路上了。"

祖宗的传统是"一年之计在于春""一日之计在于寅"。"寅"是清早三点到五点，但这三点到五点，是办事办公时间，不是起床上班时间，起床上班，还得更早。通常凌晨一点，住在南城外头的汉人官员，就从家里动身了。汉人官员除非皇帝特赏住宅，是不许住内城的，虽然光绪皇帝放松了祖宗的规矩，可是，官员住在内城的，还是有限。满朝文武，都经过三个门，进入皇宫，王公贵戚走神武门；内务府人员走西华门；其余满汉官员走东华门。走这三个门，还有规矩，规矩本来是禁严的、本来是要搜查的，但是官员太多，搜不胜搜、查不胜查，日久玩生①，干脆免了。但有一个规矩没免，那就是官员进城，守门的卫兵必须喊门，喊门就是喊"哦！"一声，表示我知道你来了。这一声"哦！"也因官大小而异。大官来，"哦！"的声音长；小官来，"哦"的声音短。有时候，卫兵爱困，干脆在地上铺上席子，在门洞内、躺在被窝里头喊"哦！"了。为什么可以这样？因为天色太黑、烛光太暗、门洞又长。所以纵使天低皇帝近，照样腐化胡来。上朝的人，在"哦！"声中，打着小灯笼，一个个鱼贯前进，从三个门前进到宫里去。当然，年高德劭的大臣还是不同的，有时候，皇帝看他们走得太辛苦，特赐紫禁城内乘二人肩舆，叫作"穿朝轿"；或乘马，叫作"穿朝马"，但这种优待，也只是到隆宗门前为止。翁同龢是皇上老师，也是年高德劭的大臣，也不能例外，这天，他在隆宗门前下了轿，满怀心事地走进养心殿。

* * *

---

①　日子长久了，种种弊病便相继发生。玩，忽视。

北京城从外城朝里走，有三座大门，中间的是正阳门、左边的是宣武门、右边的是崇文门。进正阳门直往里走，就是皇城的正门——天安门。由天安门再直往里走，就是午门，午门是一座成三边包抄形状的大建筑，正面是一座大楼，两边是四座角楼。它的前面，空间很大，可容纳两万人。明朝清朝的国家大典，常在这块地方举行。当然这块地也别有他用。例如明朝的"廷杖"，皇帝发威，当场打大臣屁股，就在午门；又如清朝的"申饬①"，皇帝发威，叫宦官做代表把大臣臭骂，也在午门。还有大臣们向皇上谢恩，一群人满地下跪，也在午门。

进了午门一直走，是太和门。太和门是太和殿的正门，进了这门，皇城内最伟大的建筑出现了，就是外朝的正殿——太和殿。殿前面围着三层龙墀丹陛，第一层二十一级，第二层、第三层各九级，每层都围有白石雕成的云龙栏杆，曲折而上，再上面就是金碧辉煌的中国最大的木构大殿。殿基高二丈（约六米）、殿高十一丈（约三十三米），是用八十四根楠木大柱做骨架造成的。

太和殿因为是外朝的正殿，所以国家大典及元旦、冬至、万寿等节日，都在这里隆重举行，这个殿，俗称金銮宝殿。它和后面的中和殿、保和殿，形成了三大殿，是外朝的政治中心。再往前走，就是乾清门。紫禁城的外朝与内廷之分就在这道门上。进了这门，就是内廷了。进乾清门往前直走，就是乾清宫，这是皇帝的寝宫。但是，皇帝日常真正的活动中心却不在这里，而在乾清宫前右侧的养心殿。养心殿是皇帝日常办公的所在，召见臣属、举行宴飨，都在这里。这个殿

---

① 斥责。

在皇帝的小套房，在偌大阴寒的紫禁城里面，是比较温暖的所在。养心殿取自《孟子》"养心莫善于寡欲"的典故，但是，"寡欲"固然太难，"养心"自也不易，这处神经中枢，其实倒是最扰人的地方。

这天，皇帝在养心殿里单独召见了翁同龢。

* * *

翁同龢概括地报告了中国已经面临三千年未有之变局，请皇上从变的角度，盱衡①大计。

"我们的国家，也不是不变啊，三十多年前，就开始了。"皇帝对翁同龢说。"同治元年曾国藩就在安庆设立军械所，李鸿章就在上海设立制炮局了，后来有上海的外国语言文字学馆、南京的金陵兵工厂、上海的江南机器局、福州的船政局、天津的械器局、大沽的新式炮台，乃至成立招商局，这些都是先朝同治时代的变啊。即以本朝而论，从本朝元年举办铁甲兵船、在各省设立西学局开始，后来设立电报局、铁路、矿务局、武备学堂、北洋海军、汉阳兵工厂……直到今天……"

"皇上说得是。"翁同龢答道。"我们的国家，三十多年来，的确已经开始变了，可是，我们变的，多是在船坚炮利方面'师夷之长'，想从这方面'师夷之长以制夷'。船坚炮利固是'夷之长'，但不是根本的，根本的长处是他们变法维新所带来的政治进步，这才是真正的'夷之长'。而我们却忽略了这些，没有去学。结果，我们不

---

① 观察、纵观。

但打不过真正的'夷',甚至在真正'师夷之长'的日本变法维新以后,我们都打不过。这个教训告诉了我们:我们只有变法维新,才能救中国。伏请皇上圣裁。"

皇帝坐在宝座上,右手拇指支着下巴,其他四指揉着脸,他沉思着。他已经二十五岁,身体虽不壮硕,但是青春摆在那里、朝气摆在那里,从翁师傅的口里,他对变法维新有了具体的概念。但是变法维新需要新人、需要帮手,找谁呢?翁师傅吗?

"臣已经太老了!老的不止臣年已六十五岁,老的是臣只能看到时代,却已跟不上时代。"翁同龢力不从心地说。"不过,前一阵子臣向皇上提到的那个三十八岁青年人康有为,却是一把好手。臣愿大力保荐。康有为今年中进士第五名,表面看来,虽然不过是名优秀的进士,但这个进士却不同于别的进士,他其实是进士中的进士,学问极好,人又热情,能力也强。他做举人时候,就著有《新学伪经考》等书,被两广总督李瀚章下令叫地方官'令其自行销毁,以免物议①',可见他不是等闲之辈。今年割让台湾等条款传到北京,他又联合各省举人一千两百人上书请变法。目前又在京师开强学会,想开风气、畅智识,袁世凯他们都参加了,张之洞他们都捐了钱,做得有声有色。他们发现,在整个北京城,竟买不到一份世界地图,可见中国人的民智是多么闭塞,连京师都如此,何况其他地方?一个民智如此闭塞的国家,是无法在世界上立足的。若说洋人们一定乐见中国不能立足于世界,也不尽然。他们搞'强学会',英国人李提摩太也来参加了。英国公使、美国公使也派人送去不少图书。总之,一个进步的中国也

---

① 众人的议论,多指非议。

是世界各国有识之士所乐见的,而这一切,都有赖于皇上圣裁。"

皇帝微微点头,没有说话。他紧咬着嘴角,向远方望去。养心殿中,并没有好的视野,好的视野,有赖于当国者的想象。养心殿西暖阁里有一副对联,忽然从他心中冒起,那是:

惟以一人治天下;
岂为天下奉一人。

作为皇帝,天下已经以一人奉他了,但是,天下已经濒临绝境,如何治天下,他感到责任愈来愈重了。

* * *

1895年过去了,1896年来了;1896年过去了,1897年来了;1897年过去了,1898年来了。

两年的光阴过去了,光绪皇帝已经二十八岁了。他已经即位二十四年,他不想再等待了。他看了康有为上书的《日本变政记》《俄皇大彼得变政记》,更加强了他要学日本皇帝、俄国皇帝的愿望,从事变法维新,他决心不让大清的江山断送在他这皇帝手里。

就在皇帝加紧进行变法维新的前夜,翁同龢被罢黜了。这个在政海打滚四十年的老臣,被皇帝"开缺回籍,以示保全"了。这一天,正是翁同龢的生日。他去上朝,忽然被挡在宫门口,不准他进去了,不一会儿,命令下来了。皇帝的无情命令,显然是在西太后的压力下发出的。皇帝朱谕宣布的第二天,翁同龢去办离职手续,正赶上皇帝出来，翁同龢恭送圣驾，在路边磕头。皇帝回头看着、看着，没有说一句话。是生离？是死别？师徒二人，心头都有说不出的滋味。事实上，生离即是死别。二十四年的朝夕相聚、二十四年①的师生之情，眼睁睁地告一尾声。

六年以后，七十五岁的老师傅在软禁中死于故里。这个人，他为变法维新搭了栈道，当别人走向前去，他变成了垫脚石。两朝帝师也好，四朝元老也罢，一切的累积，只是使后继者得以前进。他老了，他没有力量去搞变法维新了。事实上，维新分子在岁月的侵蚀后，往往就是新一代维新分子眼中的保守分子。那咸丰皇帝的弟弟恭亲王，不就是活生生的例子吗？恭亲王当年雄姿英发，不是不可一世的维新分子吗？可是，当他老去，他却变成了绊脚石，当翁同龢安排皇帝召见康有为的时候，恭亲王就力持反对。这一反对后四个月，六十七岁的恭亲王死了，死后十八天，皇帝就召见康有为了。

* * *

召见康有为那天，也正是皇帝跟翁师傅生离死别的同一天，翁同龢引荐康有为，自己不但做了垫脚石，并且招致西太后对他的忌恨。他默默承接了所有的忌恨、集中了所有的忌恨，牺牲了自己，把后继者送上了台面。召见康有为的地点是颐和园仁寿殿。春夏之际，皇帝常来颐和园听政，所以臣子也就在北京西郊的道上，络绎于途。通常是先出北京，在颐和园户部公所过夜，第二天清早可以争取时间。皇

---

① 此处应为二十二年。原文有误。——编者注

帝召见是何等大事，做臣子的，必须先预备一点朝仪和规矩，正在康有为要向人请教的时候，大头胖子袁世凯派人来邀请了。他坐上派来的专车，直奔袁世凯的海淀别业。

"久违了，长素兄。"袁世凯迎在海淀别业门口，一边迎康有为进入客厅，一边寒暄过后，表明了邀请之意，"今天约老兄来，是听说明早皇上要召见老兄。因为这是首次，请老兄注意一些仪注[①]。首先，老兄天没亮就得到颐和园外朝房伺候。然后有太监引导，进宫门，到仁寿殿门，太监就退走了。这时老兄要特别注意那门槛，门槛有二尺高，门上挂有又宽又厚的大门帘，由里面的太监掀起来，让你进去。要特别注意，门槛起落，会特别快，老兄动作得跟得上，不小心就会一只脚在门槛里头，一只脚在门槛外面，也可能官帽被打到，打歪了，就是失仪。好在我已为老兄先打点过，请他们特别照顾。还有……"袁世凯站起来，从桌上拿起一包东西，"这是一双'护膝盖'，绑在膝盖上，见皇上要下跪，跪久了容易麻，到时候站不起来，又是失仪。这些都是我们的经验，特别奉致老兄。我要赶回北京有事，不能久陪了，晚上也不一定能赶回，已吩咐这边总管照料一切，老兄尽可使唤。今天送老兄到颐和园后，明早他们会等在门口。晋见皇上后，他们再送老兄回北京。"

康有为表达了感谢之意，心想这袁慰庭真是老吏，他这么细心、这么圆到，真是不简单。三年前办强学会，他还捐了钱，跟他交情不深，但他在刀口上总是出现，帮人一把，这个人真不简单。

---

① 制度、礼节。

＊　＊　＊

　　颐和园的凌晨比北京多了不少寒意，大概那地方有山有湖，还有那无所不在的西太后。走到仁寿殿的时候，殿外已站了不少太监。康有为被安排在第三名召见。前两名召见过后，天已微曙，轮到康有为进去，首先感到的是殿内一片漆黑，稍闭眼，再定神看，发现殿座虽大，在御案上，却只有两支大蜡烛。御案下斜列拜垫，康有为走上前，跪了下去，脱帽花翎向上，静听问话。

　　一般召见时候，太监要先送上"绿头签①"给皇上，签上写明被召见者的年龄、籍贯、出身、现官等履历，以备省览。可是，这回"绿头签"在旁，皇帝看都不看，表示皇帝对康有为已有相当的了解，虽然初次见面，并不陌生。

　　"朕很知道你，"皇帝轻轻地说，"翁同龢已保荐你很多次了。今年正月初三，朕曾叫翁同龢、李鸿章、荣禄、张荫桓这些大臣在总署跟你谈过一次话，你说的话，朕都知道了。那天荣禄说祖宗之法不能变，你说祖宗之法以治祖宗之地，今祖宗之地不能守，又何有于祖宗之法，即如此地为外交署，亦非祖宗之法所有也。……你那段话，说得不错，他们报上来，大家为之动容。后来朕再看到你的上书，朕深觉不变法维新，朕将做亡国之君，因此决心走这条路。你呈上来的《日本变政记》《俄皇大彼得变政记》，朕都仔细看过了。据你看来，我们中国搞变法维新，要多久，才能有点局面？"

　　"皇上明鉴。依卑臣看来，泰西讲求三百年而治，日本施行三十

----
①　绿头牌。

年而强,我们中国国大人多,变法以后,三年当可自立。"康有为沉着地答着。

"三年?"皇帝想了一下。"全国上下好好干三年,我相信三年一定可以有点局面了。你再说说看。"

"皇上既然高瞻远瞩,期以三年。三年前皇上早为之计,中国局面早就不同了……"

"朕当然知道。"皇帝特别用悲哀的眼神,望了一下帘外,"只是,掣肘的力量太多了。在这么多的掣肘力量下,你说说看,该怎么做?"

"皇上明鉴。依卑臣看来,真正的问题是大臣太守旧。他们为什么守旧?因为制度害了他们。中国的人才政策是八股取士,学作八股文的,不看秦汉以后的书,不知道世界大势,只要进考场会考试,就可以做上官、做上大官。这些人读书而不明理,跟不上时代却又毫不自知,所以只能误国,不能救国。为今之道,根本上,要从废除八股取士等错误的制度开始;而救急之术,要请皇上自下明诏,勿交部议,因为任何良法美意,一交大臣去商议,就全给毁了。大臣太守旧,不能推行变法维新怎么办?皇上可破格提用小臣,以小臣代大臣用,国家自然就有朝气,局面很快就会焕然一新了。小臣只愿为国家做事,不必加其官,但要委以事,不黜革大臣而擢升小臣,渐渐完成新旧交替,这样子变法维新,掣肘的力量就可以降到最低了。"

这次召见,时间很长,皇帝大概知道这种召见的情况也很难得、也不宜多,所以一谈就谈了两小时。康有为告退后,皇帝颁发新职,名义是在总理各国事务衙门章京上行走,这是相当于外交部的中级官员名义,官位不大,因为大官的任免,都要西太后说了算的,这样由皇帝赏个小官，自可免得刺眼。但是，五天后就给了康有为一个"特权"使他可以"专折奏事"，不必再经过其他大臣之手，就可直达天听。康有为从十年前第一次上书给皇帝起，一次又一次，费尽千辛万苦，找尽大臣门路，都难以下情上达。可是十年下来，他终于建立了直达的管道。他要说什么、想说什么、有什么好意见，总算不必求人代递、被人拦截了。而他倾诉的对象、条陈的对象，不是别人，而是高高在上的当今圣上。一种得君行道的快感，使康有为充满了希望。现在，他四十一岁了，他甘愿做一名小臣，在皇帝身旁为国献策。召见以后，他又陆续呈送了他著的《日本变法考》《波兰分灭记》《法国变政考》，加深皇帝从世界眼光来看中国的水平，这是一种横向的努力；相对地，他写《新学伪经考》《孔子改制考》，则是一种纵向的努力。他用庞大的证据、深厚的学问，说明中国人信奉的孔子，其实正是主张改革的人，抓住孔子做挡箭牌，守旧分子要反对，也反对不来了。十年来，康有为在纵横两方面的努力，如今都到了最后考验的关口，他感到无比欣慰、兴奋与自信。

  皇帝在召见康有为后的第七天，就先下诏废除了八股取士制度。接着，在康有为的筹划下，小臣们一个个被重用了。召见以后不到三个月，皇帝下了命令，给四个小臣均着赏加四品卿衔，在军机章京上行走，参预新政事宜。军机章京是军机处中四品官以下的官，相当于皇帝的机要秘书，军机处的首领是军机大臣，都是三品以上的官，都被西太后扣得紧紧的，皇帝无法说了算，只能自己任命四个章京来分军机大臣的权，把他们特加卿的头衔，点名参预新政，这种安排，是很费苦心的。四个章京中，小臣杨锐、小臣刘光第是张之洞的学生，小臣林旭是康有为的学生。他们三个人，都参加过康有为召开的保国会，很早便与康有为认识了。可是最后一位小臣，不但没参加保国会，也没参加强学会。就跟康有为的关系来说，是后起之秀。这个人籍贯湖南浏阳，生在北京，三十三岁，身份是江苏候补知府；他的父亲是湖北巡抚，这位巡抚是翁同龢朋友，翁同龢见过老友此子，在日记中写道："……通洋务，高视阔步，世家子弟桀骜者也。"可见他的气派。军机章京在皇宫里分成两班，这个人分到与刘光第一班。第一天上班，他"桀骜"地走进了内廷外面，御史问他、太监们问他，他一言不发，拿起毛笔，在纸上写了三个大字——"谭嗣同"。

第七章　回向

　　北京的 10 月已经转冷，可是冷的时候，忽然有一股暖的感觉，那就是俗说中的"温雪"。"温雪"就是开始要下雪了。

　　半夜里梁启超在床上翻来覆去，一直无法成眠。他索性点起蜡烛，拥被看起书来。书是一本讲北京古迹的小册子，叫《京城古迹考》，作者是奉乾隆皇帝之命，调查北京古迹，写了这本书的。书中说北京城内城本来是十一个门的，后来改为九个门了。梁启超心里想，一般说"九门提督"，是掌管北京城治安的将军，若北京没有变小，"九门提督"岂不该叫"十一门提督"了？九个门也好，至少他这广东人记起来，要方便一点。接着他就一边用手指头计算，一边背背北京的城门。北京城门一般说是"里九外七皇城四"。有的城门，由进出的车，就可看出特点。"里九"是内城的九个城门，南面城墙中间是正阳门，走的是皇轿宫车。正阳门东边是崇文门，走的是酒车，烧锅的多在北京东南，就这样走进来。东边城墙中间是朝阳门，走的是粮车，南方的粮食都由北运河运到通州，再由通州走大道进朝阳门，所以朝阳门附近的仓库也最多，像禄米仓、南门仓、北门仓、新太仓等都是。朝阳门北边是东直门，走的是木材车，附近大木厂也最多。北面城墙接近东直门的是安定门，走的是粪车，附近地坛那边有许多粪场，把粪晒干，卖给农民当肥料。安定门西边是德胜门，走的是兵车，德胜两字是讨个吉利，当然打败之事，也不在少数。西面城墙接着德胜门的是西直门，走的是水车，玉泉山的水，装在骡车上，运到皇宫。西直门南边，也就是北京西面城墙中间那门，是阜成门，走的是煤车，附近有门头沟、三家店等煤矿。再转过来，转到南面城墙，正阳门西边的，就是宣武门，走的是囚车。宣武门外有大名鼎鼎的刑场菜市口，死刑犯都由内城经宣武门游街到外城，然后在菜市口行刑……梁启超数到这里，想到宣武门外这片北京西南地区，算是他们广东人最熟悉的。这片地区里，有南横街的他们的会馆，是上北京的广东老乡的大本营。对梁启超自己说来，米市胡同的南海会馆，他是更常去的。因为南海会馆是老师康有为的居留地。他随老师一直住在那里。强学会成立后，他就搬到后孙公园，以便照料会务了。

梁启超的留守强学会，原因是康有为南下。那是1895年。这一年在北京，康有为上书给皇帝，失败了；办报纸，失败了；组织救国团体强学会，也在失败边缘。康有为离开北京前夜，查禁这个会的风声，愈来愈浓了。这个团体是政党的雏形也是学校的变相，由于当时气氛太保守，所以只好用这种不伦不类的团体来过渡。但是，不论怎么过渡，保守势力还是要铲除它。康有为南下后，北京京城的步兵统领衙门带来了人马，所有的图书、器材都给没收了。连梁启超私人的一些衣服，也在被没收之列。梁启超给扫地出门了。

梁启超这时只有二十三岁。一天早上，他拖着辫子，也拖着脚步，走到了北京宣武门外，走入了西砖胡同，走进了法源寺。那正是北国的冬天，晴空是一片萧瑟。法源寺天王殿前，从屋瓦延伸到三级台阶，从三级台阶延伸到前院，都盖上了一层白雪。看上去一片寒澈洁白，令人顿起清明之气。他久已听老师赞美过法源寺，可是，在北京住了这么多日子,却大忙特忙,一直未曾来过。两天前,强学会被封了,他被扫地出门,这回可闲起来了。趁机浪迹京师,岂不也好,北京可看的地方太多了,他首先就想到法源寺。

梁启超站在雪地里,站在法源寺大雄宝殿台阶旁边第一块旧碑前面。他对书法的造诣,赶不上他老师,但他对佛法的研究,却有青出于蓝的趋势。所以他端详古碑,不从书法上着眼,而从佛法上寓目[①]。他本是神童,四岁起读四书、六岁就读完五经、八岁学作文、九岁就能缀千言、十二岁考上秀才、十七岁就考上了举人,而他考上举人后四年,他的老师康有为才以三十六岁的年纪考上举人。第二年正是甲午战争那年,他跟老师一起进京赶考,考进士,因为那时老师已名动公卿,主考官怕他考取,如虎添翼,所以全力封杀。在阅卷过程中,守旧之士看到一篇出色的考卷,断定是康有为的作品,故意不取它,结果放榜之日,康有为考取了,梁启超反倒没考取,原来那篇出色的考卷是梁启超的!守旧之士整错了人。

虽然考场失利,但是追随老师奔走国事,受到各界的注目与赞叹,却也少年得志。但是,二十三岁就名满天下的他,却毫无骄矜之气。他志在救世,从儒学而墨学、从墨学而佛学,尝试为自己建立一贯的信仰。佛学的信仰是唯心的,寺庙本身却是唯物的,以心寄物,由物见心,寺庙有它的必要吗?梁启超站在石碑前面,思路一直在心物之间疑惑着。接着他走上台阶,走进大雄宝殿,仰望着乾隆皇帝那"法海真源"的匾额,他的疑惑更加深了。"法海真源",应该源在无形的明心见性,岂可源在有形的寺庙之中?他摇晃着比一般人要大了

[①] 观看、过目。

许多的脑袋，喃喃自语，有点不以为然。

在宝殿中，另一个年轻人注意到他。那个年轻人三十多岁，刚毅外露，目光炯炯。看他在摇头晃脑，就走了过来。

"看你这位先生的相貌，像是南方人。"那个年轻人先开口了。

梁启超侧过头来，侧过身来，点了点头。

"你看对了。我是广东人。不过听你一开口就讲湖南话，先生也像是南边来的。"

"是啊，我是湖南浏阳。你是广东——"

"新会。"梁启超补了一句，"咦，浏阳会馆就在这附近啊。"

"是的，就在这附近的北半截胡同。我昨天才从上海到北京，对北京并不熟，就住在我们浏阳会馆里。"

"先生昨天才到北京，今天早上就到庙上来，一定是佛门人士吧？"

"也是，也不是。我对佛法有研究的兴趣，可是并没像善男信女那样对佛膜拜，当然也从不烧香叩头。"

"我也一样，我们是志同道合了。我对佛法喜欢研究，也喜欢逛逛寺庙。可是，总觉得寺庙跟佛法的真义，有许多冲突的地方。宋明帝起造湘宫寺，他说'我起此寺是大功德'，可是虞愿却说了真话，他说：'陛下起此寺，皆是百姓卖儿贴妇钱。佛若有知，当悲哭哀愍。罪高佛图，有何功德？'像湘宫寺这种寺庙，古往今来也不知有了多少，可能寺庙盖得愈多愈大，离真正的佛门精神反倒愈疏愈远。当然，这座法源寺有点例外，它本来是唐朝的忠烈祠，一开始并没有这种大雄宝殿式的佛教气氛。"

梁启超的广东官话，说得很慢，口音有点奇怪，但是见解更奇怪

了。在佛堂里,他没有诃佛骂祖,但他似乎根本否定了佛堂的意义,使面前的湖南人听了,倍感好奇。湖南人说:

"老兄的见解是很高明的,我们又是志同道合了。严格说来,寺庙这些有形的东西,除了有艺术的、建筑的和一点点修持的功能外,离真正佛门精神,诚如你所说,十分疏远。自佛法传入中国以来,演变得好奇怪,一开始就走入魔障,大家没能真正把握住佛门实质,反倒拼命在形式上做功夫,佛门的大道是无形的,可是自命为佛教徒的人,却整天把它走得愈来愈有形,盖庙也、念经也、打坐也、法会也、做佛事也……这些动作,其实跟真正的佛心相去甚远了。《华严经》有'回向品',主张已成'菩萨道'的人,还得'回向'人间,由出世回到入世,为众生舍身。这种'回向'后的舍身,才是真正的佛教。但是,佛教传到中国,中国人只知出世而不知入世,只走了一半,就以为走完了全程。他们的人生与解脱目标是'涅槃',以为消极、虚无、生存意志绝灭等,是这种路线的目标,他们全错了。他们不知道,佛法的神髓,到这里只走了一半,要走下一半,必须'回向'才算。谈到'回向'后的舍身,佛门人物也干过,但那只是走火入魔。五代后期,周世宗就指出:'僧尼俗士,自前多有舍身、烧臂、炼指、钉截手足、带铃挂灯、诸般毁坏身体、戏弄道具、符禁左道、妄称变现还魂坐化、圣水圣灯妖幻之类,皆是聚众眩惑流俗,今后一切止绝。'可见这种舍身,也只是把戏,并非真的为生民舍身。五代后期,全国财务困难,周世宗下令毁掉天下铜佛像,用来铸钱。他的理由是:我听说佛教以身世为妄,利人为急,如果佛本人真身尚在,为了解救苍生,一定连真身都肯牺牲,何况这些铜做的假身呢?这种理论,才是真正深通佛法的理论。明朝末年,张献忠'屠戮生民,所过郡县，靡有孑遗'。有一天，他的部下李定国见到破山和尚，破山和尚为民请命，要求别再屠城。李定国叫人堆出羊肉、猪肉、狗肉，对破山说：'你和尚吃这些，我就封刀！'破山说：'老僧为百万生灵，何惜如来一戒！'就立刻吃给他看，李定国盗亦有道，只好封刀。周世宗和破山和尚，他们真是第一流深通佛法的人，因为他们真能破'执'。佛法里的'执'有'我执'和'法执'：我执是一般人所认为主观的我；法执是所认为客观的宇宙。因为他们深通佛法，所以能'为百万生灵'，毁佛金身，开如来戒。而一般的佛门人物，整天谈世间法、谈出世间法，其实什么法都不能真的懂、真的身体力行。佛教被这些人信，被这些善男信女信，'佛若有知，当悲哭哀愍'。释迦牟尼死不瞑目了。"湖南人一口气说了这些，愈说愈有火气起来。

"听老兄弘扬佛法，见解真是过人。老兄出口就是《华严经》，似乎老兄比较喜欢华严？"

"其实哪一支都被搅得乌烟瘴气。华严也一样。只是华严一开始就被歧视。一千五百年前《华严经》的译者佛驮跋陀罗到长安，就被三千多和尚排挤，只好离开长安南下，十多年后他译出《华严经》，华严在中国，忧患之书也。我特别喜欢它。尤其，它的成书经过也充满了传奇，那龙树，他的朋友被杀了，但是他得以活下来传播华严思想。朋友死了，华严思想不死。"

《华严经》的全名是《大方广佛华严经》，传说是由文殊菩萨和阿难编的，由龙神收到龙宫里。龙树菩萨入龙宫见到了它而得道，把它流传人间。这部经有上、中、下三本，传到中国来的是下本的节本。龙树菩萨是释迦牟尼死后七百年生的使徒，是马鸣菩萨的再传弟子。他很聪明，与两个朋友学隐身法，跑到皇宫里。皇帝下令左右四处挥剑去砍隐身人，结果两个朋友被杀死了。在敌人挥剑的时候龙树菩萨发现他们，怕误伤皇帝，不敢在皇帝身边挥，于是就躲在皇帝身边，逃过了大难。梁启超想起了这些，越发对这湖南人好奇起来。"这位老兄喜欢龙树，他一定有不少侠气。"他心里想。接着，他开口了：

"老兄谈到周世宗的舍铜佛身、破山和尚的舍素食身，都可看出老兄能就佛法大义着眼立论。以出世精神，做入世事业，气魄自是不凡。有俗谛，而后有真谛；有世间法，而后有出世间法。佛门言转依，是转世间心理为出世间心理，但是，佛门的真正毛病是，善男信女只知俗谛而不知真谛，结果浑然不识世间心理，又从何转之？从何依之？老兄说他们整天谈世间法、谈出世间法，其实什么法都不能真的懂、真的身体力行，可谓说得一针见血。"

"老兄过奖、过奖。不过，我觉得，一针见血其实也只是说，要做到一刀见血才是行动。古今志士仁人，在出世以后，无不现身五浊恶世，这正是佛所谓乘本愿而出、孔子所谓求仁得仁。最后，发为众生流血的大愿，以无我相却救众生而引刀一快，而杀身破家，也是很好的归宿，这才是真正的所谓舍身。"说着，湖南人朝佛像一指："殿上供着大日如来、文殊、普贤菩萨，这是通称的'华严三圣'，我想他们会同意我这种从《华严经》而衍发的解释吧？佛有三身：法身、报身、应身。大日如来即佛的法身。但是，'佛地经论'说身化三种，所谓'自身相应''他身相应''非身相应'，在第二种'他身相应'中，有化魔王为佛身、变舍利子为天女的说法，如此化身，我认为才真是佛的真身。这样看来，坐在这里的大日如来，站在两边的文殊、普贤菩萨，其实都是假身，他的本身的塑像，恰好反证了这种造型的虚妄。如果木雕有灵，这三位托假身以现身五浊恶世，真不知他们作何感想?难道在大雄宝殿中受人膜拜,就算完事了吗?真的佛、真的菩萨绝不如此。所以呀,我看,他们三位真要不安于位呢!他们与其附托在木雕像上,还不如附身在志士仁人身上,以舍身行佛法呢!哈哈,老兄以为如何?"

梁启超点着头,望着湖南人,微笑着:

"既然可化魔王为佛身,自然可化佛身为志士仁人之身,这种推论,是可以成立的。所以,姑且可这么说:志士仁人的殉道,既是志士仁人舍身,也是佛与菩萨的同死,是不是?

"可以这么说。"湖南人微笑着,"不过,佛和菩萨可以化身为千千万万,大神附体在志士仁人身上,所死不过是他们自己千千万万分之一,死的不是全部,但是志士仁人却不然,志士仁人自己只有一个,所以一旦舍身,所死就是全部。这样看来,未免不公平。哈哈!"湖南人不微笑了。

"老兄这番议论,别有天地,不过对《华严经》的奥义,恐怕发明①过多。"梁启超顿了一下,"华严的世界有所谓'一真法界',这种法界,主张真妄俱泯、生佛不分。乃超越一切对待,本体即现象,现象即本体,绝对平等。在这种'一真法界'里,万法归一,从数量上,一个不算少、万亿不为多,从一粒砂石可以透视无量三千大千世界;从体积上,微尘不算小、虚空不足大,须弥纳芥子、芥子纳须弥,互纳无碍;从时间上,刹那不算短、劫波②不够长,万物方生方死也好、松鹤遐年③也罢,都是一生。在'一真法界'里,一切的多

---

① 启发、阐明。
② 亦作"劫簸",简称"劫"。
③ 高寿、长寿。

少、大小、长短,都是虚假不实的,在超越有无、超越时空的'一真法界'里,一念百千劫,百千劫在于一念;一粒微尘就是十方国土①,十方国土也是一粒微尘,一即一切、一切即一。所以,志士仁人以一个自己舍身,其实与千千万万佛与菩萨舍身并无不同,佛与菩萨也没占到什么便宜。更精确地说,佛与菩萨纵化身为千千万万,但是千千万万分之一的殉道——部分的殉道,其实也就是全体的殉道,全体已随部分死去,从一的观点看,纵化为千千万万,也是一而已。这话愈扯愈远了,也许,佛若有知,会笑你我两人都是曲解华严的罪魁祸首了。"

"没有,没有曲解。"湖南人认真地坚持,"《华严经》是经中之王。想想看,佛陀在七个地方,九次聚会,才把华严讲完,当时说没有人能了解其中的奥义,除了利根②的大菩萨外,鬼神也、天龙八部也、二乘根器③的阿罗汉也……都无法了解。所以这部经,就被藏在龙宫里,直到龙树菩萨把它背诵下来,才得以流传在外。虽然龙树只背了三分之一,但是,华严的奥义我们还是能把握不少。其中的'回向'是最精彩的,伟大得无与伦比。真正把握住这种'回向'奥义以后,会发现佛法绝不消极。王安石的一首《梦》诗,老兄还记得吗?

    知世如梦无所求,

    无所求心普空寂。

    还似梦中随梦境,

---

① 佛教指所有宇宙。
② 慧性。
③ 禀赋、气质。

成就河沙梦功德。

这是多么高的境界！何等华严'回向'的境界！王荆公认为人生如梦，一无可求，他什么都不追求，心如止水。可是，就在一个梦到另一个梦里，他为人间，留下数不清的功德。这种境界，才是深通佛法的境界。这种先出世再入世的智者、仁者、勇者，他们都是'死去活来'的人。人到了这种火候，就是佛、就是菩萨。而这种火候最后以杀身成仁成其一舍，也就正是此梦成真、此身不妄。一般佛教徒理解佛经，全理解错了。佛门精神是先把自己变成虚妄，虚妄过后，一无可恋、一无可惜，然后再回过头来，把妄成真，这才是正解。从出世以后，再回到入世，就是从'看破红尘'以后，再回到红尘，这时候，这种境界的人，真所谓目中有身、心中无身。他努力救世，可是不在乎得失，他的进退疾徐，从容无比，这就是真的佛、真的菩萨。我想，老兄的看法大概跟我一样吧？"

"一样，真的一样。"梁启超兴奋地说，"老兄和我萍水相逢，相逢于古庙、相逢于大雄宝殿之内，有佛与菩萨乃至十八罗汉为证，两人缘订三生、积健为雄、共参'一真法界'，只谈了一些话就投契如此，可谓快慰平生。"

梁启超向湖南人作揖，湖南人也作揖为礼。

"对了，"梁启超补上一句，"谈了半天，我还没请教你贵姓？"

"哦，失礼，失礼。"湖南人赶忙说，"我姓谭，'西''早''言'那个谭，名叫嗣同。'纵我不往，子宁不嗣音'的嗣，大同小异的同。"

梁启超眼睛一亮，笑起来，伸手握住他。"你不是现今湖北巡抚的少爷吗？"

"奇了，奇了！"谭嗣同眼睛也一亮，"你怎么知道我？你是谁？你是谁？"

"我是——我是康有为先生的学生梁启超呀！"

"哎呀！原来你就是梁启超，太幸会了！"他用力摇着梁启超的手，"我从上海赶到北京，就是来找你们师徒呀！我在南边就听说你们在北京搞得轰轰烈烈，因此特地赶来，想参加你们的强学会。怎么样？带我去看康先生，并办入会手续？"谭嗣同性急了。

梁启超苦笑了："真不巧，康先生八月底就去南边了，不在北京。强学会呢，你也来迟了，三天前就被查封了，我也被赶了出来。"

"唉！真不巧。那你怎么办？总不能没地方去。好！就来住在我们浏阳会馆吧。浏阳会馆是二十二年前家父捐出来的，住在那里跟住在家里一样，你不会觉得不方便。怎么样？"

"不必了，谢了。"梁启超答道，"我现改住南海会馆，顺便给康先生看家。反正两个会馆离得很近，我们随时可以见面。刚才你说你就是从上海来北京找康先生和我，其实我们也在北京等候豪杰之士光临。强学会的会员一共才不过二十多个，我们太需要志同道合的同志了。老兄文武全才，我们早就听说过，今天有缘千里来相会，真是高兴。只可惜会也给抄了家，不能带老兄到会那边走走。"

"这次被抄家，损失不小吧？"谭嗣同关切地问。

"当然不小。最可惜的是一张世界地图，我们在北京找了一两个月，想买张世界地图都买不到，最后没法，托人从上海才找到一张，带到北京。记得那张地图来的时候，大家视同拱璧。为了推广国人的眼界，我们每天到外面宣传，找人来参观这地图呢！唉，如今这张地图也给抄走了。"梁启超不胜感叹,"北京虽为首善之区,其实人心闭塞,有赖于我们做强学会式的努力。可是,强学会三个月,就给铲除了。受了挫折,可是我们毫无悔意。陶渊明诗里说他在长江边种桑树,种了三年,刚要收成的时候,忽然山河变色,桑树'柯叶自摧折,根株浮沧海',一切成绩,都漂失了,但他并无悔意,因为'本不植高原,今日复何悔'?——本来就不在安全地带种树,又有什么好后悔的呢?所以,我们还是要种桑树,然后兼做春蚕,自己吐丝。只是地点上,目前不适宜在北京着手了,看样子我们要从南边着手,上海啦、湖南啦,都是理想的起点。现在康先生已经先去南边,康先生有全套的计划,我们一定可以在南边扎根,再徐图北上。救国本不是速成的事业,可能我们这一代看不到了,虽然有近功的机会,我们也不放弃,但从长远看,根本之图,还是办学校、办报纸,以开民智。康先生有鉴于此,他的努力重点之一便是培养学生,以人格感化学生,使学生变为同志,一起参与救国大业。老兄虽不是康门弟子,但是我们欢迎你一起合作、一起现身。正如龚定盦所希望的:'龙树马鸣齐现身,我闻大地狮子吼。'那不是更好吗?老兄……哦,我该改变个称呼的方式,我称呼你的字吧。你的字是——"

"复生。光复的复,生命的生。"

"好,复生,我的字是卓如,卓文君的卓,司马相如的如。我们虽不是同门,却是同志了。"

"其实,我们精神上是同门。我私淑康先生,愿意奉康先生为师。我早就看过康先生的著作,他的《新学伪经考》在四年前出版时,我就见过翻刻的和石印的本子,虽然康先生的书被查禁了,可是他的思想却深入人心,他能用那么大的学问,写成专书,推翻两千年来的成案,真是气魄非凡,古今所无。对这样伟大的知识分子,我甘愿做他的学生。卓如兄,如蒙康先生不弃,请你务必先婉达此意。"谭嗣同诚恳地说。

"我一定照办。我想,康先生如收到你这位好任侠、尚剑术,走遍大江南北、塞外东西的豪杰人物,一定高兴极了。"

"奇怪,卓如兄,你对我的身世,好像了如指掌。"谭嗣同把头一歪,斜看着。

梁启超微笑着:"我比复生兄小了七岁,我生在广东新会南乡的熊子岛,那地方是广东沿海的渔村,很穷苦,我祖父、父亲虽都考上过秀才,但是要吃饭,还是得自己种田才成。我十二岁考上秀才后,还下田呢。我出身普通人家,没有云游四海的机缘,人也文绉绉的,所以非常羡慕你复生兄能够驰骋中原与大漠,结交四海英豪。听说你从北京起,十二岁以来,甘肃、陕西、河南、湖南、湖北、江苏、安徽、浙江、台湾,你都去过,察视风土、物色豪杰,真不简单。"

"台湾我没去过。去台湾的是我二哥谭嗣襄,襄阳的襄。他被台湾巡抚刘铭传看中,叫他在台南服务,结果六年前,三十三岁年纪,死在台南府蓬壶书院。我差一点去了台湾,本来我要去台湾迎灵的,结果到了上海,唐景崧打电报来,叫我在上海等,我就没去成。"

"唉,没去成也好,"梁启超说,"台湾在今年交接给日本了。唉,台湾是伤心之地!"

"真是伤心之地!我们中国人为了建设台湾,花了多少心血、多少人命,我二哥便是其中之一。如今割给了日本,此仇非报不可!此土非光复不可!诚如你卓如兄所说,我走遍了大江南北、塞外东西,在书本上学问我不如你,但在行动上的历练,我却自负得不做第二人想。你知道吗？我虽是世家子弟，但绝非四体不勤五谷不分的公子哥儿，相反，人间甘苦，我倒深尝了不少。我十二岁时在北京大疫中被传染，昏迷了三天三夜，才活回来，我的字'复生'，就是这么来的。五天之间，我们全家死了三位，母亲、大哥、二姐，全死了。我死里逃生，十三岁父亲到甘肃上任，我回到湖南老家。十四岁去甘肃，又碰到河南、陕西大凶年，赤地千里，随我去甘肃的，路上一死就十多个。我在甘肃，最喜欢出塞探险打猎。可是，碰到西北风时，就好看了，西北风吹起来，真是飞沙走石，那石块打在身上，就好像中了强弩一样。当然冬天下雪就好一点，但下雪有下雪的可怕。有一次在河西，我和一名骑兵迷了路，七天七夜，走了一千六百里，都没有人烟。脱险回来的时候，屁股上髀肉狼藉，裤裆上都是血。当然，在西北也有悲歌慷慨的一面，夜里在沙上搭起帐篷，把羊血杂雪而食，或痛饮、或豪赌、或舞剑、或击技、或弹琵琶、或听号角，那种豪迈与萧条的交会之感，真是读万卷中所无。尤其，当你置身于古战场中，感觉千百年前，胡人牧马、汉将拓边、尝覆三军、边声四起的气氛，你真会有苍茫之感。你的心胸会开阔无比，但那种开阔，是悲凉的、是流离的、是'地阔天长，不知归路'的，你感觉到千军万马在你眼前走过，杀声震天、血流遍地。可是，突然间，一切全停了、全都静止了，所有的千军万马，都一刹那变成一片尘埃与尸骨，天地为愁、草木含悲，百年为之销声、千年为之孤寂。这时候，你仿佛是人间唯一的活人，在行经鬼域，不是你生吊古战场，而是古战场把你活活死祭。……有了那种人生历练以后，卓如兄，我发现我已不再重视一己的余生，那时候我只有十八岁，可是，我心苍茫，俨然已是八十。十三年来，我沉潜学问，尤其是西学与佛学，对人生的观点，已愈加成熟,如今我三十一岁了,感到冲决网罗,献身报国,就在今朝。因此从上海赶来,追随康先生,希望大家一块儿做点大事。这次来京,在路上写了《感怀四律》,正好有誊稿在身边,特此奉呈卓如兄。我的一生心事,全在这四首律诗中了,务请不吝指教。"

梁启超接过了诗稿。这时,法源寺的一个和尚走了进来,向两人合十顶礼。两人回了礼,走出大雄宝殿,为时已近中午。梁启超说:

"你们浏阳会馆在北半截胡同南口路西,在南口有一家坐东朝西的饭馆叫广和居,是个谈天的好地方。复生兄北来,我就在今天为你洗洗尘。那家饭馆很特别,它是一家知识分子常聚会的所在,一般市侩商贾倒不敢去那儿。这,就是北京城的味道。在北京城里,有些地方不失为干净土,水准摆在那里,风雅人去的地方,附庸风雅的人,也会望而却步。北京城以外的地方,就不敢说了。"

谭嗣同接受了这一邀请。两人携手走出法源寺。

* * *

从广和居出来,又在外面料理了许多事,梁启超回到米市胡同南海会馆的时候,已经夜里 10 点了。他躺在床上,辗转不能入睡,决定找点东西看看。忽然想起,早上谭嗣同不是送了他四首诗吗?何不现在就看看?于是,他点起蜡烛,读了起来:

其一

同住莲华语四禅,
空然一笑是横阗。

惟红法雨偶生色，
被黑罡风吹堕天。
大患有身无相定，
小言破道遣愁篇。
年来嚼蜡成滋味，
阑入楞严十种仙。

其二
无端过去生中事，
兜上朦胧业眼来。
灯下髑髅谁一剑，
尊前尸冢梦三槐。
金裘喷血和天斗，
云竹闻歌匝地哀。
徐甲傥容心忏悔，
愿身成骨骨成灰。

其三
死生流转不相值，
天地翻时忽一逢。
且喜无情成解脱，
欲追前事已冥蒙。
桐花院落乌头白，
芳草汀洲雁泪红。

再世金环弹指过,
结空为色又俄空。

其四

柳花凤有何冤业?
萍末相遭乃尔奇!
直到化泥方是聚,
只今堕水尚成离。
焉能忍此而终古,
亦与之为无町畦。
我佛天亲魔眷属,
一时撒手劫僧祇。

梁启超读着、读着、读着,他惊呆了。天啊!这是多么好的诗!沉郁哀艳,字字都是学道有得之作!按说"诗无达诂",解诗并无清楚的定说,但是,这四首诗读起来,你立刻就有一股苍茫的感觉,在这种感觉中去追寻一点文字的痕迹,还是可以"达诂"一下的。于是,梁启超披衣坐起来,开始仔细推敲诗稿。

"谭复生这诗,所受佛学影响之深,一开始就看出来了。"梁启超自言自语。"佛门把莲花看作最清净出凡的花,净土宗的佛教徒甚至强调死后托生莲华,花开见佛。佛门有'莲华国',这是西方极乐世界的境界。在这种境界中,修四种禅定所生的天——'四禅天',从初禅天的鼻舌以外眼耳身意四识,直到四禅天的六识之中只剩意识,十八天中境界愈来愈高,高到可以空中一笑,笑声洋溢。想到弘扬佛法，天雨生色之时，一阵黑风吹来，天空也就惨雾愁云。《老子》说：'吾所以有大患者，为吾有身。及吾无身，吾有何患？'只要我不考虑到我自己的生命，我就一切超脱起来，这种超脱，就是佛门中的身无定相，在身无定相下，《庄子》所说的'小言詹詹'也就聊以遣悲怀、破邪道了。正由于自身已无，再回过头来务实一下，所以虽然无欲心而行事，一如《楞严经》所描写的味同嚼蜡，其实也是不无滋味的，大可跟着《楞严经》所列的'十种仙'一块儿上天下地一番呢！"

"十种仙"是什么？梁启超记不清了，他下了床，在书架上取下《楞严经》，查了一下。原来是：

> 地行仙、飞行仙、
> 游行仙、空行仙、
> 天行仙、通行仙、
> 道行仙、照行仙、
> 精行仙、绝行仙。

"好，现在再研究第二首。"梁启超自言自语。"佛门说三世转生，是谓三生。《集异门论》说三世是过去世、现在世、未来世。白居易诗有'世说三生如不谬，共疑巢许是前身'。谭复生写'无端过去生中事，兜上朦胧业眼来'，自然是指前生之事，无始无终的，忽然显现此生。佛门所说的生死轮回，是由'业'决定。'业'包括行动上的'业'，就是'身业'；语言上的'业'，就是'口业''语业'；思想上的'业'，就是'意业'。'业'有善有恶。由'业'生出的是

'业力',是指善恶报应的一种不可抗拒的力量,这种力量来自'业因',达成'业果''业报'。'业因'是前世给今生的报应。由于前世有'业因',所以前世的无始无终的许多事,在朦胧之间,尽入眼底。西太后和小人们,逆天行事,歌舞升平,只是想盘踞高位,位三公而对三槐,满朝行尸走肉,一如《庄子》所指的'髑髅',祢衡所指的'坐者为冢、卧者为尸',总该把他们清除。贾岛的诗说:'撞钟饮酒行射天,金虎蹩裘喷血斑。'在小人在位、违反天意的时局里,我跟他们,展开一场苦战,悲歌慷慨,动地而来,但这又算什么?生在鼎食之家,我的一切都得自吾土吾民,我不是我,我只是一具枯骨,今天在尚有血肉生命的时候,我要忏悔、我要发愿牺牲自己:愿我的肉体化为枯骨、枯骨化为灰烬,为吾土吾民献身。"

梁启超又进一步自言自语:"这诗的整个意思落在最后'徐甲傥容心忏悔,愿身成骨骨成灰'上,是用晋朝葛洪《神仙传》的典故。徐甲是老子的用人,跟了老子许多年,可是从没拿到薪水,有一天他忍不住了,向老子算总账,说老子欠他多少多少。老子真行,他一言不发,把徐甲化为枯骨一具。这时徐甲恍然大悟:他清楚知道,原来自己只不过是一具枯骨,他的血肉生命怎么来的,还不明白吗?区区人间小事,还计较什么?于是他忏悔了。谭复生引徐甲的故事,当然是说我们要粉身碎骨去为大目标奋斗,只有这种大目标,才有意义;其他人间小事,都是没有意义的。"

"至于第三首,"梁启超寻思着,"就更沉郁哀艳了。佛门言死生流转,在人经历无量度数的轮回后,跟自己心上的人怀念的人,本已无法相值交会。不料,在天翻地覆的乱世里,我跟我心上的人怀念的人却又巧遇了、相逢了。但是,前世的因缘,已杳然难寻,欲寻还休，我也以无情解脱自喜。自古以来，从燕宫归怨、到吴宫离愁、到人间的雁行折翼，本有着太多的离情别绪，纵使人间因缘，像羊叔子那样，本是李家七岁堕井而死的男孩的后身，且有金环以为物证，但是，又怎样呢？死生又流转了，再世相逢，最后空空如也，还如一梦中。"

"最后一首也有情诗成分，"梁启超心想着，"不过，它综合了前三首，把对生命、对国家、对人情的一切，都串联在一起。这首诗写人间柳絮漂萍，本寄迹水面，各自东西，虽然今天堕水成离，他年却会化泥成聚。目前，纵有着屈原《离骚》的痛苦，却可展现庄周随缘的无垠。佛门以波旬魔王[①]常率他的眷属障碍佛法。《楞严经》有'如我此说，名为佛说；不如我此说，即波旬说'之语，足征天亦有亲而魔亦有眷之外，魔眷与魔，又同为与佛说打对台的魔说。虽然如此，这只是一时的。《佛国记》有'喝言菩萨从三阿僧祇劫苦行，不惜身命'的话，阿僧祇劫是数目的极限，是无数的意思。纵使成佛也摆脱不掉天亲魔眷的拦路。但是，从自己终期于尽、归于死亡看，一切也都是阿僧祇劫的历程，人生的千变万化，看开了，不过如此。"

梁启超在烛光下，勉强把这四首诗解释出来了，在烛影摇晃中，感到一股逼人的鬼气。"谭复生真是奇男子、奇男子。"他喃喃自语，"他的诗，沉郁哀艳，字字学道有得，这种得，全是积极的、奋发的。佛法的真义告诉我们：人相、我相、众生相既一无可取，而我们犹现身于世界者，乃由性海浑圆、众生一体、慈悲为度、无有已时之故。是故以智为体、以悲为用，不染一切、亦不舍一切。又以愿力无尽

[①] 又称魔罗，经典中常作"魔波旬"。

故，与其布施于将来，不如布施于现在；又以大小平等故，与其恻隐于他界，不如恻隐于最近。于是凄然出世而又浩然入世，纵横四顾，有澄清天下之志。《华严经》谈'回向'，说以十住所得诸佛之智、十行所行出世之行，济以悲愿，处俗利生。回真向俗、回智向悲，使真俗圆融、智悲不二，而回向菩提实际。佛法的真髓、佛法的真精神，正在这里啊！这些啊，才是佛法的实际。其他那些吃斋拜佛，手写'大悲'、手数念珠的动作啊，全是假的！"

* * *

梁启超、谭嗣同碰面后四个多月，他们就先后南下了。他们觉得北京难以发展，所以到南方去做扎根的工作。梁启超先在上海办《时务报》、开大同译书局、发起不缠足会，并且创办了女学堂。后来发现湖南巡抚陈宝箴思想开通，他的儿子陈三立与手下黄遵宪、徐仁铸，都协助推行新政，有更好的发展机会，就转到湖南，做时务学堂总教习。谭嗣同也去做了老师。在时务学堂里，梁启超亲自教育四十名学生，培养下一代的救国人才。他用的是康有为在万木草堂的经验，师生打成一片，教育学生新思想、变法思想、民主思想。他每天上课四小时，课余办理校务、批答学生作文和笔记，每次批答，有的在一千字以上，忙得常常熬夜，最后累出了大病。这时候，湖南地方的守旧势力也正好检举梁启超他们，说他们非圣无法、妖言惑众，湖南巡抚也保护不了他们了，所以一一予以解聘。梁启超只好由学生扶着，登上轮船，东去上海。在学生中，有一位年纪最小的，只有十六岁，他身体瘦弱，可是灵气过人，一直在梁启超身边，替老师整理行装。他很少说话,他和梁老师从认识到相聚,只不过短短的几个月,但是,梁老师的言教与身教,却深深影响了他。梁老师先用"学约十条"开拓了学生的眼界,十条里告诉学生:"非读万国之书,则不能读一国之书。"要知道中国以外还有世界,了解世界才能为中国定位、才能了解中国,"孔子之教,非徒治一国,乃以治天下"。因此为学当"求治天下之理"。知识分子要求得此理而努力"成大丈夫","以大儒定大乱",这才是读书上学的目的。那时候,中国的教育风气,都是教人把读书当成敲门砖,当成考科举、谋干禄、光宗耀祖的工具,但是,梁老师却完全撇开这些,他用更高层次的目标,来期勉学生,使学生在入学起点,就进入新境界。这个十六岁的小男生,是四十个学生中最聪明的,名叫蔡艮寅,对这种新境界最为醉心。他在作文和笔记本中,长篇大论地讨论知识分子的使命和中国的前途,梁启超除了在上面批答以外,还把大家的作文和笔记都摊开来,互相观摩讨论,在讨论中,蔡艮寅不多话,但是每次发言,都能把握重点,见人所未见,老师和同学都特别喜欢他。

蔡艮寅出身湖南宝庆的农舍,七岁开始读书,一边读书,一边种田。夜里看书,为了节省灯油的开支,他每在有月色的时候,就尽量利用月光来伴读。他在十岁以后,就感到无书可读之苦,他到处打听有可能借书看的所在,书是借不出来的,他每每一走几十里,到有书的地方去就地借看,做成笔记,带回来研习。十三岁时,他已经读了不少书。这时候,他拜同县的樊锥做老师。樊锥是一位思想高超、气魄雄伟的人物,在《湘报》上发表《开诚》篇和《发锢》篇,感动了蔡艮寅,也招来了湖南地方守旧势力的愤怒。最后,樊老师被驱逐出境了。蔡艮寅为樊老师整理行装,直送老师上路。那是一个阴雨的清早,樊老师背着行李,提着书袋,走出家门,蔡艮寅背着另一书袋,跟在后面,在地方守旧人士的叫嚣下,师徒二人,默默走到马车边,马车太小,老师只分到一个座位,所以东西必须堆在脚下,有的要抱在胸前。樊老师上了马车,蔡艮寅吃力地把书袋推上去,教师接过了,从书袋旁挤出头来,向学生告别。蔡艮寅小小年纪,眼睁睁地看着自己的老师被这样赶走,他含泪点着头、伸出胳臂,迟缓地招了手、招了手。马车逐渐远去,直到在阴雨中变成了一个逐渐缩小的黑点,那手才放下来。可是,心却没放下,他浮动的心,打定主意要离开这锢人心智的地方。三年以后,他只身到了长沙,进了时务学堂。运气真好,他碰到了梁老师,一位比樊老师更光芒四射的人物。樊老师使他知道中国,梁老师却使他知道世界;樊老师使他知道家乡以外有一片天,梁老师却使他知道天外有天。可是,因缘是那么容易破碎,梁老师也遭到被驱逐的命运。如今,他又背着书袋送梁老师上船了。

梁老师被学生扶着,躺进了卧舱,他吃力地咳嗽着,蔡艮寅赶忙跑去找开水,一冲出舱门,跟一个人撞了满怀。抬头一看,原来是谭嗣同谭老师。谭老师扶住他肩膀,拍拍他,下了舱去。

蔡艮寅找到开水,回来的时候,正听到梁老师对大家说的一段话:

"……我们不能舍身救国的原因,非因此家所累,就因此身所累。我们大家要约定:非破家不能救国,非杀身不能成仁。谁同意这一标准,谁就是我们的同志……"

送行的人们点了头,谭嗣同补充说:

"我们大家在时务学堂这段因缘,恐怕就此成为终点,但是我们的师生之情、相知之情、救国之情,却从梁先生这一标准上,有了起点。我们时务学堂的师生都是有抱负、有大抱负的。此后我们会从不同的方向、不同的角度,去救我们的国家,成败利钝,虽非我们所能逆睹,但是即使不成功,梁先生所期勉的非破家不能救国、非杀身不能成仁,相信我们之中,一定大有人在。在看不见想不到的时候、在不可知不可料的地方,我们也许会破家杀身,为今日之别,存一血证。那时候,在生死线上、在生死线外,我们不论生死,都要魂魄凭依,以不辜负时务学堂这一段交情……"

谭嗣同从床边站起来,向梁启超抱拳而别,大家也鱼贯走出舱房,蔡艮寅走在最后一个。他转身向梁老师招手,眼中含着泪。梁老师微笑着望着他,招手叫他过去:

"艮寅,临别无以为赠,我送你一个名字吧,艮寅的名字不好,又八卦又天干地支,不能跟你相配,改个单名,叫'蔡锷'吧。锷是刀剑的刃,又是很高的样子,又高又锋利,正是你的前途。至于字,就叫'松坡'吧。岁寒然后知松柏之后凋,有松树那种节操,再加上苏东坡那样洒脱,正是蔡锷的另一面啊!"

第八章　大刀王五

梁启超回到上海，已是1898年的春天。这一年是光绪二十四年戊戌年，过去多少年的经营，都在这一年快速有了结果。先是四月二十八日光绪皇帝召见了康有为；十七天后，五月十五日，皇帝又召见了梁启超，赏给梁启超六品官头衔，要他办理印书局事务。这是一次很奇怪的召见，按照朝廷定例，一定要四品官以上，才有资格被皇上召见，皇上是不召见小臣的。那时候梁启超只有二十六岁，不但不是小臣，根本是一介布衣，由皇上召见布衣，这在清朝开国以来，都是罕见的事。

罕见的还不止于此。七月间，谭嗣同也被召见了。七月二十日，发表了四个军机章京，军机章京像是唐朝参知政事的官，官位不算大，但因接近皇帝，有近乎宰相的实际权力。光绪皇帝认为康有为名气太大，怕刺西太后的眼，所以把康有为安排在皇宫外面，双方通过四章京，保持联络。于是，在退朝以后、在下班归来，在南海会馆，在浏阳会馆，就多了大家聚会的足迹。

不过，聚会对谭嗣同说来，不是很单纯的。康有为、梁启超，乃至其他三位章京——杨锐、刘光第、林旭等人，他们都纯粹是知识分子，就是一般所说的书生，他们的交游范围，是狭窄的，但是谭嗣同却不然。他的交游，除了和他一样的书生以外，还包括五湖四海的各行各业人物，也就是书生眼中的下层阶级。谭嗣同小时候读左太冲的诗，读到"何世无奇才，遗之在草泽"，非常欣赏。他相信"草泽"之中必有"奇才"存在，一如孔子相信十室之内必有忠信一样。而这种"奇才"在书生中，反倒不容易找到，黄仲则[①]的诗说"仗义每多屠狗辈"，就是这种观点。谭嗣同要结交五湖四海中的豪杰之士做朋友，为的是他相信救中国，光凭书生讲空话写文章是不够的，还得伴之以行动，而这种崇尚行动的人，却只有从下层阶级去找，尤其是下层阶级的帮会人物。他首先想到的，就是"洪门"人物。"洪门"是明末遗民反抗清朝的秘密组织。它的渊源来自台湾。当年郑成功义不帝清，退守台湾后，他和部下歃血为盟，宣誓大家结为兄弟，从事反清复明的大业。他开山立堂——开金台山、立明远堂，成立了"汉留"，表示是满族统治下不屈服的汉族的遗留。再派出了五员大将，潜入大陆，就成为"洪门的前五祖"，以福建九连山少林寺为大本营。为了向台湾溯源，谭嗣同说动了他二哥谭嗣襄去台湾，追踪郑成功"汉留"的足迹。可是二哥追踪的结果，却很泄气，他写信告诉谭嗣同，台湾已经不是郑成功时代的台湾了，台湾变了，变得只见流氓不见大侠了，要找大侠，还得从大陆去找。于是，谭嗣同决定在中原的下层阶级里去找同志，就这样，他认识了王五。

王五是北京人，他本姓白，八岁时就成了孤儿，他和弟弟沿街讨饭，讨到了北京顺兴镖局，镖局的王掌柜看他长得相貌不凡，就收留了他，认为养子，改姓王。十一年后，王掌柜死了，他就继承了镖局。由于他行侠仗义、为人直爽、武功又高，就被人叫作"大刀王五"，他的本名，是王正谊。

[①] 黄景仁（1749—1783年），清代诗人，代表作品有《两当轩全集》。

镖局是一门奇怪的行业。干这行的人，被达官贵人大商巨贾请来做保镳[①]，保护人身或押运货物上路，直到目的地为止。这种业务，叫作"走镳"。干"走镳"，或走"水路镳"或走"陆路镳"，都要冒不少风险，风险就是路上的强盗，一般叫作贼。

开镖局的不能见贼就打，那样代价太高，打不胜打。相反，不但不是打，而是和谈。遇到有贼拦路，镖局的头儿总是近上前去，一脸堆笑，抱拳拱手，向贼行礼，招呼说："当家的辛苦！"那做贼的，也得识相，能放一马就得放，也会回答："掌柜的辛苦！"接着贼会问镖局的名字："哪家的？"保镖的就会报上字号。于是，就开始用"春点"谈，"春点"，就是黑话。

"春点"的范围包括江湖上的师承与帮派，如扯上远祖或同门关系，大家都一师所传，就好说了。给贼面子，承认贼给方便，是赏饭给镖局。然后就有这样的对话：

"穿的谁家的衣？"贼问。

"穿的朋友的衣。"保镖答。

"吃的谁家的饭？"贼问。

"吃的朋友的饭。"保镖答。

这是真话，因为保镖的，吃的正是贼的饭——没有贼这一行，谁还要找保镖呢？贼正是"衣食父母"啊！

一阵"春点"拉下来，贼把路让开，表示放行了。临走保镖还得客气一番，说："当家的，多谢'借路'。你有什么带的，我去那边，几天就回来。"

[①] 同"镖"。下用镖。

"没有带的。"贼也客气,"掌柜的,你辛苦了。"

贼不托带东西,但贼会进城来玩。玩的时候,也会找上镖局,镖局一定会保护他们,不让官方捉到。要是给捉到,招牌就砸了。以后上路,江湖绝不好走了。

大刀王五的镖局,虽然是北京城里八个镖局中的一个,但是,由于王五的名气大,所以,在"走镖"时候,只要一亮出王五的堂号,四方绿林,无不买账。正因为王五跟贼的关系好,所以,有些麻烦,也就惹到头上。有一次,一连发生了几十件劫案,被抢劫的,又多是贪官污吏,引起刑部的震惊,下令叫濮文暹太守去抓。濮太守派了官兵几百人去宣武门外王五家抓人,可是王五以二十人拒捕,官兵不敢强进宅内,相持到晚上,官兵暂退,王五也穿着兵士制服,混在其中脱走。第二天,王五忽然到濮太守那儿自首。濮太守奇怪:

"抓你你拒捕,不抓你你自首,怎么回事?"

王五说:"你来硬的,我就硬干;你既撤兵,我就投案。"

濮太守说:"我知道你早已洗手不干强盗的事,但你总要帮我破破案,几十个案一起来,岂不给做官的好看!"

王五说:"大人的忙我一定帮,问题是你大人要赃还是要人?要赃,我可帮忙追回;要人,只好拿我去顶罪。"

濮太守决定但求追赃而已。就这样,问题解决了。

后来,王五感于濮太守是清官是好官,没有栽诬他是匪类,在濮太守下台去河南的时候,还派人送了他一程。

王五外号"京师大侠",这是人们赞美他的侠气。另一方面,他的武功也是第一流的,大刀只是他武功的一面而已,他还精于剑术。在跟他学剑的学生里,有一个湖南人,就是谭嗣同。

谭嗣同是外号"通臂猿"的胡七介绍认识王五的。他称王五为"五爷"、胡七叫"七哥"，王五、胡七叫谭嗣同作"三哥"，王五的哥儿们一律跟着叫"三哥"。谭嗣同是这些人中唯一的知识分子，但他毫不以此自骄，反倒跟这些粗人相偕，称兄道弟。大家都知道三哥书读得好，有学问，并且肯教他们，没有架子。大家乐意跟三哥接近，听三哥谈古论今。大家知道三哥的老太爷是做官的，三哥是官少爷，三哥不会干他们那一行，各干各的。但是，大家是哥儿们，大家肝胆相照，就这样，大家交上朋友，并跟王五和胡七拜了把兄弟，转眼十年了。

十年间，王五和哥儿们有好多次跟谭嗣同谈到帮会的事，他们很明显表达出他们反对满洲人的传统。但是，一碰到满洲人这个问题，谭嗣同好像就有点不愿多说。不过，他也不扫他们的兴，也不说他们不是，笑着看他们叫骂。大概是态度不明朗，哥儿们头脑简单，就以为三哥也是反对满洲人的。

大家做朋友，做到了第十年，1898年到了。谭嗣同应召进宫见光绪皇帝，并在军机处做了四章京之一，消息传遍了北京城，也传到了镖局。

* * *

"他去见了皇上！""他去见了皇上！"六个字，像空气中钉进六颗钉子，王五他们呆住了。他们互相看着，都不说话。有人沮丧地低了头。

"谭嗣同背叛了我们！"胡七突然斩钉截铁。

"没有，谭嗣同没有背叛你们！"一个坚定的口音响在门口，站在那里的，正是谭嗣同。

"三哥啊！"王五大叫了起来，他突然站起来，满脸通红。"三哥，你去见他干什么！我们是什么立场？他们是什么立场？我们和他们之间，有什么好谈的？我们和他们之间，没有好谈的！要有，就是他们擦我们，我们擦他们！"王五的右掌做成刀状，来回各做一个砍头的姿势。"三哥啊，你是有大学问的，不像咱们哥儿们是老粗，你比我们读书明理，你说说看，你为什么去见满洲人，要干这种事，你叫我们怎么办？怎么对待你？"

"这就是我不先告诉你们的原因，我不能使你们为难、使你们精神上先有负担。我若先告诉了你们，你们一定不同意我去。我去以前，结果是好是坏我也没把握，所以，我宁愿先去试试看，如果结果不好，那就是我一个人判断的错，不牵连五爷和各位。如果先告诉了你们，你们一定不同意我去，如果去了结果好，你们就挡住了这个结果，岂不我又陷你们于判断错误？所以，我决定还是不先告诉你们。我……"

"你！你！你他×胡说！"胡七陡地站起来，撩起了袖子，大家也都站起来。王五把左手手心向下，从左胸前向外划过，暗示不要轻举妄动。谭嗣同坐在方桌的一边不动，神色安详地说："五爷、各位，你们总该先听我把话说完。说完了，大家好合好散，也落个明白！"

"他×的你去见了满洲人，并且一见还见的是满洲头子，你背叛了我们，你还有什么话好说完！我们这样看得起你，原来你背叛了我们！"胡七吼叫。

"七哥……"谭嗣同开口。

"你别叫我七哥！七哥是你叫的！我们的交情，今天就是完了！你别叫我七哥！"

"我不要听你我、我、我，我们拜了把子，今天就要同你拔香头；我们发誓同年同月同日死，你记住，明年的今天，就是你的忌日！"胡七一边吼着，一边越过方桌，直朝谭嗣同扑过来，大家也一拥而上。茶杯滚到地上。

"住——手！"王五的洪亮喊声，使人人都立刻缩了回去。谭嗣同安详地坐在那里，鼻孔流下血，茶水溅满了一身。他任鼻血一滴滴淌下，擦都不擦。他稳定得像一尊佛像，不是金刚怒目，而是菩萨低眉。

王五突然翻开了小褂，掏出了腰间的匕首，明晃晃的，大家望着他，可是谭嗣同若无其事。王五把自己白色小褂最后一个纽扣解开，左手拉起了衣角，用匕首朝小褂割去，割下一块方形的布，收起匕首，把布铺在左掌上，朝谭嗣同鼻子捂上去，他右手按住谭嗣同的肩，说："到床上仰着躺一下。"

王五扶谭嗣同躺在床上，叫人拿两条湿手巾来给他，亲手用一条擦掉脸上的血迹，另一条折好，放在额头上。他伸手拉开了被，为谭嗣同盖上。然后打个出去的手势，他却不先走，让大家先出去，然后轻关上门。

* * *

大家在房外草地上，蹲着，蹲着。王五不开腔，他拿出旱烟袋，装上烟丝，从火石包里掏出黄棉，放在烟上，用打火石打燃黄棉，一口接一口吸着。大家跟进，也点上烟。胡七不抽烟，他蹲在那里，用一根树枝，在地上用力画着叉子，画了又描上，愈描愈深，嘴角随着画线在扭动。

"大哥，"胡七忍不住开口了，"我真不明白，以谭三哥这样的人，为什么背叛我们？"

王五吸着旱烟，没有看胡七，眼只望着天，冷冷地说：

"他没有背叛我们，他如背叛了，他就不来了。"

胡七想了一下，恍然若有所悟：

"说得也是，他若背叛了，他该明白再来不就是送死吗？他还不明白我们不会饶他吗？他上次还告诉我们，湖南马福益那一帮前一阵子四当家的犯了则，兄弟们决议是叫他从山顶跳下去，最后兄弟们送他上山，他一边走，一边还照顾送他的大哥，说：'大哥小心走，山路太滑。'马福益是三哥的同乡，又是朋友，三哥难道不知道帮里的规矩？我不信。"

"也许他不认为他犯了规矩吧？所以他敢回来。"有人说。

"犯规也好，不犯规也罢，问题是他如果背叛了，他回来干吗？他总得有个目的啊？"又有人说。

"目的就是拉咱们一起跟他下海，一起做满洲人的奴才，他自己一个人做还不够！"胡七把树枝一丢，大声说。

王五望着天，含着烟，并没有抽，终于转过头来：

"不要瞎猜了。三哥一定有他的原因，这原因不是你们能猜得透的，也不是我王五猜得透的。他学问太大，我们是粗人，我们不清楚。只清楚谭嗣同绝不是背叛朋友的人，我敢以这颗脑袋担保，我王五活了几十年，五湖四海，阅人无数，就没把人看走眼过，我就不相信谭嗣同有问题！谭嗣同有问题，不要他从山上跳，我先跳！不但先跳，并且挖下我眼睛后再跳！"

"我们当然相信大哥，相信大哥不会看走了眼。"胡七心平气和地说，"我刚才动手，也说不出为什么，大概三哥不告诉我们，不让我们这些粗人明白，所以气起来了。"

王五白了他一眼："不对吧，他是要告诉我们的，他好像说了'你们总该先听我把话说完'的话，还说了'好合好散，也落个明白'。可是你没听进去，就动了手了。"

大家望着王五，低下头，胡七也低下头。他低了一下，又抬起头，望着王五：

"这可怎么办？大哥你说怎么办？"

"还是要先听听他的。"王五说着，站起身来。大家也都站起来，一起走进屋去。

* * *

他们再进房里的时候，谭嗣同已经起来了，正在洗脸。那脸盆是搪瓷的，可是已很破旧，原来的盆底已烂了，是用洋铁皮新焊接的。焊工在北方叫锔碗的，他们把打破的碗接在一起，把破片和原底两边外缘钻上钉孔，再用马蹄形铜扣扣入钉孔，最后涂上白色胶合剂，就变成了整补过的新碗。锔碗的同时可用白铁皮焊壶底、焊水桶底……他们是废物利用的高手，是家庭日用器材的修补人。工业时代的人们、有钱的人们，脑中很少有修补的观念，可是农业时代的穷困中国人，他们却把任何可以报废的东西都不报废，他们珍惜旧的、爱护旧的、对旧的发生感情，他们宁肯钉钉补补，也很难汰旧换新。这种情形，变成了一种定律、一种习惯，最后变成了目的本身。所以，最后问题不再是有没有能力换新的问题，而是根本就先排除换新，一切都先维持旧的为天经地义，不能维持则以修补旧的为天经地义。所以，中国人的家里，有着太多太多十几年、几十年，乃至上百年的用品，父以传子、子以传孙，相沿不替。农业时代的穷困，形成了中国人的惜旧观念，从一套制度到一个脸盆，都无例外。

谭嗣同擦脸的时候，王五走过来：

"你流了不少的血。他们太莽撞了。"

谭嗣同苦笑了一下，从水缸里舀出两勺清水，洗着血红的手巾。

"让他们洗吧，别洗了。"王五说。

"没关系，还是自己洗吧，有机会能洗自己的血，也不错。有一天——"他突然若有所思，抬头，停了一下，又低下来，"血会流得更多，自己要洗，也洗不成了。"

"弟兄们太莽撞，三哥不要介意。"王五说。

"怎么会。"谭嗣同说，"也要怪我自己。我一直没好好使大家明白这回事。"

"那就大家好好谈个清楚。十多年来，大家跟三哥拜把子，没人不敬佩三哥。但是，对满洲人的立场，大家一向分明。如今三哥这样做，未免伤了弟兄们的感情。我们帮会的人，对满洲人是绝不谅解的。现在，既然事情闹开了，大家就弄个清楚。"王五说。

"也好。"谭嗣同说着，把手朝下按，示意大家坐下来。

"三哥记得吗？"王五首先开口，"康熙年间，东北的西鲁国老毛子扰乱中国，满洲人平不下来，因为需要能够一边游泳一边作战的，才能跟西鲁人打。东北人游泳是不行的,一边游泳一边作战更别提了。那时候有人向康熙皇帝提议,何不征用平台湾以后移到北京住的这些闽南人,他们都是郑成功系的海盗世家,用他们来打西鲁老毛子岂不以毒攻毒,于是就成为定案,去打西鲁老毛子。"

"你这么一说,我仿佛记起来了。"谭嗣同摸着头,"那个仗,不是说福建莆田九连山少林寺一百二十八个和尚帮忙打的吗?"

"三哥真是大学问家,一点也不错。当时康熙皇帝征用这些闽南人,因为是海盗世家,所以平台湾后康熙不要他们再在台湾住,免生后患,就都被强逼着移民到北方来。这回为了打西鲁老毛子,征用他们,有五百人可用,他们不高兴干,这时候从福建赶来一百二十八个少林寺和尚,大家用闽南话商量,少林寺的和尚劝他们说:满洲人是我们的敌人,抄了我们老家,这个仇,非报不可,这是个机会,满洲人这回有求于我们,打外国人,我们不妨跟他们合一次作,一来是不管满洲人怎么坏,究竟同是中国人、究竟这个仗是打外国人,对外作战总比对内作战重要;二来是如果仗打赢,满洲人欠我们情,至少对我们有好印象,高压的政策会改缓和,我们可以保持实力,徐图大举。于是这些闽南人都愿意了,在康熙二十四年,跟西鲁老毛子打了一次水仗,打法是中国人每人头上顶了一个大牌子……"

"我打个岔,那个牌子是藤子做的。"

"啊,可奇了!三哥怎么知道?真奇!"

"打赢了西鲁老毛子以后,满洲人印了一部书,叫《平定罗刹方略》,里头提到过'福建藤牌兵',就是指这些闽南人。"谭嗣同补充说。

"对了,我们书看得太少,你们有学问就是有学问,真行!

真行！"

"但我不知道藤牌兵怎么打的。"

"藤牌兵是在江里游泳，用藤牌做盾，冲到西鲁老毛子船边，凿漏老毛子的船，老毛子搞不清怎么来了这种怪打法，把他们叫作'大帽鞑子'。他们真倒霉，自己在台湾多少年想杀鞑子，结果竟被别人叫作鞑子。"

"后来呢，后来不说又有火烧少林寺的事？"

"仗打赢了，满洲人说大家有功，要行赏。和尚们不接受，表面上是说我们是出家人，不受人间荣华；骨子里是根本不承认你满洲人有赏的资格。等和尚回少林寺后，不久，满洲人就去派兵火烧，一百二十八个和尚，仅逃出五个，其余的都死了。逃出的五个，找到明朝崇祯皇帝的孙子朱洪竹，大家同盟结义，结义时天上有红光，红光的红与朱洪竹的洪声音一样，大家都说是天意，就开始了洪门会，那五个和尚，就是洪门的前五祖。前五祖刚由少林寺逃出来的时候，曾在沙湾口地方折下树枝发誓：

　　天之长，
　　地之久，
　　纵历千万年，
　　亦誓报此仇！

所以洪门的主义就是报仇，反清复明，跟满洲人干到底。后来在武昌地方打了败仗，朱洪竹失踪，大家只好化整为零，徐图发展，最后留下一首诗作为日后联络凭证：

> 五人分开一首诗，
> 身上洪英无人知。
> 此事传与众兄弟，
> 后来相会团圆时。

于是各开山堂，秘密发展下去。发展成为'三合会''天地会''三点会''哥老会''清水会''匕首会''双刀会'……愈分愈远，谁也搞不清了。三哥是大学问家，应该比我们更清楚。"

"话不是这么说，洪门一直是秘密的，所以简直没有任何写下来的材料，一切都凭口传，难免传走了样。我所知道的，也极有限，但从官方的一些材料里反过来看，有时候可以正好跟口传的配合上，像刚才五爷说的藤牌兵，就是一个例子。"

"三哥说得是。"

"又比如说《大清律例》中有说福建人有歃血订盟焚表结义的，要以造反罪处分，为什么看得这么严重？就是为了对付洪门。满洲人注意洪门，搞不清洪门宣传，除嘴巴你传我我传你以外，一定得有写下来的才方便，一直扯了一百五六十年，才在咸丰年间发现了一本书，不是别的，就是《三国志演义》。《三国志演义》的特色是提倡恢复汉室，桃园三结义，大家拜把子，可成大事，忠义千秋。所以咸丰皇帝查禁《三国志演义》。"

"哦，原来是这个缘故。洪门以后的事，太复杂了，简直搞不清楚。只知道成立洪门是为了反清复明，可是后来发现很多兄弟又跟清朝合作，大家搞不清怎么回事，要反他，怎么又跟他合作？合作、合作，洪门前五祖不就是合作上了大当，兔死狗烹，惹来火烧少林寺，怎么还合作？三哥，这到底是怎么回事？"

"这说来话长，得先从满洲人种说起，才能说明白。"谭嗣同先喝了一口水，"世界人类种族有三大类：黄种的蒙古利亚种、白种的高加索种、黑种的尼革罗种。中国人是黄种，其中又分了汉满蒙等大族。在大族中，汉族一直是中国土地上的老大，几千年历史中，中国土地上完全被其他种族统治的时期，只是13世纪蒙古族元朝和17世纪到今天的满族，加在一起，只有三百四十多年。蒙古族人长得比较矮，眼珠黑，胡子少，但蒙古族的祖先成吉思汗那一支，却灰眼珠，长得高，又有长胡子，可能混有满族的血液。13世纪蒙古族占据中国后，它把满族排名第三，叫满族做汉人，把汉族排名第四，叫南人；17世纪满族占据中国，它同样把蒙古族排在汉族之前，跟蒙古族通婚，给蒙古族和尚盖喇嘛庙，不许汉族种蒙古族的地，也不许跟蒙古族通婚，并且规定汉族在蒙古族地方做生意，有一定居留期间。满族的用意很明显，他要联合蒙古族，抵制汉族。

"满族为什么防范汉族？因为汉族在中国做老大太久了，根太深了，人太多了，文化又高，不能不约束它的影响力和同化力。满族南下的时候，自中国东北越过万里长城，正象征了汉族的失败——万里长城挡不住汉族以外的种族了。当时守长城的汉族总司令是爱情至上的吴三桂将军，听说首都北京被流寇攻进，皇帝上吊死了，他按兵不动；但接着听说在北京等他的情人陈圆圆小姐也被抢走了，他就不再忍耐，于是他跟敌对的满族拉手，借满族的兵，去救他的陈圆圆。

"这一后果是可想而知的，满族进了北京，不再走了。他们用最隆重的丧礼来为明朝的殉国皇帝发丧，同时把孤零零陪这个皇帝同死的一个太监，陪葬在这三十五岁就自杀了的皇帝身旁，他们又消灭了攻进北京的流寇，然后在北京出现了满族皇帝。

"满族对汉族说：'杀了我们皇帝的，是我们的仇人流寇；杀了我们仇人流寇的，是我们的皇帝。'这是一种巧妙的代换，把汉族的皇帝的底片，跟满族的皇帝的底片重折冲洗，'皇帝'这个名词没有变，这个象征没有变，但是照片上的相貌，却不同了。

"满族决定用一些具体而明显的方法来使汉族屈从，于是从头做起，先改变汉族的发型。用你肯不肯改发型，一望而知你肯不肯就范。汉族旧有的发型是留长头发，但是满族却是留辫子，留到今天，我们尽管恨满族，可是还是得跟着留辫子。

"不过，满族虽然被汉族所恨，汉族说满族是异族、是夷狄，其实这是不对的。因为大家都是中国人。古代中国小，中原地区只是河南、山西这些地方，那时大家以为除了这地方的人，其他都是异族，其实都是老祖宗们的瞎扯淡！并且异族的范畴和定义，也因扯淡的扯法不同而一改再改。在当年陕西周朝的眼光中，山东殷朝之后的孔夫子，就是道道地地的异族；可是曾几何时，殷周不分了，变成一家子人了；而周朝的晚期，山东帮和陕西帮，又把湖北帮看成异族，所谓荆楚之地，乃蛮貊之区，于是屈原又变成了异族；可是又曾几何时，湖北人也挤到山东人、陕西人的屁股底下，也不是异族了；于是又手拉手起来，向南发展，把四川人、贵州人看成异族，所谓'夜郎自大'等挖苦话，就是骂西南人的。

"这些说不尽的有趣的夷狄标准的变化，使我们可用它的观点，来重新检讨中国的民族历史。中国民族从远古以来，就处处显示出'夷夏不能防'的混同痕迹。第一次混同的终点是秦朝，秦朝时候已完全同化了东夷和南蛮中的荆吴,以及百越、西戎、北狄的一部分;第二次混同是汉至两晋南北朝,这是一次更大的混同,匈奴、氐、羌、东胡、南蛮、西南夷等等,纷纷大量跟中土人士交配,而生下大量大量的杂种;第三次混同是隋唐到元朝,从突厥、契丹、女真,直到蒙古,中国又增加了一次新的民族混同的纪录;第四次是明朝以后,直到今天满汉通婚,又一批新的杂种出来了。正因为这种一而再、再而三、三而四的混同,日子久了,我们常常忘了我们汉族中的胡人成分。我们忘了唐太宗的母亲是外族人,也忘了明成祖的母亲是外族人,其实,唐朝啦,明朝啦,他们皇亲国戚的血统,早就是杂种了。于是,一个很可笑的矛盾便发生了。这个矛盾是:明成祖的后人,明朝成祖以后的皇帝们,他们的血里,岂不明显地有夷狄因子吗?有了这种因子,明末孤臣史可法也好,张煌言也罢,乃至顾炎武的母亲也行,他们的挺身殉节,所标榜的理由,就未免有点遗憾。明末殉节诸烈士,他们殉节的理由不外是'不事胡人',但是他们忘了,他们忠心耿耿所侍奉的'当今圣上',就是一个广义定义下的'胡人'!

"岂止是'当今圣上',就便是殉节诸烈士自己,也无人敢保证他们是'万世一系'的'黄帝子孙',也无人敢保证他们的祖先在五胡乱华那类多次混同时候未被'骚扰',而在他们的血里面,绝对清洁——没有胡骚味!

"所以,严格说来,我们老祖宗流传下来的那种夷狄观念,是根本就弄错了的,到今天谁是中国人,可难说了。回溯中国五千年的历史,回溯到五千年前,回溯来回溯去,若是回溯的范围只限于河南、山西等地方,而置其他中原以外的地方于不问,或一律以夷狄视之,这种做法，不是看小中国和中国民族，又是什么呢？当时住在河南、山西等地的，固然是中国民族，但是在这些中原地区以外的，又何尝不是中国民族呢？这些在中原人士眼中是东夷的、是荆吴的、是百越的、是东胡的、是肃慎的、是匈奴的、是突厥的、是蒙古的、是氐羌的、是吐蕃的、是苗瑶的、是罗罗缅甸的、是僰掸的，乃至西域系统的白种中国人、三国的黝歙短人、唐朝的昆仑奴等黑种中国人，又何尝不统统是中国民族呢？从这种角度来看——从这种科学的、博大的角度来看，我们不得不说，中国民族的历史，打来打去，还不脱是同族相残的历史，这种历史中所谓的'东逐东夷'也好、'西伐匈奴'也罢，乃至南征北讨，'多事四夷'，赶来杀去，所赶杀的对象，竟不是真的什么'洋鬼子'，而是地地道道的中国人！我们读古文《吊古战场文》，必然会记得那描写所谓'秦汉武功'的句子，那些'秦起长城，竟海为关，荼毒生灵，万里朱殷'的悲伤，和'汉击匈奴，虽得阴山，枕骸遍野，功不补患'的结算，如今我们思念起来，感想又是什么呢？我们不得不认定，从'中华民族的始祖'——黄帝以下，所谓'秦皇汉武'也好、'唐宗宋祖'也罢，他们的许许多多丰功伟业——尤其是号称打击异族统一中夏的丰功伟业，统统值得我们怀疑！五千年的中华史上，除了五十八年前鸦片战争英国鬼子首先打进我们的家门以外，1840年以前，黄帝纪元公元前2674年以后，漫长的四千五百一十四年里，压根儿就没有什么所谓异族！更没有什么真正的夷狄！——他们都是中国人！

"由此可知，所谓什么我中原你夷狄之分、我汉族你满族之别，都是没有什么意义的，大家都搞错了，搞得度量很狭窄，不像男子汉，男子汉哪有这样小小气气地整天把自己同胞当成外国人的？

"至于说到帮会、说到帮会的反清复明,其实也不是那么理直气壮的。以其中三合会为例,三合会的起源,是始于康熙时代少林寺的和尚被杀,当时是反抗官吏,而不是反抗满族;又如哥老会,哥老会反清反得更晚,它的成立已是乾隆当政的时代了,并且它的扩张,还在同治以后,主要的扩张原因还是一部分湘军被遣失业,觉得替满族效忠效得寒心,才愤而反清的。所以帮会的反清复明,并不如一般人所想象的那么纯粹。至于三合会、哥老会以外,流传到中国各地的反清复明,其实也是很有限的,反清复明到今天,清朝天下已经两百五十多年了,明朝亡了两百五十多年都没给复回来,谁还好意思再说反清复明?谁还有脸面再说反清复明?又有什么必要还说什么反清复明?

"并且,复明、复明,复了明又怎样?明值得一复吗?懂历史的人,一比较,就知道清朝政治比明朝像样得多,清朝的皇帝,除了西太后外,都比明朝的皇帝好,制度也好。试看明朝太监当政,清朝的太监只是弄点小钱小权而已。至多只是李莲英这种货色,又算什么,比起明朝,全不够看。明末李自成进北京,宫中的太监就有七万人,连在外面的高达十万人。每个太监平均有四个家奴,算起来就是四十万人。用来非法控制天下,这成什么世界!清朝的太监哪有这种场面!明朝上朝的时候,五百名武夫就排列在奉天门下,说是要纠仪,一指出有哪个官员失仪了,立刻抓下帽子,剥开衣服,痛打一顿。现在清朝的午门,至多只是皇上叫太监'奉旨申斥'骂一两个官员的地方,但在明朝,就是当众脱裤子打屁股的地方,有的还先罚跪。有一次一百零七名官员一起罚跪五天,然后一律打屁股,每人分到三十廷杖。像这类羞辱臣下,被当场打死或打得终身残废的,数也数不清,有的还说奉有圣旨打到家门来的,有的还打到别的衙门去的……像这样子胡闹的、黑暗的明朝政治,清朝是没有的。满洲人的天下也黑暗,但是天下乌鸦,绝不一般黑,五十步和百步,对受害的老百姓而言,还是不同的。因此,我们除非有办法驱逐黑乌鸦,否则的话,如果有不那么黑的、有可能变白一点的,我们还是不要失掉机会。这样才对老百姓真的好。

"今天的皇上虽是满洲人,但却是个好人,是个想有一番大作为的好皇帝,他既然有心在西太后造出的烂摊子上变法图强,既然找到我们汉人头上,我们应该帮助他。这种帮助,是对大家都好的。你们哥儿们人人留着辫子,口口声声地反对满洲人,从前辈的哥儿们起算,反了两百五十多年了,还反不出成绩来,可见此路不通,大家方向都搞错了。今天我话就说到这里,各位兄弟愿意平心静气地想想,想通这番道理,你们自然还把我谭嗣同当兄弟;如果想不通,或想通了仍认为你们对,你们可以说服我,说服我辞去这军机章京不干,跟你们去三刀六眼地干。怎么样?"

说着,谭嗣同站了起来,气雄万夫地站了起来。所有的眼睛都盯住他,全屋是一片死寂。王五的旱烟早都熄火了。他盯着谭嗣同,缓慢地点着头。他挺着腰杆,魁梧的上身,随着点头而前后摇动。弟兄们的眼睛,从谭嗣同身上转到王五身上,他们没有意见,大哥的意见就是他们的意见,他们要等大哥一句话。最后,王五开口了:

"三哥,我们是粗人,我们不知道那些麻烦的大道理。我们只知道你是我们哥儿们,你赞成的我们就赞成,你反对的我们就反对,你要推翻的我们就推翻。反过来说,欺负你的就是欺负我们,惹了你的就是惹了我们,砍了你的我们就还他三刀。我们心连着心,一条线,水来水里去、火来火里去，全没话说。三哥，你是有大学问的，我们不懂，但我们信你，你是我们的灯、我们的神，我们信你总没错，我们懂就懂，不懂就不懂，信你就是。但这次……这……这……次，好像总有点不对劲，不对劲。"

"五爷，有什么不对劲，你尽管说。咱们哥儿们，有什么话都不能闷在肚子里，五爷，你尽管说。"

"咳，到底怎么不对劲，我也说不大出来，只是……只是觉得……咳……觉得有点不对劲，觉得有点不那么顺。"

"你是说——你是说我不该跟康有为去？"

"那……那倒也不是，康有为天大学问，哪里会错。但我们总觉得……只是觉得，康有为走跟满洲人合作的路，这条路，到底行得通不通？是不是真成了'与虎谋皮'了？康有为天大学问，我们不懂，我们只是担心有天大学问的人除非不犯错，要犯就一定是大错，大得收不了摊，要人头落地。康有为天大学问，我们根本沾不上边，所以全靠三哥判断、三哥做主，三哥了解康有为，三哥知道康有为对还是不对，是不是犯了大错。"

"五爷的意思，我懂。"谭嗣同说。

"还是老话，我们是粗人，我们只信三哥。"王五说。

"我们信三哥。"大家众口一声。

"三哥信康有为，我们也只好跟着信。"王五说。

"如我没猜错，五爷你们对信康有为有点勉强。"谭嗣同说。

"话倒不是这么说，我们根本不知道康有为对还是不对，如果不对，为什么不对，我们根本说不上来。"王五顿了一下，"如果犯了大错，错在哪儿，我们也根本说不上来。刚才说了半天，说的不是大道理，而是我们的感觉，感觉有点不对劲、不那么顺。三哥，我们跟你完全不同，你是书里出来的，我们是血里出来的，我们从小就在道上混，三刀六眼，整天过着玩命的日子，但玩了这么多年，居然还没把命玩掉，原因也有一点：哥儿们的照应、自己的武艺、祖上的积德、佛爷的保佑、再加上大家的运气……都是原因，这些原因以外，还有一个，说出来也不怕三哥笑，就是事前的那种感觉。那种感觉到底是什么，一点也说不上来，但真的，真的有那么一点。那种感觉不是每次都有，但有时候它真的有，弄得你别别扭扭的，心神有点不安，直到换一换、变一变，才觉得顺。这么多年来，有几次，直到事后回想，才发现幸亏在紧要关头那么换一换、变一变，才死里逃了生。这话说来有点玄，但的确有这么一种感觉，好像又不能不信。"

"五爷，我跟康有为的事，五爷有这种感觉？"

"好像有一点。三哥你会笑我？"

"五爷这种感觉，我一点也不笑你，并且可以告诉你，我也有这种预感。但是，我们没有选择。不瞒五爷和各位说，我来北方，结交你们这些英雄好汉；我在南方，也结交五湖四海。其中有不少我湖南家乡的人物，这些人物中，有一位叫黄轸——草头黄、珍贵的珍字左边去掉斜玉旁换成车马炮的车字。他比我小八岁，今年二十五。这人文的考上秀才，出身湖南岳麓书院；武的能空手夺白刃，南拳北腿，几个人近不了他的身。他为人行侠仗义，跟哥老会关系极深。像黄轸这种哥儿们，他们相信要救中国，路只有一条，就是革命，只有赶走满洲人，中国才有救。跟满洲人合作，是绝对不行的。他们那种担心'与虎谋皮'的心理，比五爷还强烈。我这次北上，他们特别为我饯行，也特别劝我小心，甚至劝我不要应满洲皇帝之召，而跟他们一起搞革命。坦白说，如果不是受了康有为影响，如果不是碰到光绪皇帝，我很可能走上革命的路。但是，变法维新的道理，康有为已写得那么头头是道，令人心服；而对变法维新的诚意，光绪皇帝又表现得那么求才若渴，令人感动。我不得不承认这是一个机会、一个千载难逢的机会，也许可以用得君行道的方法救中国，无须人头落地，革命总要人头落地的，流谁的血都是中国人的血，总是不好的。我把这番意思讲给黄轸他们听，他们也无法不承认这的确是一个机会，不过'与虎谋皮'，成功的希望很低。我呢，也相信困难重重，希望不高，我心里也正如五爷所预感的，不觉得顺。但是，既然机会是千载难逢的，也只好把握住，要试一试。如果成功了，成绩归大家；如果失败了，牺牲归自己。我今天来通知五爷和各位，并不是拉大家一起跟我下水，只是告诉大家：我谭嗣同不论做老百姓还是做官，都没有变，都是你们的兄弟。各位兄弟如谅解我，今天就是来通知；各位兄弟如不谅解我，今天就是来道别。也许有一天，在看不到想不到的地方，在看不到想不到的时候，我们再会相聚，或者化为泥土，大家相聚，不论怎么样，我们一旦是哥儿们，永远是哥儿们。我此去是成是败，全不可知，知道的是如果失败，我将永远不再回来。保重了，各位弟兄。"谭嗣同向大家拱手为礼，然后向前一步扑身下跪："五爷，请受我一拜。"又转向胡七："七哥，也受我一拜。"……

　　王五、胡七都争着扶起谭嗣同来。谭嗣同转身退去，大家望着他的背影消失在黑暗里。

第九章　戊戌政变

　　黑暗在北京城处处皆有,即使在皇宫中也一样。紫禁城的宫墙都相当高,夹在宫墙中的,多是四合房、三合房,晚上到来,更是黑暗处处。

　　乾清门比起午门、太和门来,虽然规模小了一点,但是它身居内廷第一正门,离皇帝最近,天高皇帝近之下,看来也气势威严。尤其在天黑以后,暗淡的烛光,自门中摇曳出来,照在阶前的一对铜狮背面,更显得威严而死寂。铜狮蹲踞在低矮精雕的石台上,五趾张立,看来在保护皇帝,但是,入夜以后,它们在死寂中沉睡了。

　　乾清门虽然是乾清宫前面的门,但是,它也内有皇帝宝座,皇帝来这里,叫作"御门听政"。听政时太监将宝座抬到乾清门的正中,前面放一黄案,黄案前放一给官员下跪的毡垫,开的是一个半露天的小朝廷。顺着御门的石栏向左看,有斜墙一面,就是照壁,壁上黄绿琉璃瓦,凸起在朱红的墙上,入夜以后,变成一面黑墙,在乾清门前的外院中,显得格外突出。沿着照壁再向左,过了内右门,就看到三间与高大的皇宫建筑绝不相称的小矮房,就是大名鼎鼎的小内阁——军机处。与军机处成直角的,是隆宗门。过隆宗门又成直角,与军机处无独有偶的三间矮房又出现了,就是军机章京值房。

　　清朝雍正皇帝设立军机处,是由于连年用兵西北,为了军书快递与保密防谍,就在隆宗门外盖了小矮房,叫大臣值班。从此立为制度，延续了一百八十年。

军机处是神秘的衙门，它的权力极大，皇帝为了防止它坐大，也未尝不限制它。例如军机处自己的图章，就另放在内廷，要盖印时，由值班的军机章京去"请印"，才能完成盖印手续。又如中央和地方官吏，上奏的内容，都不准预先告诉军机处，而军机处的重地，没得允许也不得进入，门上挂着白木牌，上书"误入军机者斩"，森严情况，六字毕呈。为了执行这些森严的规定，军机处每天都来一名御史，在旁监视。

巍峨豪华的皇宫与矮小破落的军机处，是一种强烈的对比，那正象征着君主的高大与臣下的卑小。军机处里除了办公用品和休息的木炕外，设备简陋。唯一考究的，是高挂在墙上的"喜报红旌"木匾，那木匾上的四个字，正是皇帝每次见到军机大臣的最大盼望。如今，皇帝的盼望对象转移了，转移到军机章京身上，由于西太后的专权，"御门听政"早就没有举行了，被缩小了的皇帝，现在，决心用变法维新做最后的挣扎，在他与军机章京的谋划下，展开了满汉联手的大改革。不过，所谓满，满洲皇帝一人而已；所谓汉，军机四章京外加康有为、梁启超等少数人而已，整个的中国，还像那入夜的铜狮子。

* * *

变法维新从 6 月 11 日正式开始。这一天，光绪皇帝诏定国是，宣布变法自强，接着就是紧锣密鼓的一连串除旧布新的改革。除旧方面废八股、废书院、裁绿营、裁冗衙冗官冗兵、禁止妇女缠足等；布新方面荐人才、试策论、办学堂、设农工商机构、设矿务铁路总局、提倡实业、奖励新著与新发明、翻译新知、准办学会、准开报馆、广开言路、军队改练洋操洋枪、准备实行征兵……在光绪皇帝带头、在紫禁城推动中国全面现代化的时候,西太后那边,在颐和园看在眼里,也就伸出手来。西太后在光绪皇帝诏定国是第四天,就把皇帝老师翁同龢赶走,把自己心腹荣禄安置做直隶总督兼北洋大臣,就是先摆下阵势,看你皇上有多大能耐。虽然阴云满天、大军压境,光绪皇帝还是义无反顾地要变法维新,发愿不要做丧权辱国的亡国之君,他要在困难重重中向前推进。在白天,他越过守旧大臣,跟军机四章京推进变法维新;在晚上,他把在军机章京值房的爱国者叫进乾清门,在铜狮未醒的当口,秉烛策划一切。

* * *

可是,不论多少夜以继日的推进,一切却显得不对劲了。光绪皇帝终于觉察到危机就在眼前。秘密消息传来,大概就在10月里,皇上陪西太后到天津阅兵的时候,废立皇上、解决新党的行动,就会展开。光绪皇帝已被逼到墙角,9月14日,在四章京正式值房的第九天,他把密诏交给杨锐带出;三天以后,他又把第二张密诏交给林旭带出。两道密诏的内容是:

赐杨锐

近来朕仰窥太后圣意,不愿将法尽变,并不欲将此辈老谬昏庸之大臣罢黜,而登用英勇通达之人令其议政,以为恐失人心。虽经朕屡次降旨整饬,而并且有随时几谏之事,但圣意坚定,终恐无济于事，即如十九日之朱谕，皇太后已以为过重，故不得不徐留之，此近来实在为难之情形也。朕亦岂不知中国积弱不振，至于阽危，皆由此辈所误，但必欲朕一早痛切降旨，将旧法尽变而尽黜此辈昏庸之人，则朕之权力，实有未足。果始如此，则朕位不能保，何况其他？今朕问汝，可有何良策，俾旧法可以渐变，将老谬昏庸之大臣尽行罢黜，而登进英勇通达之人，令其议政。使中国转危为安、化弱为强，而又不致有拂圣意。尔等与林旭、谭嗣同、刘光第及诸同志等妥速筹商，密缮封奏，由军机大臣代递，候朕熟思审处，再行办理，朕实不胜紧急翘盼之至。特谕。

赐康有为

朕惟时局艰难，非变法不足以救中国，非去守旧衰谬之大臣，而用通达英勇之士，不能变法。而皇太后不以为然，朕屡次几谏，太后更怒。今朕位几不保，汝康有为、杨锐、林旭、谭嗣同、刘光第等，可妥速密筹，设法相救，朕十分焦灼，不胜企望之至。特谕。

赐康有为

朕今命汝督办官报，实有不得已之苦衷，非楮墨所能罄也。汝可迅速出外，不可迟延。汝一片忠爱热肠，朕所深悉。期爱惜身体，善自调摄，将来更效驰驱，共建大业，朕有厚望焉！特谕。

9月18日清早，在南海会馆里，康有为和大家捧着密诏，做了紧急的决定：第一，要想办法救皇上，谭嗣同提议去劝说有新建陆军在手的汉族军头袁世凯，袁世凯头脑比较新，办强学会时他就赞助过，皇上前天昨天已连续召见两次，已表示重用他。如果他能够深明大义，事情还有转机，这一劝说，风险虽大，但值得一冒，谭嗣同自告奋勇，愿意只身前去找他。第二，皇上力催康有为南下，用意在避免意外发生时，大家被一网打尽，所以决定康有为速离北京，以保全火种。决定以后，即分头进行。

当天晚上，谭嗣同联络上袁世凯，约好晚上10点，到法源寺去拜访袁世凯。袁世凯那时事忙，没住在自己的海淀别业，就便住在法源寺里，他为什么住法源寺，没人知道，也许在学恭亲王吧？

1860年英法联军打进北京的时候，咸丰皇帝逃到热河，留下弟弟恭亲王奕䜣在北京与洋人谈判。那时洋人占据了紫禁城、北京内城，恭亲王住不成自己的恭王府，就看中了外城的法源寺，住进了法源寺。咸丰皇帝在热河遥控交涉局面，他一再叮嘱的是：恭亲王不可以亲自见到洋人，因为恭亲王是中国皇帝的弟弟，地位高高在上，岂可被洋人见到？但是，咸丰皇帝这种叮嘱，事实上是做不到的——你自己打了败仗，洋人占了你国都，你跟洋人谈判，怎么可以不打照面？事实上，形势比人强，英法联军在北京杀人放火、抢劫强奸，这种无法无天的局面，也亟应赶快解决，在解决过程中，恭亲王就无法不见到洋人了。最后，谈判完成，英法联军同意撤兵，愿和中国和平相处，并表示将按国际礼仪派大使来"亲递国书"。不料这一约定，使以天朝自居的咸丰皇帝大大地介意起来，他批恭亲王的奏折说："二夷虽已换约，难保其明春必不反复；若不能将亲递国书一层消弭，祸将未艾，即或暂时允许作为罢论；回銮后，复自津至京，要挟无已，朕惟尔是问！此次夷务步步不得手，致令夷酋面见朕弟，已属不成事体。若复任其肆行无忌，我大清尚有人那？"为了抗议大清无人和拒见夷使，咸丰皇帝不肯再回北京，他死在了热河。这一死，造成了西太后的夺权成功、恭亲王的终于失势。他在法源寺折冲樽俎的努力，最后挡不住人为刀俎。在法源寺苦心孤诣后三十四年，日本又打败了中国；再过四年，六十六岁的他，终于在拦阻光绪皇帝变法维新中死去——年轻时，他是同治中兴的急进派；年老时，却变成光绪变法的保守派，这就是人的一生。谭嗣同在去法源寺的路上，忽然想起近四十年前恭亲王在法源寺那段救亡图存的历史，他顺着想下来，想到袁世凯，他的心，凉了半截。啊！他住的浏阳会馆，不就在附近吗？这一联想，可真是得天时地利呢。他苦笑了一下。

袁世凯简直在以朝服出迎这位军机章京了。军机章京在实权上，相当于副宰相，袁世凯是老吏，对这样炙手可热的新贵近臣，不能不另眼相看的。

谭嗣同首先说事属机密，要求在卧室与袁世凯单独谈话，袁世凯照办了。在卧室里，谭嗣同出示光绪皇帝的密诏，以取信于袁世凯，并告诉他，救皇上、救中国，在此一举。谭嗣同表示，根本的关键在西太后，只有清除了西太后，才能解决问题。如今要袁世凯配合的是：一、杀掉荣禄；二、包围颐和园。至于进颐和园对付西太后，无须袁世凯派兵，他谭嗣同在北京可掌握好汉几十人，并可从湖南招集好将多人，足可解决园内的一切。

袁世凯表面上同意了这一计划。但是，送走谭嗣同以后一个小时，荣禄就得到袁世凯的报告；第二天清早，颐和园的西太后，从荣禄的跪禀里，也知道了真相。

同样的第二天清早，经过一夜的讨论，大家从南海会馆分别走出来。除了林旭绝对不相信袁世凯以外，其他的人半信半疑，倾向于袁世凯纵使不派兵，大概也不至于告密。谭嗣同的结论是：不管袁世凯可不可靠，这是我们最后的一着棋，死马如当活马医，只好冒险找他。为了加强袁世凯的信心，他决定今天进宫，签请皇上明天再召见袁世凯一次。至于康有为，决定明天就南下。

9月20日清早，康有为上了去天津的火车。他的运气真好！他上火车后十几个小时，南海会馆就被官军团团围住，抓到康广仁。因为不见了康有为，官方下令停开火车、关闭城门，以防康有为逃脱，又下令天津地区停开轮船、下令烟台地区大肆搜船。可是，几次劫难他都躲过了，靠英国人的帮助，他终于到了上海。

日本人也不落英国人之后，在公使馆里，他们首先收容了梁启超。这天正是9月21日，西太后正式"临朝训政"了，一百零三天的变法维新，从这天起宣告结束。两天以后，消息传来，光绪皇帝已失掉自由，被西太后关在皇宫的湖心小岛——瀛台——里。

尽管外面风声鹤唳，谭嗣同却没有逃走。但是，浏阳会馆找不到他，他带了一个布包，去了日本公使馆。

* * *

日本公使馆，谭嗣同从来没去过。走近的时候，最吸引他注意的，是那一大排方形木窗。木窗的规格，跟中国的窗户完全不一样，显得开朗、方正，而透入大量的光明。他走上了三阶宽石阶，证明了身份,说是来看梁启超。正巧林权助公使不在,一个矮小机警的日本人接待了他。

"久仰、久仰,谭大人。我名叫平山周。我们欢迎谭大人来。梁先生住在里面,现在就带谭大人去。"

开门了,进来的是谭嗣同,平山周一起进来。梁启超迎上去,双手握住他的两臂。"你可来了,复生,你叫人担心死了。来,坐下,先喝点茶。"

梁启超接得谭嗣同手中的布包,放在桌上。

"我怕有人跟踪,转了好几条街,最后从御河桥那边过来的。若有人跟着,他会以为我去英国使馆。怎么样,卓如,两天来睡得还好吧?"

"睡得还好。"梁启超说,"你还是睡在会馆?"

"是啊,你走以后,我一直在会馆,没出来。"谭嗣同答。

"会馆附近有人吗?"

"还看不出来。"

"康先生有消息吗?"

"没有。"

"康先生现在应该到上海了。林权助说他已密电天津、上海的日本负责人照顾康先生,叫我放心。他今天早上来过,伊藤博文来,他太忙,现在出去了。"

"林公使说他太忙,一切先由我招待,请不要见怪。"平山周补充说。

"我们感谢他还来不及,怎么还见怪?"梁启超说。

"这次也真巧,伊藤博文伊藤公正好在北京,伊藤公佩服各位、表示要救各位，林公使人同此心，在他们领导下的我们，更心同此理，愿意为你们中国志士效劳。为免夜长梦多，我们打算就在三五天内掩护你们两位偷渡，离开中国，如果有别的志士到公使馆来，我们也愿一体相助。……"平山周兴奋地说着。

"不过，"谭嗣同冷冷地插进嘴，不大友善地盯着日本人，"我今天来，并不是要请你们帮我离开中国，虽然我很感谢你们在危难时相助。我是不打算走的。我今天来，只是有一包东西要交给梁先生带出去。……"

"可是，复生！"梁启超急着抓紧谭嗣同的肩膀，"你怎么可以留下来？留下来是无谓的牺牲，是死路一条！"

"我当然知道。"谭嗣同坚定地说，"并且我非常赞成你走。这是一种分工合作，目标虽然一个，但每个同志站的位置，却不可能全一样。有在前面冲锋的，有在后面补给的，有出钱的，有出力的，有流血的，有流汗的，适合甲的未必适合乙，乙能做的不必乙丙两人做。我觉得今天的情形适合我留下，也必须我留下，康先生和你要走，走到外面去、走到外国去，回头来为我们的事业东山再起。"

"唉，复生！你怎么这么固执！留下来，究竟有多少积极意义？留下来做牺牲品，又有多少用处？不行，不行，你得同我们一起走，不能这样牺牲掉！"

"卓如，你怎么会认为牺牲没有积极意义？你记得公孙杵臼的故事，不走的人、牺牲的人，也是在做事、做积极的事；走的人、不先牺牲的人，也是在牺牲，只不过是长期地、不可知地在牺牲。所以照公孙杵臼的说法，不走的人、先牺牲的人，所做的反倒是容易的；走的人、不先牺牲的人，所做的反倒比较难。公孙杵臼把两条路摆出来，自己挑了容易的，不走了、先牺牲了。我今天也想这样。我把难的留给康先生和你去做，我愿意做殉道者，给你们开路。以后路还长得很，也许由我开这个路，对你们做起来有个好理由好起点好凭借，就像公孙杵臼若不开路，程婴就没有好理由好起点好凭借一样。所以，我想了又想，决心我留下来。"

"唉，你怎么能这样！公孙杵臼、程婴的时代跟我们不同，处境也不同，对象也不同，知识程度也不同，怎么能一概而论！"

"没有不同，在大类上完全一样。我们和公孙杵臼、程婴一样，都面对了要把我们斩尽杀绝的敌人，都需要部分同志的牺牲来昭告同胞大众，用牺牲来鼓舞其他同志继续做长期的奋斗。"

"可是，你忘了，当时公孙杵臼牺牲是为了和程婴合演苦肉计，我们现在并没有演苦肉计的必要，为什么要学他们那种时代那种知识程度的人，这是比拟不伦①的啊！"

"比拟伦的！"谭嗣同坚定地说，"我今天带来这布包，是我的那部《仁学》的稿子，对我们所争执的问题，我都研究得很清楚了。交给你处理吧。总之，我决心出来证明一些信念。而这些信念，对我们之中的一部分人，是值得以身示范的。这部《仁学》，卓如兄你是看过的。有些章节，我们还讨论过的。"

"是啊！"梁启超说，"这部书最精彩的部分是反对愚忠、反对稀里糊涂为皇帝而死。我还记得很清楚。可是今天，你却感于皇上的慧眼识人、破格录用，你决心一死，毋乃被人误会是'死君'乎？就算如你所说，你决心一死，是完成了你书里所宣传的信仰：'止有死事

---

① 用不能比的人或事物来比方，指比拟不当。

的道理,绝无死君的道理',而你决心死于'事'上面,但我忍不住要问你一句,除了'死事'以外,你对其他的,有没有也同时为他一死的原因?"

"也有,不过那不算重要——比起'死事'来,至少不算重要。"

"我想也很重要,并且我几乎猜得出来那些原因是什么。"

"你猜是什么?"

"我猜错了,你别见怪。"

"我怎么会有这种反应。"

"我猜你除了死事以外,另外不想活的原因是——'死——君'!"

"什么?"

"'死君'!我说是'死君',是你要为皇上而死!你决心一死的重要原因之一,是这个!"

"你这样说,我不怪你,但你说得太重了。你这样说,把我书里宣传的信仰置于何地?你把我看成了什么?一个言行不一致的人?"

"绝对没有!你是我的英雄、我的好朋友,我如果认为你言行不一致,那也是认为你做的比说的还要好,你的'行'走在你'言'的前头,这种不一致,如果也叫不一致的话,是一种光荣的不一致。"

"那你说我不止'死事',还有'死君',不是明明说我言行不一致?"

"有什么不一致呢?你说'死事',并且你决心一死,为事而死,这件事本身有头有尾,已经很一致了,又何来不一致?如果你说'死事'而不'死事',才是言行不一致,你并没这样,所以,根本就不会发生不一致的问题。你本身,已经很完满地做到了'死事'的信仰。"

"但我书里，明明宣传着'死事'而不'死君'，并且两者成为对立面。如今你若说我'死君'，纵使不算言行不一致，也有矛盾的感觉。"

"问题发生在你认为'死事'和'死君'是对立面，其实这倒有讨论的余地。中国四千五百年来的皇帝，包括光绪，前后有四百二十三个，其中暴君昏君有多少、圣君明君有几人，都各有他们的账，不能一概而论。你书里说：'……请为一大言断之曰：止有死事的道理，绝无死君的道理。死君者，宦官宫妾之为爱、匹夫匹妇之为谅。……'看你的话，你只承认为皇帝'死君'的，应该只是他身边用人女人，因为他跟他们之间有私恩有私昵有私人感情，所以他们对他有愚忠有偏爱。除了这些人以外，你就认为'绝无死君的道理'。你这样划分，是不是分得太明显了？"

"难道不应该这样明显吗？"

"让我们先回忆晏子的故事。齐庄公到大臣崔杼的家里，竟跟崔杼的太太通奸，崔杼不甘戴绿帽子，当场把齐庄公杀了。晏子是齐国大臣，皇帝被杀，别人不敢去看，但他要去吊，他到了崔家，他的左右问他：你为君死难么？晏子答得好，他说皇帝又不是我一个人的，为什么我要一个人为他死？左右又问他：那么，离开齐国逃走吗？晏子答得好：皇帝的死又不是我的罪，我为什么要逃？我为什么要出国？左右又问他：那么就回家吗？晏子答得好：皇帝死了，回到哪儿去呢？晏子真是中国第一流的大政治家，看他这三段答话，不死、不逃，也不想回家，说得又识大体、又有感情、又义正词严。当时他去吊皇帝，大家以为崔杼必定杀他，但是他仍然去吊、去哭，并且'枕尸股而哭'，一点也不怕刺激手里拿刀的，一点也不在乎。晏子识大体，是大智；有感情，是大仁；不怕死去哭，是大勇。晏子为什么有这种大智大仁大勇，我认为他是真正深刻洞悟'死事'和'死君'理论的人。他的理论是：做人君的，岂是高高在百姓之上的？而是主持社稷。做臣子的，岂是为领俸禄混饭吃的？而是维护社稷。所以人君死是为了社稷而死，做臣子的，就该和他一道死，'君为社稷死，则死之；为社稷亡，则亡之。'晏子认为：如果做人君的，死的原因不是为了社稷而是为了他自己，那么陪他死的，只合该是那些在他身边，跟他一起混一起谋私利、谋小集团利益的宠幸、私昵和亲信，才有份儿，堂堂大臣是不干的。齐庄公被杀以后，崔杼决定立齐灵公的儿子做皇帝，就是齐景公。那时景公年纪小，崔杼自立为右相，庆封为左相，他们把所有大臣都找来，在太庙里歃血发誓，说：'诸君有不与崔庆同心者，有如日！'大家一一发誓，可是轮到晏子，晏子却要改变誓词，只发誓：'诸君能忠于君、利于社稷，而婴不与同心者，有如上帝！'当时崔杼他们要翻脸，高国赶忙打圆场，点破说：'二相今日之举，正忠君利社稷之事也！'高帽子一戴，弄得崔杼他们也只好接受晏子的大条件。由晏子的故事，我反过来，请问你，如果人君之死是为社稷死、为国家死，你谭复生又怎么说？对这样伟大的人君，难道你也认为'死君'不对，而'绝无死君的道理'吗？"

"这种人君当然例外。"

"这就是说，你宣传的理论有例外。"

"如果人君有，我的理论就有。"

"好了，光绪皇帝是人君，我就问你这么一句，你坦白说，他是不是人君里的例外？"

"皇上是。"

"皇上为什么是?"

"皇上在变法维新前已经做了二十四年皇帝,他不变法,他还是皇帝,并且在老太婆和满洲人面前,做皇帝做得更稳更神气。皇上变法,不是为他自己,是为国家。"

"皇上为变法冒了大险,他很可能因变法送了命。他如果死了,是道道地地的人君为社稷死、为国家死,是不是?"

"是。"

"那就是了。那我就没猜错。"

"没猜错什么?"

"没猜错你除了'死事'以外,另外不想活的原因是'死君'。你怎么说?你决心一死,死的原因除了事的成分以外,还有人的成分,人的成分就有皇上的成分,皇上就是君呵!"

"你的推论,我仔细想了一下,也不是没道理,至少皇上死了以后、我死了以后,在人们眼里,我不可避免的是'死君',至少'死君'的成分多于'死事'。这原因一来是中国历史上大多是'死君',而不知道'死事',所以皇上一死我一死,人们就很自然地认定这是'死君'。另一个原因是'死事'的主张根本不普遍,将来纵有人读我的书,也属于少数知识分子,这种主张在中国,简直也没被明确地宣传过,所以皇上一死我一死,人们就更会很自然地认定这是'死君'了。所以,从形式上看,我死了,可能还得不到多少'死事'之名呢。"

"这原因,主要是因为有了光绪,光绪是皇帝,他的名字太响了,你跟他一起变法、一起殉道,你却另有死的原因,这在人们心中,是很难成立的。你的目的,都被他吸走了。所以你的'死君'行为,一定成立;'死事'行为,反可能被埋没了。"

"并且,更糟的是,在革命党的眼中,甚至还解释成我为满洲人而死,我还是汉奸呢!"

"奸不奸要时间来证明,在满洲人眼中,皇上又何尝不是满奸,他如死了,在满洲人眼中,又何尝不是为汉人而死?"

"谈到满汉问题,真是一个叫人痛苦的问题,我已决心一死,死而无憾,唯一于心耿耿的,就是在这个问题上,我始终没能说服大刀王五他们一帮兄弟。"

"那该是时间问题,你说服的时间不够。大刀王五他们是粗线条的人,粗线条的人属于下愚,唯上智与下愚最难移。"

"我看不是时间不够,而是别的原因。你说他们是下愚,是对的,改变上智可以用思想用嘴;改变下愚我感到用思想用嘴是不够的,得用别的。关于满汉问题,我同他们反反复复说了多少次,他们总是听不进去。我知道他们也很痛苦,因为他们太相信我了,而我最后不但肯定了该跟满洲人合作救中国,竟还跟满洲皇帝搭上了线搞合作,变化太大了,他们简直难以适应。"

"最后呢?"

"最后我不再使他们痛苦了,我决定大家先不见面,决定用别的方法。"

"你一出去,还见他们吗?"

"我看不必了。"

"如果有时间呢?"

"有时间也不会有好机会。我一定被注意了,这时候跟他们会面,会连累他们。"

"如你刚才所说，你除了证明各国变法无不从流血开始，你愿流血这一点以外，你决心一死，还证明了什么？还会不会证明了别的出来？"

"人之将死，其言也善。善是什么？善是一种功德、一种坦白。我可以告诉你我心底的话，我这一死，我在声名上，会被分尸。"

"分尸？你是说——"

"我是说我的'死事'会有多重的意义、多种的解释。你到海外以后，会同所有维新党举出我是维新的烈士，说我为维新走了一大步、走了最光荣的第一步，变法开始了，中国人民必须踏着谭嗣同的血前进。"

"是，我是要这样说，因为这是真的。"

"真的？真的在革命党眼里，就不再真。他们会说：看吧，还妄想和满洲鞑子搞变法吗？连在满洲皇帝前面得了君，你们都行不了道，都要被老太婆翻掌一扑，所有什么新政，都烟消云散，人人头挂高竿。还妄想与虎谋皮吗？死了心吧。这就是谭嗣同血的教训，血淋淋地证明了中国前途只有一条路，就是革命，可别再妄想走改良的路了！想想看，卓如，有没有这种可能？我一死，反倒帮了革命党？如果这样，我的声名岂不被双方来抢，给分尸了？"

"我倒没朝这个方向想过，经你这么一说，那你到底该不该这么牺牲掉，倒真要再考虑、再考虑。"

"我早考虑过了。"

"你还是要走绝路？"

"这不是绝路，这是生路、这是永生的路。"

"你用死来证明生？"

"有什么不好？卓如，刚才我告诉了你，人之将死，其言也善，我来这里并不是来做感情的诀别，而是交给你稿本，告诉你我心底的话。如果纯粹做感情的诀别，我不会来，这也就是我离开这里以后，到我死前，我不想再见大刀王五他们的原因之一。我来这里找你梁卓如，因为你我之间有特殊因缘，你有大慧根，能够了解我，也能够了解我不能了解的，也了解康先生，也了解并且不断了解中国的前途、中国的路。现在，我告诉你，我死了，人人知道我为变法而死，不错，我是为变法而死，但为变法我也可以不死，不死也有不死的价值和理由，我也相信这种价值、这种理由，所以我赞成你不死，你走。但我为什么要死？孟子说：'可以死，可以无死，死，伤勇。'我为什么'伤勇'而死？为什么？因为我有另一个想死的原因，这原因几年来，一直像梦一样缠着我，使我矛盾、使我难以自圆、使我无法解脱，这个缠着我的梦，就是革命。有多少次、多少次，我认为中国的路是这一条、是革命这一条，而不是改良这一条，是别人走的革命这一条，而不是我自己走的改良这一条。有多少次，这个梦在我心里冒出来；有多少次，我用力把这个梦压下去、压下去。我到北京来以前，我云游名山大川，结交五湖四海，我的成分是革命的多、改良的少，直到我看了康先生的书，听说你们的活动，遇到了你，我才决心走这条改良的路。现在，改良已走到这样子，我有一种冲动，想用一死来证明给革命党看，给那些从事革命而跟我分道扬镳的朋友看，看，你们是对的，我错了。从今以后，想救中国，只有一条路，就是革命。我倒在路上，用一死告诉后来的人：不要往这条路上走，此路不通。"

"哎哟！复生，你在说什么？你这些话太可怕了，就算你真的否定改良的路线，肯定革命的路线，那你也不该用死来证明你的否定和肯定，你为什么不去加入、不去革命，为革命贡献一份力量，为什么你要死？"

"死就是贡献力量的一种方式，当我发现，风云际会，多少种原因配合在一起，而自己的表现方法竟是一死最好的时候，我就愿意一死。"

"你认为现在就正是这时候？"

"现在就正是这时候。因为，实在也不瞒你说，我在认识你以前，我本来可走革命的路，认识了你，你和康先生正走改良的路，要帮手，所以我过来。如果当时你走的是革命的路，我会毫不考虑地过来同你一起这样走，你看了我发表的书，你早就认那些是激烈的革命里子，你和康先生在湖南保中国不保大清，何尝不也是革命里子？我们很苦，我们都知道中国要救，可是谁也不敢断定改良与革命两条路到底哪一条行得通，或哪一条最近最快，或哪一条损害最小效果最好。这次政变，本质上是一种战场上探路的性质，我们探路，证明了改良之路走不通，我决定陈尸在那里，告诉大家猛回头。告诉所有的中国仁人志士，以谭嗣同为鉴，别再有任何幻觉。所以我的死，在这种意义上，有牺牲自己和苦肉计的意味。希望你能留意。我做的，不但告诉改良者不走他们的路，告诉了革命者走他们的路，也告诉了广大的中国人民广大的中国知识分子，到底该走哪条路。"

"如果你为了告诉革命者走他们的路而死，你不必死，革命者无须你告诉，他们就走那条路。"

"革命者是无须我告诉。但有些参加革命的朋友，知道我用死告诉了他们是对的，我是错的。也许，我真正死的心情，没有人知道。

别人从表面上只知道我为变法而死,却不知道我为变法可以不死。从高远博大的角度来说,我不是为变法而死,我是为革命而死。"

"为革命而死?谁会这么想?谁会承认?革命党也不会承认。"

"所谓为革命而死,意思是一死对革命有帮助、有大帮助,我的死,使改良者转向革命者,使广大的中国人民倾向革命者,等于我在为他们推荐革命的将是正路,我为他们做了一种血荐。"

"革命党不承认,也不领情。"

"我何必要他们领情、承认?革命行动像花一样,有显性的、有隐性的,我做的是隐性的。他们是显性的。我无须经他们承认我是革命党,我才是革命党。"

"那你为什么不干脆去革命?也去做显性的?"

"我做显性的,到了海外我是什么,人家说我,我只是一个改良未成愤而革命的家伙,甚至说我是投机分子也不一定。我加入革命,不过是一个生员、一个生力军。但如我做隐性的,情况就完全不同。我觉得死比生效果大得多。因为死可以血荐。"

"你要血荐,你不说你转向革命,谁知道啊?你何不先到海外,你那时要血荐,你可以发表大家支持革命的宣言,然后当众切腹自杀,这不也是很好的血荐吗?总比你这种一言不发大家猜谜式的好。"

谭嗣同笑了,他拍拍梁启超的肩膀,站起来。透过公使馆的方窗户,向远望着。"就是什么都不能说,才能加强血荐的效果。"他侧过头来,望着梁启超,梁启超抬头看他。谭嗣同笑着:"卓如啊,你一个劲儿地想说动我出走,事事都朝出走有好处解释,甚至要死也该在海外死,你可太爱朋友了。你明明知道要血荐就是要借这口老太婆的刀才妙!这也叫借刀杀人吧?怎么可以自杀?老太婆杀了我,才证明给天下这个政府无道，大家该革命；若如你所说，不给老太婆杀而去自杀，不但给这个老太婆脱了罪，自己消灭了他们的眼中钉，并且自杀又变成了种种离奇解释。比如说，人家就会说自杀是因为改良失败而厌世，或是什么别的。总之，那个时候，整个的效果完全不对了。所以，要血荐，就在这儿血溅，就要血溅菜市口。在这儿，才有最好死的地方，才有最佳死的方式。"

"如果你对改良的路这样悲观，你希望我的，是走哪条路？"

"我真的不知道你的路，但我知道康先生的路，他的路好像定了型，如果皇上死了，康先生可能转成革命；但如果皇上活着，康先生在外面，他绝不会丢掉皇上，他一定还是君主立宪，走改良的路。以你跟康先生的关系，我真不知道以后的演变。我说过，卓如兄，你有大慧根，能够了解我，也能够了解我不能了解的，也了解康先生，也了解并且不断了解中国的前途、中国的路，你好自为之吧，你一定会有最正确的选择、不断的选择。人的痛苦是只能同敌人作战，不能同朋友作战；或只能同朋友作战，不能同自己作战。你可能是一个例外，只有性格上大智大勇又光风霁月的人，才能自己同自己作战，以今天的自己和昨天的自己作战。……噢，时候也到了，卓如兄，一切保重了。"谭嗣同站起来。

"可是，复生……"

"哎，卓如，别以为我死了，我没有死，我在你身上，我是已死的你，你是没死的我，你的一部分生命已随我一同死去，我的一部分生命也随你形影长生。记得我的《感怀四律》吗？第四首——

  柳花夙有何冤业？

萍末相遭乃尔奇！
　　直到化泥方是聚，
　　只今堕水尚成离。
　　焉能忍此而终古，
　　亦与之为无町畦。
　　我佛天亲魔眷属。
　　一时撒手劫僧祇。

我们萍水相逢，如今堕水成离，我们是短暂的；但无论天亲魔眷、不论汉满蒙回，中国是永恒的，我们只不过在永恒中短暂离别，早晚化作春泥，还要相会。再会了，卓如，再会了。"

"可是，复生……"

谭嗣同把布包交给梁启超。"豹死留皮人死留名，我关心的不是留名，而是留什么样的名。我希望你带走这些稿本，连同我已经发表的，将来一块儿代我整理、代我印出来，同时用你一支健笔，代我宣传我这一点苦心焦思以后生命的成绩，也算不虚此生。我这三十三年，活得愈久愈觉得完成了自己，尤其认识了你和康先生以后这三年，它是我生命中最后开花的日子。当然，如《法华经》所说：'佛告舍利弗，如是妙法，如优昙钵花，时一现耳！'到头来不过昙花一现，但我希望最后是生命本身的昙花一现，而不是如是妙法的昙花一现。我的生命，我愿意在三十三之年，就这样在花开花谢之间告一结束，但我最后毕竟用我的血来印证了我留下一点妙法。再会了，卓如，你不要送我出来，在里面安全。再会了，卓如，一切保重。"

谭嗣同放开了梁启超的手，一转身，头也不回地走出了客厅，平山周紧跟着出来,随手带上了门。

梁启超呆望着门,然后快步走到窗前。从窗口朝外望,谭嗣同从大门里走出来,平山周陪着他,并肩朝街口走去。那是一个背影、一个前进着的背影,这样一个伟大的同志,在一同做了惊天动地的事业以后,为了永恒,一时撒手,只留下背影给你看了。

* * *

平山周陪谭嗣同走出公使馆,要求送他一程。谭嗣同答应了。两个人并着肩,向西走去。街上很静、很干净,他们经过了西班牙使馆、英租地、俄国兵营、荷兰使馆、美国使馆、美国兵营,向南转向正阳门。离开了这些使馆区,就是中国的气氛。正阳门地方是北京最繁盛的地段,正阳门也叫前门,这个前字,说明了一切;前字旁边就是这么多使馆区,也说明了一切。前门是北京内城南边正中间的大门,盖在紫禁城的中线上,高达十二丈,是北京所有城门里最雄伟的。它的南边,包了一座半圆的城墙,叫瓮城,半圆中点,有一座箭楼,箭楼的目的是保护正阳门的门楼,这是设计时的周到地方。出了箭楼,就是护城河,河上有桥,过了桥,向东的街叫东河沿、向西的街叫西河沿,桥头就是连在一起的五个牌楼,叫五牌楼,所以正阳门外面,等于有两道前面的建筑——箭楼和五牌楼。出了五牌楼,就是向南的大街,叫正阳门外大街,也叫前门大街,也叫五牌楼大街,这条大街,直奔天桥、天坛、先农坛,以到外城的大门——永定门。出了五牌楼向右转,就是北京的娱乐区大栅栏,有戏院。从大栅栏后面穿出,就走到李铁拐斜街。斜街,因为它的方向是西南斜,北京城的街道大多是南北向、东西向，很整齐，叫斜街，就表示它不整齐。北京是一个古城，到处是历史、是传说、是神话和掌故。李铁拐是中国八仙里的用拐杖的跛子，叫斜街作李铁拐斜街。

平山周陪谭嗣同走着，一路谈的，多是沿途的地理与掌故。谭嗣同奇怪这日本人对中国了解如此之深。他从平山周机警的眼神里、渊博的谈吐里，蓦然想起：这个人，难道真是日本外交人员吗？他愈想愈疑惑。他听说日本秘密社会像黑龙会等的成员，许多都是"支那通"。眼前这位叫平山周的东洋人，难道不是黑龙会的人物吗？

平山周从谭嗣同的机警眼神里，也有了"高手过招"的默识。最后，在浏阳会馆门口，他鞠躬而退了。他用深情的眼神望着谭嗣同，转身走上回程。

第十章　抢救

五个小时以后，平山周回到公使馆告诉梁启超，他说他直送谭嗣同到会馆，会馆附近已经有形迹可疑的人。平山周认为，他再去想想办法，看看能不能劝劝谭嗣同。他走出房门，去找林权助。

"我刚才送谭嗣同回会馆，他已决心一死。"平山周对他的公使说，"但我听他与梁启超刚才的谈话，感到其中也许有点隐情，例如他跟大刀王五他们的关系，他好像就不愿多说。另外在他谈话之间，他一再技巧地强调行者与死者都有必要，都不可少，一再站在梁启超应该逃走的立场讲话，我可以看出来，他一再强调的目的之一是使梁启超不感到内疚、不安，或难为情。他谭嗣同，真正是大大的侠骨柔情人物，胆大心细，临危不乱。这样的支那人才、这样地白白送了命，太可惜了！太可惜了！"

"我们还是要想想办法。"林权助点着头，两眼望着窗外。他把右手的五指抵住左手的，两只食指对敲着。"问题的关键是使谭嗣同所坚持的寻死的理由不能成立，这样才能劝得他逃。照你所说，你感到谭嗣同跟梁启超的谈话里也许有点隐情，我想这是关键。这些隐情也许构成谭嗣同不肯逃走的原因，如果这些原因能解决，也许他会回心转意。"

平山周点点头。

林权助问："谭嗣同向梁启超说他不逃的原因是什么？"

"他说了两个理由：一个理由是各国变法都要流血，他愿意流这个血，用他的血，来振奋人心，以利于变法的宣传；另一个理由倒很怪，他说他本来决定不了救中国到底走革命的路好呢，还是走改良的路好，只是比较倾向革命。后来碰到了康梁，他才走改良的路，一起搞变法，这次变法结果，他愿意用一死来证明改良的路行不通，大家今后死心塌地地走革命的路。"

"这倒怪了，我只听说人活着骑墙，从没听说人死着骑墙。"林权助露出日本政客的奸笑。

"谭嗣同是英雄豪杰，哪里是骑墙的人？并且人活着骑墙是为了占便宜；人死了，还有什么便宜好占？如果情况是被逼得非死不可，一个人在死前、在无从选择的时候，也许会如你所说，多抓几个漂亮的死的理由，而有骑墙的可能。但谭嗣同明明有选择权，他明明可以不死，而他决心要死，显然其中有他真正信仰的理由。"

"我真希望知道那是什么，支那人太难了解了。我在国内，他们说我是支那通，但碰到谭嗣同这种支那人，我简直想不通他。"

"一般来说，甘心殉死的人，头脑都比较单纯，信仰也比较单纯，因为单纯，容易有勇气，不会三心两意。但谭嗣同完全不同，他复杂，复杂得令人难以全面了解。他能这样复杂地殉难，尤其看出他的功夫，真不可思议。"

"我们能做的，还是尽量做吧。"林权助叹了口气，"伊藤公也表示了这些中国青年是中国的灵魂，我们该救他们，伊藤公的看法是不能不重视的，伊藤公最有眼光。纯粹站在日本政府的立场，我只是代理公使，我实在也不敢拿这么大的主意，幸亏伊藤公在北京，他肯定表示该救他们，我才放了心。现在的办法是，你多约几位你们的弟兄,再去会馆一齐去劝谭嗣同,你可以技巧地用到伊藤公的名义,说是我转达的。伊藤公盼望谭先生以大局为重,还是先到日本,徐图大举为上策。日本政府碍于官方立场,不能主动邀谭先生,只能转告伊藤公的好意,请谭先生三思。并且由你们几位日本弟兄一齐登门请他去日本,这样一来,自然也和他自己请求政治庇护情形不一样。谭的自尊心很强,用以上的方法,也许比较有效。总之,我能做的,一定全做,并且也愿意做,但是太明显太主动地表露日本官方的立场,以我的身份办不到,并且谭嗣同也不会接受。站在我私人的立场是,对这些中国青年,我极为同情、敬佩,也愿意帮助他们;站在日本政府的立场,日本政府不能放弃烧冷灶的机会,只要不明显地违反外交惯例,日本政府一定暗中支持支那的第二势力第三势力,这也是我们外交比西方人高明的地方。会烧冷灶,是支那人的手法,日本人学得会,可是现实的英美人学不会。好了,就这么办,你说好不好?"

平山周说:"好主意,等一下弟兄们就到使馆来,我就约他们去一趟。政治,我们不懂,我们只知道到中国来帮助这些有理想有勇气的人。"

"你们的背景,我想我知道。"林权助盯着平山周,"到中国来,像你们这样比较单纯的日本人,太少了。但你们来了,我就不能不告诉你们,在大家眼中,你们一定有后台,后台是谁,是玄洋社?是黑龙会?是军部?是资本家?大家都心里有数,支那人也心里有数。"

"但我们什么都不是。"

"我想我知道你们什么都不是,但是大家不知道,支那人也不知道。一般说来,你们这种类型的人,不在日本好好过,却跑到中国来,来干什么?于是就有两派看法:一派看法是,你们是日本极端国权主义分子，你们形式上属于黑社会，但黑社会真正的后台是日本军部，所以你们是日本军部扩张领土政策的尖兵，你们以在野身份，拉拢支那在野势力，做下伏笔；另一派看法是，你们是日本民权主义右翼分子，后台老板是日本新兴的产业资本家，想扩充势力、强化代议制度、减弱藩阀政府的独裁政治，先到中国来，做下伏笔，以备将来挟中国以自重，并且掌握中国市场。"

"我说过，我们什么都不是。"平山周否认。

"我说过，这点我想我知道。我了解你们，所以我说，到中国来，像你们这样比较单纯的日本人，太少了。"

"那你了解我们到底是什么？"

"你要听吗？我开玩笑，你不生气吗？"

"要听，不生气。"

"你们是一种狂热分子。你们在家里坐不住，所以跑到外面，老是帮别人兴风作浪。你们有一种捣乱狂，老是想推翻头顶上的一切。日本政府太稳了，你们推不翻，所以跑到中国来捣乱。"

"你们日本政府的代表，在中国不也兴风作浪吗？"

"完全不一样。你们兴风作浪，至少外形上，要讲理想、讲义气、讲良知、讲交情、讲朋友，你们是帮助弱者打强者。我们却没这么笨。我们公开帮助强者、暗中帮助弱者，取得跟强者讨价还价的余地。有一天，价钱好，我们可以把弱者卖给强者；或者价钱不好，扶植弱者推翻强者，或使弱者割据一方。在整个的作业过程中，没有任何理想、义气、良知、交情、朋友，有的只是日本帝国的利益。我们做的，是真正对日本有利的事；你们却是胡闹。你们希望中国强，中国强了，对日本没有好处。"

"照你们这样发展下去,只要日本强,哪管中国弱,从长远看,中国弱就是日本的弱,你别忘了都是亚洲人都是黄种人这个事实。将来世界一定朝这样发展。"

"我是日本外交家,不是日本预言家,也不是日本道德家。一百年以后的事,我不感兴趣。我感兴趣的,和你们感兴趣的不一样。"

"但现在你和我们一样,对救这些中国弱者感兴趣,甚至你还帮助我们。"

"帮助你们?还是你们帮助我们?你们难道还看不出来,你们代日本政府做了日本政府不便做,也做不到的事。"

"我们不给政府利用。"

"那是你们的想法、天真的想法。只可惜你们逃不掉被利用的命运,也许你们不知道。但事实总是:你们无形中在被日本政府利用,或被极端国权主义分子军部利用,或被民权主义右翼分子财阀利用,甚至,最惨的,被支那人利用。"

"你以为我们是傻瓜,我们这么容易给人利用?"

"你们是不是傻瓜,要看你们走的是哪条路。你们至少在外形上,要讲理想、讲义气、讲良知、讲交情、讲朋友,帮助弱者打强者,在外表上,你们是走上这条路,这就是傻瓜之路,这就注定了你们被利用的命运。你们在这条路上的努力,成了,成果的得利者不是你们;败了,别人都不负责任,你们被人上坟扫墓。上坟回来,还笑你们是傻瓜。"

"你的意思是我们的路走错了?"

"看你用哪一种观点来看。大体说来,你们走的路是侠客的路,从这个观点来看,你们的成败观根本和世俗不一样,别人以为你们被利用，你们却冷笑三声，为什么？你们的人生观是疏财仗义排难解纷，你们根本志不在世俗所争的功业、权势、名位与财富。所以，当你们没得到这些而被别人得到，世俗认为你们是傻瓜，你们却冷笑三声，世俗认为你们是失，而你们却怡然自得。所以，从你们侠客的观点看，你们走对了路。可是，天呵！谁能了解呢？侠客哲学、侠客人生观，这是9世纪中国唐朝的小说带给我们日本的，现在是19世纪。你们太古典了。"

"你笑我们太落伍了？"

"也不一定。古典可能转生为未来，只是古典不能转生为现代，你们的行为，不是历史就是未来，但不是现代。"

"也许你说得对，我们不现代。我们若现代，我们也不会同谭嗣同交上朋友。他们也不现代。他们是古典的中国武士道，他们用古典给中国创造未来。"

"古典的中国武士道，你说得很对。武士道就是我们大和魂，伊藤公说他们是中国的灵魂，中国魂就是古典的中国武士道。中国不是没有武士道，但中国的武士道的发展太偏向一身一家的私恩私怨，或是一个地区一个帮会的私恩私怨，他们任侠[①]敢死的目标可惜都太窄了、太小了，他们的血，很少为国家民族这种大目标流，勇于私斗，怯于公义，这是支那人的大毛病。中国的武士道有两个大类……"

这时候，外面敲门，林权助走过去开门，三个日本人走进来，是平山周的兄弟，桃太郎、宫崎和可儿长。平山周站起来迎上去，说："刚跟公使商量过，由我们一起到会馆请谭嗣同出走，现在我们就一

---

① 以侠义自任。

道去。"

三个人点了头。平山周向林权助说:"要赶时间,又不能坐车招眼,我们得快走了。"

"我送各位下楼。"林权助一边说,一边带上门,陪他们走下楼,"我把最后的一段说完。刚才我说中国的武士道有两个大类,这两个大类一类是专诸型,一类是荆轲型。专诸型的侠客为私人的小目标卖命,荆轲型的侠客却为国家的大目标献身。这两个人都被司马迁记载在《史记》里,并且放在《刺客列传》一章里。司马迁是最能欣赏侠客的,可惜他没能指出他们献身的大目标和小目标有多大的不同,中国人也不注意,中国武士道竟愈发展愈窄愈小,这是中国的不幸。你们各位这回同中国的灵魂接触,如在他们身上看到古典的中国武士道,并且看到为大目标献身的一面,大家肝胆相照,这就是你们各位最大的收获啊!"

到了门口,平山周说:"多谢公使指教,请公使上楼时,代为转告梁启超,告诉他我们赶去会馆劝谭嗣同了。"

林权助说:"自然,我一定转告。梁启超是广东人,也许吃不惯北方的菜,我已叫厨子给他做牛脯煲,他在这边,一切由我照应,请放心就是。"

* * *

走在路上,平山周详细说明了刚才同林权助的谈话。可儿长问,林权助说什么专诸、荆轲,是什么人,平山周说:"他们是中国的侠客,都是两千年前的人。专诸是吴国的一个孝子,喜欢打架打抱不平，打起架来谁也劝不住，只有他母亲来喊一句，他就不敢打了。那时候吴国的公子光跟他堂兄弟王僚争权，想找刺客杀他堂兄弟，就由伍子胥介绍，认识了专诸。公子光常到专诸家去问候他母亲，并且送米送酒送礼物，一再照顾。这样过了四年。一天，专诸向公子光说，我是一个粗人，而你这样看得起我，士为知己者死，有什么需要我的地方，请你坦白说。公子光就说，我想请你行刺我的堂兄弟王僚。专诸说可以，只是我母亲还在世，目前恐怕不行。公子光说，我也知道你有这个困难，可是我实在找不出比你更合适的人来帮我忙。万一你因行刺出了意外，你的母亲就是我的母亲、你的儿子就是我的儿子。专诸说，好。但是王僚那边警卫很严，怎么接近行刺呢？公子光说，我堂兄弟有一个弱点，就是喜欢吃烤鱼，如果你烤鱼做得好，就有机会杀他。于是专诸就去太湖边，专门学做烤鱼，变成了专家。等了很久，公子光认为时机成熟了，就交给专诸一把最有名的小匕首，这匕首叫鱼肠剑，一句话也没说。专诸明白他的意思，说这种关头，我不敢自己做主，还是告诉母亲一声，再给你回话。于是回家，一到家，见了母亲，就哭了起来。他母亲看出了真相，就说公子光待我们这么好，应该为他卖命，你不要惦记我，现在我要喝水，你到河里打一点水来。专诸就去打水，等打水回来，发现母亲竟上吊死了。于是专诸专心为公子光卖命，公子光叫他做烤鱼给王僚，王僚警卫森严，怕他做手脚，限定他脱光衣服上菜，结果他把鱼肠剑藏在烤鱼里，还是刺死了王僚，他自己也当场被王僚的警卫砍死。刚才林权助说专诸型的中国武士道为私人的小目标，认为太没意义，就是指这个故事。"

"听你说这故事，我倒觉得专诸的母亲比专诸更武士道。她的死，意义比专诸重得多，专诸是直接对公子光做了士为知己者死的报答，他只完成了这么一个目的；但他母亲，却不但完成了这个目的，还完成了更高的目的。"

"你所谓更高的目的是——"

"第一，她为了使儿子完成一个目的，竟然用一死，并且先死，给儿子看，使儿子不再为矛盾所苦，没有牵挂，坚定决心，去完成那个目的。第二，在行动上，她不能同儿子一起去完成这个目的，也不需要她参加，但她一死，为这个目的而先死，虽没参加，等于参加，使她儿子知道行动时一点也不孤单；她的赞同儿子的行为，一点也不是空口叫别人去干，她自己先走一步给儿子看。第三，她儿子去行刺，事实上不一定必死，事成不成未可知，人死不死也未可知，并非没有生的机会，但是这位母亲却先把自己推到毫无余地、毫无侥幸的地步，更显出她精神的崇高。"

可儿长说完了，转过头，问桃太郎有什么意见，桃太郎想了一下，最后说：

"你说的我认为都成立。另外，最令我注意的是这位母亲死的手法，她说得很少，你指出这三点，都是事实，但都是留给人解说，她自己不做任何解说。但她也不完全不说话，她告诉专诸，说该为公子光而死，这是个重点，必须交代得清清楚楚，她不交代清楚就死，会使儿子有疑虑。重点交代以后，她就不再用任何拖泥带水的方式、画蛇添足的方式来诀别、来预告，来暗示，而一死了之。她死得真是洒脱之至！我觉得她是大侠客，高不可攀，太高了。"

"还有一个高的，"平山周接过来，"那就是林权助说的中国武士道另一个型——荆轲型。荆轲的时间比专诸晚，是在秦国将要灭亡六国前，燕国太子丹想用刺客要挟或刺杀秦始皇的办法，来免于亡国。

于是太子丹去拜访一位老侠客,叫田光,请田光执行这个行刺计划。田光说千里马年轻的时候,一天可跑千里,可是老了以后,一匹差劲的普通的马都可以赶过它。你太子丹听说的我、仰慕的我,其实是年轻时代的我,现在我老了,没办法执行这个计划了,但我有个朋友叫荆轲,他可以担任。太子丹于是请田光去找荆轲,并嘱咐田光不要向其他人泄露这个计划。田光见到荆轲,得到荆轲同意后,就叫荆轲直接跟太子丹接洽,他自己就自杀了。田光的死,也像专诸的母亲一样,死得很高,第一,士为知己者死,太子丹求他帮忙,他愿意献身救国,可是太老了,行刺计划他答应下来,死的自然该是他本人,他认为理论上他该死;第二,他请荆轲替他,是叫荆轲去玩命,叫朋友到秦国冒险送命,自己却在燕国,他认为说不过去,情谊上他该死;第三,荆轲去行刺,死不死还有待最后确定,但田光自己,却先示荆轲以他不等待任何生机,以给荆轲激励,效果上他该死。这三点,他的手法和专诸的母亲都很像。不同的是他告诉荆轲他要自杀,自杀的理由是他故意强调了的,他说他是长者,长者的行为是不容别人怀疑的,太子丹嘱咐他不要向其他人泄露,他愿一死来配合这一点,这显然是不使荆轲为难。荆轲也高,他居然不劝田光也不拦田光,他知道像田光这样壮烈的性格,用先自杀来给这件行刺计划做一道序幕,是很自然的事。他要劝田光拦田光,反倒远了、俗了。荆轲后来去行刺,失败了,他是笑着死的。他从燕国出发前,大家就感到成功的希望不多。太子丹和知道这个机密计划的人,都在易水河边,穿白衣戴白帽送他,唱的歌是'风萧萧兮易水寒,壮士一去兮不复还'。大家的心情,由这首歌就能听出来。"

"这两个刺客故事,最动人的部分都不在行刺本身,而是两个自杀的老人，这两个人有一个共同的特色，桃太郎，你看是什么？"

"是老。"

"老是一般现象，不能算特色。"

"是自杀。"

"自杀是特色的结果，也不能算特色。"

"那是什么？"

"共同特色是'可以不必死，但他却要死'。他们的最大最伟大的品格，就表现在这里。你注意到了吗？他们若不死，并不算错；可是死了，却突然显得更对。他们若不死，并不少什么；可是死了，却突然显得更对。我的意思，不知道这样说能不能说清楚，甚至可能还有点矛盾。但我真的感觉到，他们不这样做，并不低；这样做，就更高。不这样做，并不渺小；这样做，就更崇高、伟大。"

"我感觉到你的感觉。"

"英雄与凡人的分野就在这里，你感觉到的，是一个英雄与凡人的基本问题。"

"这不只是英雄与凡人的基本问题，这不只是英雄，这是圣者的英雄境界，这是圣雄。"

"你谈到圣者，使我想起苏格拉底。苏格拉底按照当时的法律，根本可以不死。因为按照当时的法律，由原告和被告分别提出罚的方法，而由法官选择一种。当时原告方面是新当政者支持的群众，提出的罚法是死刑；苏格拉底如果请求怜悯，他们可以赦免他，但他不屑于这样，他愿意一死，所以他在被告提出的罚法方面，只肯出三十个小钱，数小得叫法官生气，所以被判喝毒药。后来他的朋友买通了每一个狱卒，他可以越狱，可是他不肯逃，甘心一死。最后他死的是那么从容,他喝下毒药,还告诉围在身边大哭的学生们要安静,因为'男人要安静地死'。苏格拉底是圣者,但死得这么英雄,是圣雄。我觉得专诸的母亲和田光都是圣雄。"

"专诸的母亲是一位平凡的老人家,照你说来,平凡的人也可以成圣成圣雄?"

"当然。平凡人成圣成圣雄的时候,更来得难能可贵。像专诸的母亲,她的一辈子历史,我们什么也不知道,我们知道的,就是她的死,她死得真好。她一辈子平凡又平凡,她的一切,都画龙点睛在一个死上面,为成全儿子而死,甚至平凡得没有名字留下来,她的名字也跟儿子连在一起,她叫——'专诸的母亲'。"

* * *

他们到达会馆的时候,谭嗣同不在,门房说谭先生一小时以前出去了,一个人走的,没说去哪里,也没说什么时候回来,手里也没拿什么东西。等了一阵儿,只好留下"有急事,回来时务请跟我们联络"的条子,离开会馆。他们决定留条子而不留下人等他,有一个好处,就是谭嗣同一回来,立刻可以离开会馆去找他们,这样也减少了他待在会馆的时间——会馆太不安全了。

四个人回到了日本公使馆,天已经很晚了。林权助不在,他们去看了梁启超,谈话间,使馆的一个日本职员走进来,说英国大使馆来消息,张荫桓家昨天来了十多个人,说抓康有为,却抓错了人,抓了一个姓戚的,证明了情况已经非常恶化。张荫桓与康有为是同乡,同情维新,但他不算康派,他自己是总署大臣,等于是外交部长,他的官做得已经很大,不需要另外跟这些新人结盟。他做过到美国、西班牙、秘鲁的钦差大臣,又是英国维多利亚女王六十岁庆典的中国代表,他不赞成李鸿章的过分亲俄政策,使李鸿章对他不满;他跟光绪皇帝比较近,他见光绪,时间往往超过规定,引起西太后对他的猜忌。他是当时政府中最清楚外交的一个人,在外国住过,知道外国民情风俗,也知道中国必须现代化,才有前途。在康有为变法前一年,他就找人编成了"西学富强丛书"八十多种,以引起中国人注意。在变法这年春天,德国亲王来,在礼节方面,他主张清朝政府要合乎鞠躬握手等国际礼节,守旧大臣反对,可是光绪支持他。他的种种作风,使人认为康有为的变法和他是一气。八月五日是伊藤博文见光绪,由他带进宫,他照国际礼节,跟伊藤博文握手,挽伊藤上殿,被西太后在帘子后面看到,认为他勾结伊藤博文,那么亲热就是证据!所以这次大风波,他也被卷在里面。

夜深以后,浏阳会馆那边没有一点消息。大家决定明天清早再去看看。

* * *

八月九日,公历是 1898 年 9 月 24 日,北京城是一个阴天,平山周一夜没睡好,索性早点起来,5 点钟他就叫醒了他们,穿好衣服去外城。他们走进客厅,准备从客厅走出去,在客厅里,看到梁启超,一看那样子,就知道是一夜没睡。梁启超从怀里拿出三张写好的信,一个信封,交给平山周:

"我不能亲自劝他来,只好再写一封信,尽我最后的努力。信里面反复说明昨天他以赵氏孤儿的例子,来做他不走的理由,是很难成立的,麻烦你们看一下,转给他。谭嗣同是湖南人,湖南人外号是驴,有股驴脾气,很难听人劝,同湖南人办事,你最好提出资料、理由、暗示,让他自己想通,他自己想通了,他就认为是他自己的决定,不是你劝的结果,这样他的驴脾气,才不会弄糟事情。"

平山周接过了信,和三个人一起看了,放回信封。平山周说:

"梁先生写得真好,我们一定尽最大的说服工作,去劝他来。"

"劝不来,也把他绑架绑来。"粗线条的桃太郎插口说。

大家都笑了,严肃的空气稍微缓和了一下。

四个人到浏阳会馆的时候,正值谭嗣同在。谭嗣同首先为他没回话表示了歉意。他看了梁启超的信,然后当众人的面把它烧了。

"我不想从这封信上留下蛛丝马迹,让他们推测到梁先生在日本公使馆。"谭嗣同解释说,"请代我向梁先生致意,我很忙,不回他信了。我是不走的。谢谢梁先生的好意,也谢谢你们的好意。"

"谭大人,"平山周说,"梁先生交代我们,务必请谭大人不做无谓的牺牲。梁先生甚至说,如蒙谭大人谅解,不妨勉强谭大人一下。"

谭嗣同笑起来。"怎么勉强法?我不相信梁先生这么说,可能你们误会了。"

"所谓勉强,"桃太郎插了嘴,"就是我们四个人拥着谭大人一起走。"

谭嗣同笑着。"我所以不相信梁先生这么说,因为梁先生深深知道我谭嗣同的武功、我的中国功夫。他知道如果我不肯,你们四位日本人根本近不了我的身。并且,开句玩笑,你们想在中国搞绑架,这太像帝国主义了,把人绑到公使馆?你们太不守国际公法!"

"对满清府守什么国际公法？他们还不是在伦敦绑架孙文？"可儿长说。

"结果不是闹了大笑话？这种人，你们可丢不起。并且他们是中国人绑架中国人，你们是日本人绑架中国人，这怎么行？"

"噢，我们是日本人！我忘了我们是日本人了。"可儿长摸着脑袋。

"我提醒你一句，你最好别忘了你是日本人！在中国，你忘了你是日本人，可太危险了。"谭嗣同笑着。

"危险什么？"

"日本人就是日本人，你忘了你是日本人，日本人也就忘了你。那时候日本人认为你是中国人，中国人仍旧认为你是日本人，那时候你又是什么？"

平山周猛转过头来，望了可儿长一下，一阵狐疑从他眼神里冒了出来。平山周转过头来，对着谭嗣同：

"那时候又是什么？是在中国的帮助中国在困难时争取独立自由的日本志士。日本人不会否定我，中国人也不会。"

"不会吗？你太乐观了吧？"谭嗣同冷笑了，"你说这话，证明你太不清楚日本和中国来往的历史了。历史上，在中国因难的时候，你们日本从来没有帮助过它。宋朝的末年、明朝的末年，都是最有名的例子，不但不帮忙，甚至做得不近人情，中国人朱舜水到日本来请求帮助，他在日本受到水户侯的尊礼，帮助日本改进政治经济教育，等于是国师，可是他孙子后来从中国去看他，日本竟不许他们祖孙会面。郑成功的母亲是日本人，他是中日混血，但在他困难的时候，日本都不帮忙。另一方面，反倒是中国帮日本忙。宋朝末年，日本人靠中国人李竹隐和中国和尚祖元的帮忙，才有了抵抗蒙古的精神动力；明末时候，靠中国人朱舜水的帮忙，才有了以后王政复古以至明治维新的精神渊源。从国与国的立场来说，日本人实在欠中国的、日本实在缺乏帮中国忙的传统。所以，日本人到中国来的，就根本不简单，所以，我劝你最好别忘了你是日本人。"

"照你这么说，我们跑到中国来干什么？这么大早跑到浏阳会馆来干什么？"

"干什么？来帮助中国人呀！"谭嗣同笑着。

"不是说没有帮中国忙的传统吗？"

"是啊，你们帮的是中国人，但不是中国。帮中国人当然也是一小部分中国人，不是全部支那人。"

"这是什么道义？通吗？"

"有什么不通？国与国之间是没有什么道义可讲的，国与国之间讲道义，根本是白痴。但人与人之间却不同。日本人并非不讲道义，但只在人与人之间，你们到中国来，至多是站在人与人之间的道义帮助中国个人。"

"未必吧？"平山周不以为然。

"如果这个帮助跟国与国冲突呢？"谭嗣同再问。

"目前并不冲突。"平山周答。

"如果冲突呢？"

"当然牺牲个人。"

"如果那种牺牲有损于道义呢？如果错的是日本呢？"

"就让它有损于道义。但论国界，不论是非。"

"你这是为了国家的利益，牺牲你个人的道义。"

"是。"

"那么任何人跟你交朋友,在国家利益面前,都会被你出卖?"谭嗣同逼问。

"是。但你用的'出卖'字眼可不大好。"平山周噘着嘴。

"不好?你现在跑到中国来交朋友,是不是就准备有一天将他出卖?"

"我并不是为了出卖他而同他交朋友,我的确是来帮助他,我只是不能保证将来而已。"

"那人跟你交上了朋友,就交上了一个潜在的敌人?"

"看事情不必这么悲观呵!我们到中国来,不是来交敌人的,也不是来看正阳门的,我们是来做对日本有利的事的。"

"如果这件事对日本不利,你做吗?"

"当然不做。"

"现在你们做的是什么?"

"现在做的,对中国对日本都有利。"

"我认为相反也应该成立——对日本有利的,对中国也有利。"可儿长插进来说。

"这是一个重要的认识,我们不是在这种认识下,才跑到北京,起这么早嘛!"平山周说。

"那就好了!听你刚才讲话,你好像不单纯,很有黑龙会的口气。"谭嗣同说。

"你看我像吗?"

"那也很难说。黑龙会的人,很多都看起来好好先生,抱个猫在怀里,很慈祥,跟他们交朋友,他们忠肝义胆。但一碰到中国问题,他们就凶狠毒辣,立刻就出来另一种标准,一点也不尊重中国的地位。"谭嗣同笑着,话锋一转,"不过,今天我们虽然发生了怀疑和辩论,我仍愿告诉你们我内心的感觉,我是感谢你们的。并且,就个人的侠义观点说,我相信你们个人的侠义举动。好了,今天我还有一大堆的事情要料理。各位啊,想想你们日本月照和西乡的故事,在一个矛盾局面降临的时候,总要有死去的人和不死的人。告诉梁先生,月照与西乡两位,我和他各自效法一人。顺便想想你们日本的维新志士吧,维新的第一功臣,是西乡吗?是木户吗?是大久保吗?是伊藤吗?是大隈吗?是井上吗?是后藤吗?是板垣吗?我看都不是,真正的功臣乃是吉田松阴。吉田松阴一辈子没有一件成功的大业可言,他要逃到国外,失败了;要纠合志士帮助皇帝,失败了;要派出同志阻止恶势力前来,失败了。最后以三十岁年纪,横尸法场。但是,吉田死后,全日本受了感召,风起云涌,最后达成维新的果实,这证明了吉田虽死犹生、虽失败犹成功,他以败为成。我就用这日本志士的故事,留作临别纪念吧!"

* * *

四个日本人走出浏阳会馆的时候,大家嘀咕起来。

"我还以为我们是支那通。"平山周赞叹着,"想不到原来谭大人是日本通!他脱口而出的这些日本历史与政情,真是如数他家之珍,真不得了!"

"真不得了!"大家附和着。

"谭大人说的那一大堆人名,我大体听说过。可是他提到什么月照、什么西乡，是指谁啊？西乡是指西乡隆盛吗？"桃太郎问。

"西乡是西乡隆盛。"平山周说，"月照是西京清水寺的和尚，为人豪侠仗义，他出国回来，在西方压力和幕府压力下，进行勤王尊王的活动。后来事情闹大，由近卫公安排，避难于萨摩，由西乡隆盛收容。最后牵连到西乡。月照不愿连累近卫公和西乡，乃伸头给西乡，表示宁死于同志之手。但西乡却若无其事，与月照上船喝酒唱歌，最后两人相抱，一起跳海了。大家抢救，救起了西乡，可是月照却淹死了。西乡后来变法维新成功，完成了月照勤王尊王的遗愿。刚才谭大人叫我们把月照和西乡的事转告梁先生，就是期勉梁先生以同志的死为激励，去努力完成未竟之业。谭大人真是大人气象，太教人佩服了。中国有这种伟大的人物，我们日本要亡中国，可早得很呢！"

第十一章 舍生

平山周他们走后,谭嗣同在浏阳会馆动作加快起来。他关着房门,检查了屋里的片纸只字,有的烧毁了,有的又有意保留下来。他神秘工作了一个上午,然后匆匆外出,机警地看了四周,转入小巷,朝大刀王五的镖局走去。

镖局的弟兄们都在应约等他,他出现了。

"今天我来这儿,不是向五爷、七哥两位师父和各位弟兄来打扰,而是来告别。外面情况已经完全不对了,皇上昨天被老太婆囚禁在瀛台,大抓人就在眼前,一百多天来变法维新的努力,眼看全付流水。我谭嗣同是祸首,决定敢做敢当,一死了之。只可惜皇上年纪轻轻,受此连累,搞不好要被老太婆毒死害死,我实在心里过不去,因此在向各位告别之时,想以救皇上之事相托,也许各位能够仗义救救皇上。"谭嗣同拱手为礼,锐利的眼神,打量着房里的每一位。

"但是、但是,三哥,你怎么了?"胡七先开了口,"从认识三哥起,我们三哥说一是一,说二是二,三哥说东我们甘心东,说西我们认为西有理。但是,今天,三哥,今天三哥怎么把这个题目给了弟兄们,叫弟兄们救起满洲人来了?上次说与满洲人合作,帮着满洲人维新变法,兄弟们不明白,最后还是不大明白,但不再说什么。今天更进一步,不但跟满洲人合作,反倒救起满洲皇帝来了。三哥,弟兄们能够维系到今天,两三百年全靠这股恨满洲人的仇,如今大家奋斗的方向愈斗愈离谱，这可不太对劲了吧？"

"话不是这么说，"谭嗣同解释，"坦白告诉各位，我在南边北上的时候，还以为皇上要变法维新，纵然有老太婆高高在上，皇上毕竟还是皇上，还是可以做些重大的决定的。可是，等到我一进了宫，才发现事事掣肘，皇上根本没有实权。虽然没有实权，却使我愈加佩服皇上的伟大。他本来不缺吃不缺穿，不变法维新，照做他的皇帝的，可是他为了满洲人和汉人，却要在没有实权的困难下奋勇前进，这种伟大的精神，正是中国圣人所说的'知其不可为而为之'。既然皇上这么伟大，我们应该设法帮助他，不论他是不是满洲人。人家为了我们汉人，好好的安安稳稳的皇帝都不怕牺牲了，事到今天，我们怎么还分什么满人、汉人？既然皇上陷于险地，我也义不独生。所以我以一死相求，盼各位在我走后，对皇上有以救助。"

"这一救助，"王五说了话，"你三哥不参加？"

"我不参加，我要做的、我所该做的，是先一死来加强这一救助的力量。"

"一死？"王五问。

"一死。"谭嗣同平静地答，"让我说个故事来解释这件事。各位都知道汉高祖刘邦。刘邦是对人最不客气的流氓皇帝，他把女婿封在赵国，有一天到赵国去，把赵王指着鼻子当众大骂一顿，吓得赵王不敢吭声。但赵王的左右看不过去了，当时左右有个名叫贯高的，他带头计划，决心谋刺刘邦，决定在柏人地方把刘邦干掉。刘邦到了柏人，晚上睡不着，心神不宁，起来问人，我们住的叫什么地方啊？人说这地方叫柏人。刘邦说：柏人，就是迫于人的意思，就是被人整的意思，这地方名字不好，不能住，走，立刻都给我走，于是大家全部上路，跑了。半夜里贯高带人来杀刘邦，全扑了空。这事情被刘邦知道了，于是大抓人特抓人。这些刺客，知道反正活不成了，于是你自杀我也自杀，独有一个人例外，那就是贯高。贯高不但不自杀，反倒大骂那些自杀的，他的理由是：我们计划行刺，赵王并不知道，可是这回刘邦连赵王都抓去了，我们这些惹祸的人若全死了，还有谁来证明赵王的清白呢？于是贯高被刘邦抓去，大加修理。修理得全身都是伤，没有一块完整的肉可以用刑了。可是他还是不肯攀供，还是流着血咬着牙说赵王是无辜的。他这种精神，使刘邦很奇怪，于是找了贯高的一个老朋友假借买通狱里的人，进来送点水果，去套他的话，问他赵王到底知不知情？贯高说：'谁不爱自己的父母老婆呢？可是他们都因为我谋刺而活不成了！我若说是赵王首谋，我的父母老婆都可以减罪。我爱父母老婆当然胜过爱赵王，可是我不能为了自私的缘故而诬攀好人，我要好汉做事好汉当。'贯高的朋友走出监狱，立刻报告给刘邦，说赵王实在没参加行刺的计划，而贯高也实在够朋友、够义气。刘邦听了，很感动，决定放赵王自由，并且也赦免贯高。贯高听说这个消息以后，想到跟他一起行刺的朋友都死了，他也不想活了，于是也自杀了。我说这个故事，就是证明，好汉做事好汉当。如今大家一起搞变法维新，出了事情，皇上给关起来，死生莫卜；我们这些兴风作浪煽风点火的，若全部跑了，没一个人肯牺牲，这成什么话！这怎么对得起人！所以，我谭嗣同非死不可、非先死不可。只有用一死来对得起皇上、对得起朋友。何况，我活着只有失败，死了方有机会成功。"

"既然这样，"王五说，"你三哥从南边北上搞变法维新，就未免太欠考虑。你们是多么难得的知识分子，是不世出的。结果就这样草草给牺牲了,这可不太好。你们等于是厨子,厨子要知道怎么准备、什么火候,才能炒好这盘菜。这就像你们湖南的名菜炒羊肚丝,羊肚丝是一盘好菜,可是做的方法不对,就难吃得要命,方法太重要,羊肚不先洗干净、刮干净,就不成,弄干净后切成丝,在锅中放油,先爆葱丝和辣椒丝,然后放下羊肚丝快炒,最后加韭黄和麻油、醋、盐等作料,再来一点高汤,合炒几下就出锅,炒久了,韭黄一出水,就不脆,整盘菜,全完蛋。连做一盘菜都讲究准备和火候,何况变法维新?准备不够、火候不对,糟蹋了材料,耽误了时间,并且,还要倒足了胃口。"

"如果变法维新是做一盘菜,做这盘菜的情况都在眼前,五爷可以看得一清二楚,也可以全盘掌握,自然五爷说得对,要讲求准备和火候。但现在这问题太复杂,复杂得什么都纠缠在一起,整个的局面纠缠得不能动。这时候,我们的目标是先让它动起来,总不能死缠在那儿,动,才有机会、才有起点;不动,就一切都是老样,老样我们看够了,也受够了,实在也忍不下去了。所以,目前是要动,准备够不够、火候对不对,也顾不了那么多。何况什么样的准备才叫够,什么样的火候才叫对,因为问题太复杂,实在也很难判断。所以干脆来个动,从动中造成的新局面,来判断得失。"

"这么一说,你不顾准备和火候了?"

"也不是不顾,至少从时代潮流来看、从大方向来看,我们也不是全无准备,也不是全不顾火候,我们已经把自己充实了十多年或二十多年,个人的准备也都做得很充足;火候方面,现在虽然群智未开,但也未尝不人心思变,纵使火候不成熟,可是我们又怎么再等?康先生已四十开外,我也三十开外,大家都在壮年,已等了一二十年了，又怎么再等下去？如果火候在三十年后才成熟，我们岂不都报废了？"

"你们有没有想一想，救国为什么一定要你们？如果火候要再等三十年才成熟，为什么不让三十年后三十岁的英雄豪杰来救国？"胡七问。

"话可不能这么说。我们不是全没有机会，何况做和不做的结果，就是不一样、就是不一样。你七哥太以一件事的成和败、成熟和不成熟来作做不做的标准了。"

"这难道有错？这是稳健啊！"胡七说。

"不错，是稳健。可是愈是稳健的人，就愈变成愈稳健有余、行动不足，最后一事无成两鬓霜，也一事无败两鬓霜。所以稳健，最后竟变成不是一种做事态度，而变成了不做事的借口。"

"但你总不能不在做事以前，先精打细算一下。如果在事情还没做，就已经败象毕露，那怎么还能做？一件事，如果一开始看不出来成败，也许还值得一试，但一开始就看出不能做，要做一定失败，那又为什么？"

"我们的名义上，是变法维新，从这个标准看，一做就如你七哥所说，是一开始就看出会失败，你七哥说的未尝没道理。但你不知道，我们的名义虽然是变法维新，或者说，开价虽然是变法维新，但我们的底价却不是变法维新，而是宣传变法维新，使中国人民知道要改革，就算成功。所以我们知道底价是什么，并不奢求，正因为底价不高，所以我们来做的心情也不全是失败者的心情。"

"那你不能把底价宣布吗？何必弄得这么刺激？如果只止于宣传，当道的人也许会谅解到相当程度，而容忍你们，不下毒手？"胡七说。

"这怎么行?宣传变法维新,不是我们最后的目的,只是我们第一个进度,宣传以后,变法维新的事实迟早总要来的,我们的精神是成功不必在我,但这并不构成自己不做的理由。所以从进度上,这是不可分的连续关系;何况从技巧上,也必须用变法维新的行动来做宣传的手段,这叫取法其上,或得其中;如果不得其中更可得其上,那不更好?"

"这么说来,你们把目的——变法维新——当作了手段,当作了达到你们的底价目的——宣传变法维新——的手段,而宣传变法维新本是变法维新的手段,却根本是你们的目的,至少是底价目的。对不对?"王五接过来问。

"说来很好笑,对。"

"将目的作为手段,将手段作为目的。"

"对我们自己来说,是将目的作为手段;对中国人民来说,我们的手段和目的合一,手段是变法维新,目的也是变法维新。"

"无所谓第一个进度,宣传变法维新的进度?"

"无所谓这种进度。对中国人民来说,没有宣传变法维新的第一个进度,只有变法维新成或败这一个进度。如果失败,就自然达到了第一个进度,第一个进度是绝对不会失败的,现在要看的,是它该怎么成功,成功到怎么一个程度。"

"在我看来,你们做来做去,都太多做给别人看的价值,只是宣传变法维新,而不是实行变法维新。"

"你说的,我全明白,我也承认你说的不无道理,但是,你大概没想到,我的本来目的,根本就是在宣传。怪事吧?想想看,难道你真的以为，变法能够成功？在这种恶势力底下，变法一定难成功，其实我早就知道，也早就感觉到。"

"既然你全知道、全感觉到，那你又何必这样用心做一件明知要失败的事？"王五叹口气。

"知其不可而为之。"

"那也总有个理由。"胡七追问。

"理由就是要告诉中国人民，改良的时代已经到了，必须改良，中国必须改良。这是一个声音，第一个声音，我们目前所能做的，大概只能传来这么一个声音，而不是真能改变的事实。既然只是一个呼声，那就愈响愈好，所以，如你所看出来的，我们的行动有太多表演的意味，我也不否认。但是，不是表演玩的，是拿自己脑袋做牺牲品表演的，一个人肯用脑袋做牺牲品去搞宣传，这就不发生什么表演不表演的心术问题，也不发生什么目的手段的本末问题，一切评价，都会被生死问题盖了过去，生死问题把一切疑虑都解决了。七哥啊，一个人肯为他奋斗的目标去死，别人还能苛责什么呢？还能挑剔什么呢？"

"何况，"谭嗣同进一步说，"乐观地说，搞变法维新，实在没有什么失败可言，所谓失败，只是成功的第一步。成功也许只要两步，那失败就成功了一半；成功也许需要十步，那失败就成功了十分之一。所以，不要把失败孤立来看，要把失败当成功的一段、成功的前段来看。把失败跟成功连续起来一起看。从另一角度看，你说我在努力做一件失败的事，不错，这件事形式上是一次失败，但以我的底价来说，我的底价就是要做成一次成功的失败。失败应该有两种，一种是失败的失败，一败涂地；一种却是成功的失败，在失败中给成功打下基础,或者完成成功的几分之几。你只注意到我在做一件失败的事,你却没注意到我根本就没想做成功的事,成功需要时间和气候,我正好被安排在前段,我是注定要做先烈的人,不是注定要做元老的人。像我这样的人,即是注定要做先烈的,现在我三十多岁就要如此,其实,纵使四十多岁、五十多岁、六十多岁、七十多岁,也是一样。各位记得那七十岁的老翁侯嬴吗?侯嬴只是魏国看城门的,可是是侠客。战国四公子之一信陵君对他礼贤下士,请他吃饭,去接他,他穿着破衣服,很神气地坐在马车上,由信陵君给他赶马车;吃饭时坐上座,大模大样。后来秦国包围赵国,赵国求救,魏王不肯。侯嬴乃给信陵君出主意,教他从魏王姨太太那边下手偷虎符,这样才能调动魏国前线军队,以救赵国。信陵君听了他的话,如法炮制,果然偷到虎符。临走时,侯嬴推荐他的朋友屠户朱亥一起上路,并跟信陵君说:我本来应该同你们一起去冒险的,可是我太老了,只好送你们走。不过,为了表示我们的心在一起、表示我并非不敢冒险,我计算在你们抵达前线的时候,我面朝北,对着风自杀,以表达我们这一番交情。后来,在那边信陵君抵达前线的时候,这边侯嬴老先生果然自杀了。唐朝王维写《夷门歌》描写侯嬴说:'非但慷慨献奇谋,意气兼将身命酬。望风刎颈送公子,七十老翁何所求?'就指的是这回事。以我对侯嬴的了解,我认为他老先生显然以一死来表达他并非自己偷生、只陷朋友于险地,相反,他的朋友虽然照他的主意去冒险,但还有活的机会,而他自己呢,却一死了之,不求存活。今天,我来到这里,一方面表达我无法分身救皇上,一方面又要求各位去险地救皇上,作为朋友,实在说不过去,为了达到变法流血的效果,我不能望风刎颈地自杀,但我会横尸法场地让人去杀,终以一死来表达我们这一番交情。时间不早了,就此永别吧!"

谭嗣同抱拳为礼,在暮色苍茫中,退了出去。大家想送他,他张开两掌,做了手势。王五会意,说了一句:"就让三哥自己走吧!"

* * *

谭嗣同回到莽苍苍斋。他走进房里,点亮油灯。灯光下,三个人坐在角落里。

三个人都穿着黑色小褂,小褂里头是白色小褂。小褂第一个扣子没扣,白领子从里头露出来,配上反卷的白袖子。

三个人站起来,为首的向谭嗣同打招呼:"是谭先生?"

谭嗣同点点头。"各位是——"

"是来请谭先生的。"

"噢,"谭嗣同笑了一下,从容地说,"我等各位好久了,各位是来办公的。"

为首的笑了一下,"谭先生误会了,我们不是衙门来的。我们是南边来的。"

"南边来的?"谭嗣同愣了一下。

"我们带来一封信,请谭先生先过目。"为首的从内衣里掏出一封信,信封上写——

专送北京
谭复生先生亲启
　　　黄缄

谭嗣同一看信封，就明白了。拆开信，信是：

复生我兄：
　　不见故人久矣！然故人高风动态，弟等有专人伺报，时在念中。想我兄不以为怪也。
　　兹由同志四位，前来迎兄南下，盼兄盱衡大局，勿为无谓之牺牲。孟子有言："可以死，可以无死，死，伤勇。"我兄大勇，弟等如望云山；我兄大才，弟等如望云霓。事迫矣！亟盼即时启程，另开战场，共襄盛举。轻重之间，以我兄明达，无复多陈。总之我兄生还，即弟等之脱死也。生死交情，乞纳我言。即颂
　　大安
　　弟　**黄轸**　手启

谭嗣同看了信，把信凑上油灯，一点一点地，像蚕吃桑叶一般地，给烧掉了。

谭嗣同没请他们坐下，就开口了："各位兄弟，情况很急，我们长话短说。黄轸兄和你们的好意我心领了，但我不能离开北京，也不打算离开北京。我到北京来，就有心理准备、不成功，便成仁。如今果然不成功，我愿意一死，我谭嗣同不是失败了就离开北京的人，我不能一走了之。我要死在北京，死给大家看。"

"谭先生的心意，我们全明白。"来人说，"黄轸兄派我们来以前，已经同我们说得很清楚。黄轸兄说，当时他反对谭先生北上，要谭先生东渡日本，一同走革命的路子，但谭先生认为中国太弱了，底子太差，革命的方法像给病人吃重药，不一定对中国有利，也不一定成

功。如果有缓和的路子，也不要失掉派人一试的机会。北京既然有机会，总不该失去，所以谭先生自己愿意深入虎穴，或跳这个火坑。黄轸兄说他完全了解谭先生和他是殊途同归，谭先生不论走哪条路、不论怎么走法，大家都是同志。只是今天眼看北上这条路走不通了，黄轸兄怕谭先生做无谓的牺牲，所以特派小弟们来接谭先生南下。这条路既走不通，再留在北京，已无意义。请谭先生体谅黄轸兄的一番心意和小弟们走这一趟的目的，不要再说了，先动身再说吧！"

谭嗣同苦笑了一下："活着留在北京，已无意义；但死在北京，意义却有的。承黄轸兄和各位看得起我，我真没齿难忘。可是我已下决心死在北京，对你们的好意，我真抱歉。"谭嗣同拱着手，作了揖。"外面风声紧得很，我也不招待，各位就请赶快回去吧！"

突然间，另外两个人互望了一眼，一个人在带头的耳边说了些什么。带头的摇手示意，好像在阻止，说："谭先生守死善道的决心，小弟们很佩服。可是，可是，谭先生这样做，是叫小弟们空着手回去，南边同志会怪小弟们辱命，小弟们当不起。小弟们真要请谭先生原谅：小弟们打算强迫谭先生走了。"说着，三个人就走近谭嗣同身旁。

谭嗣同笑起来，他的笑容里有庄严、有感谢："各位先停一下，我有话说。就是要走，也得给我一点时间准备一下。"

"对，该给谭先生一点时间准备一下。"一句洪亮的声音从屋角背后传来，大家回头一望，一条彪形大汉出现在门口。壮汉后面，又闪出四条大汉。

谭嗣同向前一步，向彪形大汉打招呼："五爷，这三位不是别的路上的，是南边兄弟他们派上来的，派上来接我的。"

"我全知道。"王五说,"你们的话,我全听到了。他们来的,不止这三位,外面还有一位把风的,被我们兄弟给摆平了。"

"要不要紧?"谭嗣同急着问。

"不要紧,只是昏了过去。这些革命党,只会革命,功夫却不敢领教,一碰就完了!"

带头的厉声说:"你这什么意思?"

谭嗣同赶快握住他的臂:"让我介绍一下,这位是自己人,我一说你就知道了,他就是'关东大侠'——大刀王五!"

带头的怒容立刻不见了。谭嗣同转向王五:"这位南边来的兄弟。"

"失敬,失敬!"王五作了揖,对方也作了揖。

谭嗣同说:"我们还是长话短说。各位兄弟:你们的好意我全领了,但是我真的不能离开北京,各国变法无不从流血开始,我愿中国流血从我开始。"

带头的摇摇头。"谭先生,黄轸兄告诉我们,谭先生其实是赞成革命的,反对改良的,当然也反对什么变法维新。谭先生,既然你明明知道那条路才是你该走的路,你为什么不走?你为什么不去做铲除他们的战士,而做被他们铲除的烈士?为什么?为什么?难道你有什么私人的牵挂、感情的牵挂,还是什么别的?不管是什么,谭先生,那些牵挂都是小的,比起我们追求的救国大目标来,那些又算得了什么呢?牵挂那些,为那些而因小失大,岂不太妇人之仁了吗?谭先生,你是我们的大哥,你是我们眼里的英雄、我们的导师,现在我们全等你,你不走,你怎么了?我们真不明白,还有什么更高的意义能比得上你走,你的走,不是逃掉,不是不再回来,而是'回马一枪'，而是重新以战士身份，凯旋北京。你不走，这算什么？我们要的是在城门顶上挂我们的军旗，不是在城门顶上挂我们的人头。你不走，头悬高竿于城门之上，这又有什么意义呢？"

带头的声音愈说愈高，他把右手举起，合起了拇指食指做着吊挂的动作，然后，把手突然落到桌上，发出了一声巨响。烛光跟着急闪着，在光明中，摇撼着人影。

谭嗣同平静地坐在太师椅上。椅背是直角起落的。他的腰身挺直，直得跟椅背成了平行线。烛光照在他脸上，他的气色不佳，但是脸安详肃穆，恰似一座从容就义的殉道者的蜡像。殉道者的死亡的脸不止一种，但是安详肃穆该是最好的。把道殉得从容多于慷慨、殉得不徐不疾、殉得没有激越之气，显然从内心里发出强大的力量才能办到。注意那凶死而又死得安详肃穆的人，他在生的时候能够那样，死的时候也才能那样。带头的从谭嗣同的脸上，看到了死亡的投影。看到谭嗣同的头、脖子，他感到这颗头自脖子上被砍下来的景象。他感到那时候，这个安详肃穆的人，有的只是死生之分，而不是不同的脸相。

在安详肃穆中，谭嗣同开口了：

"老兄说的去做铲除他们的战士，不做被他们铲除的烈士一点上，我真的感动，并且认为有至理。但是，我所以不走的原因，实在也是因为我认为除了做战士之外，烈士也是得有人要做的。许多人间的计划，是要不同形式的人完成的，一起完成的。公孙杵臼的例子就是一个。没有公孙杵臼做烈士，程婴也就无法做战士，保存赵氏孤儿的大计划，也就不能完成。当然我们今天的处境和赵氏孤儿的例子不一样，但是我总觉得，做一件大事，总得有所牺牲才对，我们不要怕牺牲,既然牺牲是必然的,我想我倒适合做那个牺牲的人。做这样的人,是该我做的事……"

"谭先生你别说了!"带头的打断了谭嗣同的话,"你谭嗣同,你是什么才干、什么地位的!你怎么可以做牺牲,要牺牲也不该是你呀!"

"不该是我,又该是谁呢?"谭嗣同笑了一下,静静地说,"我想该是我,真该是我。我谭嗣同站出来,带头走改良的变法路线,如今这路线错了,或者说走不通了,难道我谭嗣同不该负责吗?该负责难道不拿出点行动表示吗?我带头走变法路线,我就该为这种路线活,也就该为这种路线死。这路线不通了,我最该做的事,不是另外换路线,而是死在这路线上,证明它是多么不通,警告别人另外找路子……"

"可是,就算你言之成理,你也不需要用这种方法来证明、来警告啊?"

"除了死的方法,又有什么方法呢?如果死的方法最好,又何必吝于一死呢?请转告黄轸兄,我错了,我的路线错了,我谭嗣同的想法错了,我完全承认我的错误。不但承认我的错误,我还要对我的错误负责任,我愿意一死,用一死表明心迹,用一死证明我的错和你们的对,用一死提醒世人和中国人:对一个病入膏肓的腐败政权,与它谈改良是'与虎谋皮'的、是行不通的。我愿意用我的横尸,来证明这腐败政权如何横行;我愿用我的一死,提醒人们此路不通,从今以后,大家要死心塌地,去走革命的路线,不要妄想与腐败政权谈改良。我决心一死来证明上面所说的一切。"

房里一片沉寂,除了谭嗣同的苍凉声调与慷慨声调,没有任何余

音。最后,王五开口了:

"既然谭先生决心留在北京,南边的朋友也就尊重他的决定吧!"

* * *

南边的朋友走后,王五开口了:"三哥,你一离开镖局,大家就众口一声,决定遵照你的话去做,除了另派弟兄去打听皇上囚在瀛台的情况与地形外,并决定也保护你三哥,所以暗中跟着你,没想到在会馆却碰到南边的朋友,只好打照面。我跟来,要跟三哥说的是:我们弟兄同意去救皇上了,暗号为'昆仑'计划,细节你三哥不必操心。问题是万一我们成功了,皇上又有机会执政了,搞变法维新了,而你三哥却可以不牺牲而牺牲了,岂不误了大局。所以,我们还是劝你躲一躲,固然不必躲到外国公使馆,但至少不要留在会馆里等人来抓。务请三哥看在我们弟兄的共同希望上,不要再坚持了。"

王五的声音很沉重,那种声音,从虬髯厚唇的造型发出来,更增加了力量与诚恳。谭嗣同被说得为之动容。可是,他内心的主意已定。为了不使这些弟兄当面失望,他缓慢地点了点头,说:

"给我点时间,我愿静静考虑五爷的话。这样吧,你们各位先请,先去筹划救皇上,我这边,要把一些杂务料理一下,料理定了,我就去镖局找你们。"

"要料理多少时间?"胡七问。

"要料理三四个小时。"

"这样好不好?不晚于清早5点前,你就过来。"胡七逼问。

"好吧!不晚于清早5点前。"谭嗣同口里敷衍着。

"一言为定啊!"

"一言为定。"

* * *

王五他们走后,谭嗣同嘱咐老家人先睡一下,就开始料理,继续上午的工作。最后,该烧的烧了,该保存的保存了。他伏案写了五封信。

第一封信是写给王五、胡七他们的:

五爷、七哥及各位兄弟:变法维新本未期其能成,弟之加入,目的本在以败为成,叫醒世人。真正以为能成功者,大概只有康先生一人而已。皇上是满人中大觉悟者,受我等汉人影响,不以富贵自足而思救国,以至今日命陷险地,弟义不苟生;兄等昆仑探穴,弟义不后死。特留书以为绝笔,愿来生重为兄弟,以续前缘。**嗣同**顿首。戊戌八月九日。

第二封信是写给他父亲的:

父亲大人膝下:

不听训诲,致有今日,儿死矣!望大人宽恕。临颖依依,不尽欲白。嗣儿叩禀。戊戌八月九日。

第三封信是写给他夫人李闰的:

闰妻如面:结缡十五年,原约相守以死,我今背盟矣!手写此信,我尚为世间一人;君看此信,我已成阴曹一鬼,死生契阔，亦复何言。惟念此身虽去、此情不渝，小我虽灭、大我常存。生生世世，同住莲花，如比迦陵毗迦同命鸟，比翼双飞，亦可互嘲。愿君视荣华如梦幻、视死辱为常事，无喜无悲，听其自然。我与殇儿，同在西方极乐世界相偕待君，他年重逢，再聚团圆。殇儿与我，灵魂不远，与君魂梦相依，望君遣怀。戊戌八月九日，**嗣同**。

第四封信是写给他佛学老师杨文会的：

仁翁大人函文：金陵听法，明月中庭，此心有得，不胜感念。梁卓如言："佛门止有世间出世间二法。出世间者，当伏处深山，运水搬柴，终日止食一粒米，以苦其身，修成善果，再来投胎人世，以普度众生。若不能忍此苦，便当修世间法，五伦五常，无一不要做到极处；不问如何极繁极琐极困苦之事，皆当为之，不使有顷刻安逸。二者之间，更无立足之地，有之，即地狱也。"此盖得于其师康长素者也。嗣同深昧斯义，于世间出世间两无所处。苟有所悟，其惟地藏乎？"一王发愿：早成佛道，当度是辈，今使无余；一王发愿：若不先度罪苦，令是安乐，得至菩提，我终未愿成佛。""一王发愿：早成佛者，即一切智成就如来是；一王发愿：永度罪苦众生，未愿成佛者，即地藏菩萨是。"

嗣同诵佛经，观其千言万语，究以真旨，自觉无过此二愿者。窃以从事变法维新，本意或在"早成佛道，当度是辈"；今事不成，转以"未愿成佛"，"我不入地狱，谁入地狱"。自度不为人后，赴死敢为天下先，丈夫发愿，得失之际，执此两端以谋所处，当无世间出世间二法之惑矣！吾师其许我乎？戊戌八月九日，受业**谭嗣同**合十。

第五封信是写给老同学唐才常的：

常兄大鉴：弟冲决网罗，著《仁学》以付卓如，朝布道，夕死可矣！《仁学》题以"台湾人所著书"，假台人抒愤，意在亡国之民，不忘宗周之陨。前致书我兄，勉以"吾党其努力为亡后之图"，意谓"国亡，而人犹在也"。今转而思之，我亡，而国犹在也。我亡，则中国不亡。嗣同死矣！改良之道，当随我以去；吾兄宜约轸兄东渡，以革命策来兹也。临颖神驰，**复生**绝笔。戊戌八月九日，于莽苍苍斋。

信写完了，一一封好，已是三更。谭嗣同叫醒老家人胡理臣：

"给老太爷的信、给太太的信、给杨老师的信，都留在你身边，由你转送。老太爷给我的信，给太太的一些礼品，以及我包好的一些纪念品，也都由你保管。带回家乡去。其他大的物件，由你整理。现在，你把给五爷的信立刻送到镖局，把给唐先生的信也带去，托五爷转给唐先生。这两封信不能留在这里，要立刻带出会馆，就麻烦你现在跑一趟。并告诉五爷，我不能去镖局了，不要来找我，因为我大概不在了……"

"老爷！您不在了？您去哪儿？"

"我去哪儿？"谭嗣同笑了一下，拍着老家人的肩膀，"我一定会让你知道。你先去吧！"

第十二章　从监牢到法场

1898年9月25日，中国农历戊戌年八月十日，北京城的鬼月刚过去不久，可是一片阴霾与鬼氛，却笼罩在全城。天还乍亮的时候，日本公使馆的大门慢慢开了，八个穿着和服的日本人，戴着压低帽檐的大帽，鱼贯走了出来，上了马车。到了火车站时候，他们又鱼贯走进。可是到了进月台之前，十几个清朝官员赶了过来，半强迫半礼貌地拦阻了他们，说按照手续，请他们拿出护照看看。护照——是平山周、山田良政、小村俊三郎、野口多内、桃太郎、宫崎滔天、可儿长、月照。清廷官吏由翻译官用熟练的日语，向他们问话寒暄，可是问到月照的时候，平山周抢着用中国话说：

"这位月照先生是哑巴，不能说话，请原谅。"

清朝官员以惊奇的眼神盯着月照看，又盯着平山周看。平山周严峻地用日语向翻译官耳边补了一句：

"请贵国尊重我们大日本帝国的外交人员，不要惹起什么误会才好！否则事情闹大，大家都不好看！"

翻译官识相地在官员耳边做了私语，大家再交头接耳一阵，把路让开了，心照不宣地盯着月照，让他上了火车。

一星期后，八个日本人乘大岛军舰到达了日本。日本报纸头条报道着："大隈重信首相正式宣布，清国变法维新志士梁启超君在日本国民的道义协助下，已安抵日本。"

*　*　*

在日本公使馆开大门的同时，浏阳会馆的大门也慢慢开了。开门的只有一个人。他穿着上朝衣服，神色夷然地把门左右固定住，保持大开的状态。他在院里踱了一阵，然后挑起帘子，再走回屋内。他烧了一壶水，倒在盖碗里。

早起喝茶是他从北京人学到的习惯。北京人喝茶考究，茶叶从龙芽、雀舌、毛尖，到雨前、珠兰、香片等等，一应俱全。一般人都是喝香片，用黄铜茶盘子，摆上一把细瓷茶壶，配上六个同色同花样的茶杯，成为一组。不过，官宦之家用的茶杯就是盖碗了，用盖碗喝茶，显得更高贵、更正式、更庄严。

他坐在太师椅上，侧过头来看着西洋钟，已经清早六点半。突然间，外面人声嘈杂起来，由远而近，一刹间门帘忽地拉起，冲进武装的衙门官员，一进屋就五六个。

一冲进来，他们吓了一跳。主人正襟危坐，安静地看他们张皇失措。他不慌不忙，从桌上端起盖碗，挑开盖子，还悠闲地喝了一口茶。

官员们惊魂方定，带头的九门提督欠身为礼，恭敬地说：

"谭大人，上面奉旨，拟请大人到部里走动一下。"

"我知道了。"主人笑了，笑得那样从容、那样会心，"我知道你们各位会来的，我已经开门恭候了。"

主人安稳地放下盖碗，站起身来。

"会馆里只有我一个人在。"主人笑着说,"等一下我的老家人会回来,请留下的人转告他一声。"

说罢,他戴上官帽,摆正了,挺胸走出来。两边的官员慌忙让出路,护送他上了马车。

* * *

马车在刑部停下,大人被前呼后拥进了刑部。刑部的值班人员拿出收押簿,问他身份、请他签到,他的"桀骜"又展现了。他一言不发,拿起毛笔,在上写了三个大字——"谭嗣同"。

他被带到刑部监狱南所的第一间——头监牢房里,房里一床一桌一椅,阴暗、肮脏而简陋,和他身穿的雍容华丽的上朝衣服——朝衣,构成了非常不搭调的对比。他首先感觉到这一对比,他笑了,他脱口吟出龚定盦的诗句:

朝衣东市甘如饴,
玉体须为美人惜。

吟完了,他笑得更开心了。他想起两千年前的汉朝大臣,为国家筹划长远的前途。可是,一旦天威莫测,纵为大臣,也不由分说,回一下家都不准,身穿朝衣就斩于东市。清朝最有才华的龚定盦写这首《行路易》诗,道出谋国者捐躯为国而死,死得固然快乐,可是,想到此身不能再与美人燕好,也未尝不为之惜也!其实,这就是人生,你不能全选全得,你有所取有所不取,有所不取就该坦然面对有所失,有所失就有所惜。他想起他那别妻书:"……生生世世,同住莲花,如比迦陵毗迦同命鸟,比翼双飞……"虽然,对来生来世备致希望,但是他生未卜此生休,却是眼前的事实。自己求仁得仁,固毫无所憾,不过,那"同命鸟"的一方,他单方面就替她决定了生离死别,作为志士仁人,在小我立场上,未免也难逃"自私"之讥吧?他坐在床上,天南地北地乱想起来,脑中不免有点困惑。还好,困惑很快就消失了,这就是人生。人间虽众生百相,但只能做一种人——只能选择做一种人,同时还得拒绝不做其他许多种的人,尽管其中还不乏有趣的、吸引人的成分。我不能做烈士又做寿星、不能做改革者又做隐士、不能做天仙又做牛头马面、不能献身给国家又献身给妻子……我所面对的是两个方面,一面是选择做什么、一面是拒绝不做什么,然后进一步对选择的,寄以前瞻;对拒绝的,砍掉反顾。承认了人生必须选择又承认了人生那么短暂,自会学着承认对那些落选的,不必再花生命去表现沾恋与矛盾。生命是那么短,全部生命用来应付所选择的,其实还不够;全部生命用来做只能做的一种人,其实还不够。若再分割一部分生命给以外的——不论是过去的、眼前的、未来的,都是浪费自己的生命,并且影响自己已选的角色。不过,今天,人已在这里,就不同了。眼看已经没有未来了,今天的生命已经无从浪费,今天充满了空白与悠闲,今天是一个假期,是永远的假期的开始,真奇怪,这样的一开始,他就先想起那在浏阳家乡、孤苦无依的妻子,结了十五年的婚,只生了一个小男孩,还夭折了,他对她未免愧疚。他想到他的死讯传到家乡后、他的灵柩运到家乡后,她将如何面对这种凄苦与长夜,他想不下去了。……他又想到他的父亲,多少年来,由于后母的虐待,导致了他与父亲的不和,直到最近几年,他长大了,情况才好转。他父亲是湖北巡抚,是封疆大吏,可是他不愿连累父亲,所以,昨天早上,他烧掉了一些父亲赞助他的信,捏造了一些父亲斥责他的信,用惟妙惟肖的书法,表达了父亲在激烈反对儿子去搞变法维新的活动,并声言与儿子断绝父子关系。想到这里,他露出一丝慧黠的笑——"这些假信,在搜查会馆时,一定被他们搜查到,他们一定被骗,父亲大人就可脱身了!"……

就这样天南地北地想着、想着,已近中午。狱吏从通道外,把午饭从栏杆下推进来,只有简单的窝头一个、菜汤一碗。狱吏长得尖嘴猴腮,一副小人模样,并且装出神圣不可侵犯的嘴脸,盯着谭嗣同看。然后东张西望,突然间伸手掏进上衣,快速地将一包东西丢进牢房,正丢到谭嗣同脚下,然后用眼神示意,低声说:"送给你的。"接着,凶恶地大喊一声"吃完了,汤碗丢出来!"就转身走了。

谭嗣同机警地捡起小包,退到墙角,背对着通道,打开了,原来是一包酱牛肉,配上十多条湖南人爱吃的红辣椒。他立刻明白了:"这里有好心人惦记着我。"在孤独中,他感到一丝暖意。

下午,仍旧在天南地北的乱想中度过。他想累了,决定看一看,不再想了。他把椅子放到床上,站上去,勉强可攀住高窗,朝外望去,正看到刑部狱的内院,院中那棵大榆树,忽然提醒了他:"这不是明朝杨椒山杨继盛在狱中亲手种的那棵有名的大树吗?杨继盛三百五十年前,不正关在锦衣卫吗?锦衣卫狱不就正是今天这个刑部狱吗?而杨继盛住的,不正是编号头监的这同一间牢房吗?"他惊奇得想叫出声来。杨继盛一代忠良,可是由于向明朝世宗皇帝说了真话,上奏指摘奸臣误国,结果被皇帝当廷廷杖,打了一百四十棍,打完以后,又下狱三年,最后还是把他杀了。他死的那年,只有四十岁,他的夫人上书要代他死,她哀求皇帝准许她代丈夫死,可是还是不准。杨继盛倒是铁汉,他被廷杖后,昏倒了许多次,但最后活了过来。他被打得屁股都烂了,在牢里他用破碗的瓷片,把腐烂的肉一块块切下来,连在旁边执灯帮他打光的狱卒,看得手都发抖了。在他被打之前,有人送他蚺蛇胆,说吃了可以减少痛苦,可是他的回答是:"椒山自有胆,何必蚺蛇哉!"他临被砍头时,作诗二首,其中一首是:

浩气还太虚,

丹心照万古。

生前未了事,

留与后人补。

真的补了。他死后二十年,左光斗出生了。在左光斗五十一岁时,又和他一样地做了烈士。而左光斗坐的那个监狱,不也正就是今天这个刑部狱吗?如果是头监,岂不又是这同一间牢房吗?左光斗为了说真话,被下狱、被廷杖、被刑求,刑求中主要是炮烙,用烧红的铁条去浑身烫,烫得左光斗体无完肤。他的学生史可法买通狱卒,穿着破衣服、草鞋,化装成清洁工,偷偷进来看他,看到的竟是面额焦烂无法辨识的左老师了。左老师身靠着墙,浑身血肉模糊,左膝以下,筋骨尽脱,已残废得站不起来了。史可法一见,跪上前去,抱住左光斗大哭,左光斗眼睛烫瞎了,可是听出声音是史可法,乃大骂他:你来干什么!国家之事,已经糜烂了,你不去救,反倒"轻身而昧大义",妇人之仁,跑来看我,一旦被奸臣发觉,你还活得成吗?你快给我走,不然我就打死你。说着就抓起地上铁链刑具做投掷姿势,史可法只好含泪而出。史可法后来说:"吾师肺肝,皆铁石所铸造也！"后来左光斗也在狱里被杀死了。这是杨继盛以后的又一个！左光斗死在明朝熹宗年间，一转眼又是两百七十年了。谭嗣同想着。

　　从三百五十年前的杨继盛，到两百七十年前的左光斗，这个刑部狱、这个头监牢房，也不知关闭了多少川流不息的过客，他们的身躯已经不存在、血肉已经不存在，但是，鉴不用人，形还问影，他们的影子，其实依然存在。他们在丹青与青史、热血与冷汗、悲愤与哀呼、长吁与短叹，其实处处都凝固在空气里、嵌入到墙壁里、渗透到地底下。虽然先后关到同一座监狱同一间牢房，甚至萧条异代，各不相属；身世遭际，自有千秋，但是，当一代又一代化为尘土以后，他们终于在不同的时间里、在相同的空间里，离奇地累积在一起，做了时空的交汇。也许在子夜辗转、也许在午夜梦回，同座监狱同一牢房，先驱者的身影却恐怖地魂影相依，苦难就这样传递下去、接替下去，只有开始，没有结束，为了中国的伤痕，永远做出推陈出新的见证。如今，谭嗣同来了，他在看到榆树以后，顿觉这一刑部狱的头间押房变得逼近起来，多少沧桑、多少熟悉、多少生离死别、多少幽情暗恨、多少悲惨与凄凉，一一浮现他的眼前。尤其夜色渐深的时候，这种感觉就更强烈。牢房里没有灯光，灯光是油灯的，只在走道上才有，牢房里几乎是黑暗的。黑暗之中，自己的影都离开自己了。自己本身就是一个影。影喜欢黑暗，黑暗就是它的家。一回到黑暗它就变成了主人。因为他本身就是黑暗，跟黑暗同一颜色。自己以为自己是形，其实错了，至少在黑暗笼罩的时候，是错了。自己不是纯粹的形，乃是形中有影，光明把影从形中推出，但影紧追不舍，直到光明疲倦的时候。在黑暗里，会慢慢感觉：影进入了形，重合了形，使形融化——不是影没有了，而是形没有了。影之于形犹梦之于眠、犹刃之于刀。影并没在黑暗里消失，只是染了更深的颜色。这时候，灵魂好像无所依附了。人从不知道灵魂是什么，现在更什么都不是。如果有这东西，也是个在黑暗中最先背弃人的，灵魂只是影的影。在黑暗中，谭嗣同化形为影，与同座监狱同一牢房的先驱者，开始魂影相依了。

一夜就这样过去了。

* * *

凌晨五更左右，谭嗣同蒙眬中听到有人轻敲木栅栏，他定神去看，一名狱卒在向他招手，另一只手还拿着一支点着的香。香是全根的，常识告诉他：这狱卒是刚接班的。他下了床，走了过去。

"谭大人吗？"狱卒轻声地说，"我是佩服你的人，昨天中午的牛肉和辣椒就是我的一点小意思。你家仆人有信带来，还托我带上一点日用品，等下我塞在门后。"狱卒说着，左右张望了一下，"等天亮后，请大人借纸笔，说要写信通知家中仆人送日用东西来。收到纸笔后，再加写一两封信，加写的信，可说秘密的话，我明天早班来取，我会秘密替大人送去。"说完了，不等谭嗣同开口，转身就走了。

天亮后，谭嗣同照做了。他把第一封信公开交给狱方转达。加写的两封，也写得很含蓄，以防万一。

第一封信

北半截胡同浏阳会馆谭家人胡理臣罗升： 送来厚被窝一床、洗脸手巾一条、换洗衣裤并袜子脚布一套、紫棉马褂一件、棉套裤一双、笔墨信纸并白纸等件、枕头一个、呢大帽一顶、靴子一双、扣带一根，均同来人送来为要。

又取铜脸盆一个、筷子一双、饭碗一个。

第二封信

来信知悉。尔等满怀忠爱，可嘉之至！谢得军机折，不用递了。

昨送来各件，都不差缺。我在此毫不受苦，尔等不必见面，必须王五爷花钱方能进来；惟王五爷当能进来。并托其赶快通融饭食等事。

湖北电既由郭寄，我们不必寄了。戈什[①]可回湖北。昨闻提督取去书三本，发下否？

第三封信

速往源顺镖局王子斌五爷处，告知我在南所头监，请其设法通融招扶。

再前日九门提督取去我的书三本：一本名《秋雨年华之馆丛脞书》；二本《名称录》，现送还会馆否？即回我一信。

我遭此难，速请郭之全老爷电告湖北。此外有何消息，可顺便告我。

主人　**谭复生**　字

[①] 戈什哈，满语汉音译，即护卫侍从。

第二封、第三封信秘密交出的时候，已是入狱第三天的清早。取信的狱卒偷偷告诉他，抓进来的人有八位，都隔离监禁。除谭大人外，还有杨深秀、杨锐、林旭、刘光第、康广仁、徐致靖、张荫桓。谭嗣同心里想：徐致靖是向皇上保荐他们的大臣，被牵连还有个道理；张荫桓只是康先生的同乡而已，且是当朝的办外交的第一把手，他怎么也被牵连了呢？

* * *

同一时间，张荫桓在南所末监里，正靠在墙上，以三分玩世的嘴脸，悠然想着："他们说我勾结康有为，其实康有为他们只是新进小臣，我在他们以前，早就做了大官了。说他们勾结我，还差不多。我的被捕，其实啊，结怨在我从英国祝贺英国维多利亚女王登极六十周年回来送礼送出了差错。我那次回来，在英国买了红宝石送给皇上、绿宝石送给老太太，却因看不起李莲英那太监，结果在老太太欣赏绿宝石的时候，李莲英在旁边挑拨说：'难得他如此分得明白，难道咱们这边就不配用红的吗？'这下子正挑拨到老太太的痛处。在妻妾衣饰分别上，按规矩，大太太用红色、小老婆用绿色，西太后这老太太出身小老婆，这下子老太太多心了，把宝石退了回来。当时我磕头认罪，老太太没有立刻算账，今儿却是趁机来算账了。"

他又想着："四天前他们来抓我的时候，我还没吃饭。我叫九门提督等我吃过饭，他同意了。临出门时候，他们偷偷提醒我：'有什么话，跟夫人交代一下吧。'我才知道原来是要杀我了。我很干脆，说:'不必了。'就跟他们来了。不过,杀我容易,但向洋人解释却不容易,看老太太怎么解释吧!"想到这里,他狡猾地笑了一下。

由于张荫桓是有名的大官,气焰又盛,他在刑部狱里,倒比别人拉风得多。这时他六十二岁了,他在官场打滚几十年,什么黑暗都见过,在黑暗里,他以部分玩世的从容,面对着世事的波谲云诡,也颇能自解、自得和自脱。但是这次,他仿佛感到自脱不得了,但他仍达观得不太介意。他虽在清朝中央政府中做了大官,实际上,几乎已是外相、外交部长的身份,但他并不是科举出身。在几乎人人科举出身的官场里,显得非常刺眼与索寞。科举出身的讲究梯次,同一年考取的叫"老同年"、先前考取的叫"老前辈",在办公场所、在大庭广众,到处是"老同年""老前辈"称呼得此起彼落,把他窘在一旁。但是张荫桓却别有自嘲嘲人之道。他找来三个名戏子:秦稚芬、王瑶卿、朱霞芬,叫她们戏称他做"老前辈",他自己戏称她们叫"老同年",以为反讽。如今,他身陷牢里,角色换了,所有先他坐牢的,都成了"老前辈";所有与他同时坐牢的,都变成了"老同年",他寻思起来,不禁好笑。

他虽不是科举出身,书却念得极好,很多古文他都背得烂熟。在无聊中以背古文自遣,背到方苞那篇《狱中杂记》,他忽然大有所悟。近一百九十年前,清朝大学者方苞被判死刑,关在牢里,那个牢,不正是这座刑部狱吗?方苞后来被赦出狱,写的那篇《狱中杂记》,所写的内容,岂不还流传到眼前吗?方苞写监狱黑暗,写这监狱一共有四座老监房。每座监房有五个房间:狱卒住在当中的一间,前面有大窗通光线,屋前有小窗透空气;其余的四个房间都没有窗,可是关的犯人经常有两百多人。每天天还没黑,就上锁了,大小便都在房间里，和吃饭喝水的气味混在一道。加上寒冬腊月，没钱的犯人睡在地上，等到春气一动，没有不发病的。往往一死就死上十来个。监狱的规矩，一定要等天亮才开锁，整个晚上，活人和死人就头靠头脚对脚地睡着，没法闪躲，这便是传染病多的原因。还有奇怪的是：凡属大盗累犯或杀人要犯，大概由于气质强悍旺盛，反倒被传染上的不到十分之一二；纵使传染上，也很快就好了。那接二连三死掉的，却都是些案子轻的罪犯、或嫌犯、或保人，是些不该绳之以法的人。方苞问狱中一个姓杜的，说："京师里头有顺天府尹的直辖监狱、有五城御史的司坊，为什么刑部的监狱还关着这么多囚犯？"姓杜的说："近几年来打官司，凡情节比较重的，顺天府尹和五城御史便不敢做主；又九门提督调查抓来的，也都拨归刑部；而刑部本身十四个清吏司里，喜欢多事的正副满汉郎官们，以及司法人员、典狱官、狱卒们，都因为人关得愈多愈有好处，所以只要沾上一点边儿就给千方百计抓进来。人一进监狱，不问有罪没罪，照例先给戴上手铐脚镣，放进老监房，使你吃尽苦头，在吃不消的时候，他们就教你怎样取保，保出去住在外面，随传随到；再照你的家庭、财产状况，把钱敲诈来，由他们按成派分。中等以上的人家，都尽其所有出钱取保；其次，要想解下手铐脚镣搬到老监房外板屋里去住的，费用也得几十两银子。至于那又穷又无依无靠的，就手铐脚镣毫不客气，作为样板，以警告其他的犯人。又有同案一起被关的，情节重的反能取保在外，情节轻的、没罪的，却吃着苦头，这种人一肚子冤气，没好吃没好睡，生了病，又没钱治，就往往死翘翘了。"方苞在《狱中杂记》中又写道：凡判死刑的，一经判决执行，行刑的人便先等在门外，派同党进去索讨财物，叫作"斯罗"。对有钱的犯人，要找他的亲属讲条件；对没钱的犯人，便当面直接讲条件。如果判的是剐刑，便说："答应了我的条件，便先刺心；不然的话，四肢解完，心还没死。"如果判的是绞刑，便说："答应了我的条件，第一绞便包断气；不然的话，绞你三次以后还须加用别的刑具，才死得了。"只有判的是杀头，才没什么可讨价还价的，但是仍旧可以扣留脑袋不给死者家属，达成敲诈目的。因此，有钱的自然甘心贿赂几十百两银子，没钱的也会卖尽衣服杂物报效；只有穷得绝对拿不出钱的，才真照他们所说的执行。担任捆绑的也一样，如果不满足他们开的条件，五花大绑时便先给你来个骨断筋折。每年秋决的时候，虽然皇帝朱笔勾掉的只十分三四，留下的有十分六七，但全体囚犯都须捆绑着到西市，等待命令。其中被捆绑受伤的，即便幸而留下，也必须病几个月才能好，甚或成为一辈子也治不好的暗伤。方苞曾问过一个老差役说："大家对受刑受绑的既没什么深仇大恨，目的只不过希望弄点钱而已；犯人果真拿不出钱，最后又何妨放人一马，不也算积德吗？"老差役说："这是因为要立下规矩以警告旁的犯人，并警告后来的犯人。如果不这样，便人人都心存侥幸了。"担任上刑具和拷打的也一样。和他同时被捕受审时挨过夹棍的有三个人。其中有一个人给了二十两银子的代价，只骨头受点轻伤，结果病了个把月；另一个人给了双倍代价，只伤了皮肤，二十天便好了；再一个人给了六倍代价，当天晚上便能和平常一样地走路。有人问这差役说："犯人有的阔有的穷，既然大家都拿了钱，又何必更拿多少做分别？"差役说："没有分别，谁愿意多出钱？"方苞又写道："部里的老职员家里都收藏着假印信，公文下行到省级的，往往偷偷动手脚，增减着紧要的字眼，奉行的人是看不出来的。只上行上奏皇帝和咨行各部的，才不敢这样。依照法律规定：大盗没杀过人和有同犯多人的，只是主谋的一两个人立时处决，其余人犯交付八月秋审后概给减等充军。当刑部判词上奏过皇帝之后，其中有立时处决的，行刑的人先等在门外，命令一下，便捆绑出来，一时一刻也不耽搁。有某姓兄弟因把持公仓入狱，依法应该立时处决，判词都已拟好了，部员某对他们说："给我一千两银子，我弄活你们。"问用什么办法，部员某说："这不难，只消另具奏本，判词不必更改，只把案末单身没有亲戚的两个人换掉你们的名字，等到封奏时候，抽出真奏，换上此奏，就行了。"他的一个同事说："这样办可以欺蒙死的，却不能欺蒙长官；假使长官发觉，再行申请，我们都没活路了。"部员某笑着说："再行申请，我们固然没活路；但长官也必定以失察见罪、连带免官。他不会只为两条人命把自己的官丢掉的，那么，我们最后还是没有死的理由的。"结果便这么办，案末两个人果然被立即处决。长官张口结舌给吓呆了，可是终于不敢追究责任。方苞说他关在监狱的时候，还见过某姓兄弟，同狱的人都指着说："这便是把某某人的命换来他们的头的。"……

张荫桓在牢里一边背诵着方苞的文章，一边从现场印证，他发现他置身的，是刑部监中最受优待的牢房。《狱中杂记》说做官的犯案可住优待房，现在他一人住一间，看不到其他牢房的更黑暗场面，也算优待的项目之一……想到这里，远处闻来哀号的叫声，断续的、阴惨的，使他更有动于心。他是老官僚了，见闻极多，他记得有人跟他谈到刑部狱的黑暗，禁子牢头受贿，名目繁多。有一种叫"全包"，就是花钱从上到下，一一买通，可得到最大的方便；还有一种叫"两头包"，就是买内不买外、买上不买下；还有一种叫"撞现钟"，就是按件计酬，每得一次方便，付一次钱；还有一种叫"一头沉"，专在受刑时付钱，借以减轻皮肉之苦……张荫桓想着想着，笑了起来。他自言自语：我这回遭遇的，可算是"全包"，不过不必我花钱买通，光凭我这"户部侍郎"的大官衔，就足以通吃这些禁子牢头了。俗话说"朝里有人好做官"，我今天却是"牢里有官好做人"——要不是这个大官头衔挡着，《狱中杂记》的全套场面，我都要全部见识了。

* * *

与刑部狱相对的，其实另一座监狱也形成了，那就是瀛台。瀛台是中南海湖中的一个小岛。瀛台从明朝以来，便盖有宫殿厅堂，到了清朝，由名建筑师样式雷根据中国蓬莱等仙山的传说，把它变成人间仙境似的造型，但是，现在这一人间仙境，却变成了人间最豪华的监狱。光绪皇帝被囚在这里，这里，几百年来，曾有历代皇帝的寻欢作乐、流连忘返，但是现在啊，剩下的只是可怜的青年皇帝孤零零在假山怪石旁边，流连而不能再返。虽然他已经无异于囚犯，但用他名义对外发号施令，却依旧以假乱真。先是9月24日、旧历八月初九，厉行变法维新的光绪皇帝忽然下了一道命令，把谭嗣同等六个人"均着先行革职，交步军统领衙门，拿解刑部治罪"。紧接着这道革职抓人的命令，两天后，9月26日，旧历八月十一日，又下了第二道命令，"着派军机大臣，会同刑部、都察院，严刑审讯"。但形式上只"严刑审讯"了一整天，9月28日，旧历八月十三日就下了这样的第三道命令：

>谕军机大臣等：康广仁、杨深秀、杨锐、林旭、谭嗣同、刘光第，大逆不道，着即处斩，派刚毅监视，步军统领衙门，派兵弹压。

在这命令还没公布的清早，刑部监上下已忙做一团，开始"套车"了。

"套车"是把死刑犯送上刑场前的外部动作，把囚车套在骡马身上，准备出发。在南所禁子牢头呼喝套车的嘈杂里，张荫桓叫住走道的狱卒，轻松地低声问："八个人抓进来，有没有留下一两个呀？"狱卒说："听说留下杨深秀和康广仁。"接着听到外面套六车的声音。他心里想："这回老太太真算账了，我就走一趟吧，反正活过了花甲之年了，死就死吧！"

正在张荫桓静坐待死的时候，远处的牢门一个个开了，嘈杂的声音混成一团，可是，人声并没有进逼到这南所末监来——他居然侥幸地死里逃生了。

开的牢门共六间，分别提出来的，是谭嗣同、杨深秀、杨锐、林旭、刘光第、康广仁。

* * *

刑部狱源自前朝的"诏狱"，俗称"天牢"，几百年来，累积了它不少的规矩。规矩中南所、北所两座，东西各有两道角门，犯人释放或过堂，走东角门；犯人执行死刑，走西角门。刘光第被捕时，正是刑部的大官，他知道规矩，一出这门，就是死路，六个人中，他最清楚死刑的作业，如今他亲身来试法了，他感到尖锐的对比与荒谬。

按照通常的称呼，衙门除中间的正门外，左为青龙门、右为白虎门，白虎门平常是紧紧关着的，只有把犯人押赴刑场前才走这道门。通常的规矩是行刑前提犯人，或骗他说要开庭——过堂，或说有家人来看你了——面会，犯人一走出牢房外的二门，狱吏从他后面突然用力一推，大喊一声："交！"藏在二门两旁的另一批家伙就一拥而上，抓辫子的抓辫子、提脚镣的提脚镣、挟持左右臂的挟持左右臂，一起大喊："得了！"就蜂拥疾驰，像抬猪一样地把犯人抬到大堂阶下，强迫跪在那儿，由原来抓犯人的差官手执提牌，念念有词、滚瓜烂熟地向堂上报告。由堂上略问姓名、年纪、籍贯，完成"验明正身"手续后，告以你已死刑定谳，现在立刻就要执行。然后下令"堂绑"，并用红笔在斩犯标上标朱。一点、一勾后，顺势把朱笔朝前面地上一丢。传说用这支毛笔可以治疟疾，于是大家一阵乱抢。

"堂绑"是一门大学问，堂上一声令下，手下就在犯人身后，手持衣领，往下一撕，把裂开的上衣从两肩向下拉，这时挟持左右臂的就开始向后扭胳臂，如遇到强悍的犯人反抗，狱吏就把随身携带的小铁锤，在犯人肩胛骨上一敲，两臂立刻松软，要怎么绑就怎么绑了。标准绑法是五花大绑。用绳子从头套上，将绳子两头从左右分开，再交互一抽，就拉紧了，再将两头捆在犯人反背的交叉手腕上，从手腕上再绕过拇指与食指之间，最后打结。这种绑人方法，牢固无比。一经五花大绑后，就给犯人最后吃顿酒肉。所谓酒肉，肉是用篾签插三块生肉，在犯人嘴唇上一擦，表示给你吃了；酒是一大碗，拿着给你喝了，有时候，把樟脑放在酒内，喝了可以昏迷，痛苦自然减少。当然，放樟脑是要暗中给好处才有此优待的。酒肉完毕了，把犯人放在篮里，两人一抬，就出了白虎门。

刘光第他们六个人除了康有为的弟弟康广仁外，都是有头有脸的大官，所以执行死刑的方式，比较客气。只是被拥簇着出了西角门，捆绑着各上一辆骡车。骡车上有木笼，人放进去，头却伸出外面，远看起来，头像是笼盖上的圆把手。

吆喝声中，骡车开动了，前呼后拥着几百个士兵。几百个人的目的地只有一个，就是——菜市口。

* * *

菜市口是北京的闹市，从南方各省来的人，从官宦士绅到贩夫走卒，过卢沟桥，进广安门，进入北京内城，大都要经过这里。菜市口从六百年前就是有名的杀人地方了，那时叫作柴市口。六百年前，被元朝统治者关了四年的宋朝丞相文天祥，因为不肯屈服，最后在菜市口被杀死。当他从狱中走到刑场时，态度庄严而从容，他对监斩官说："我为宋朝能做的事，现在终于做完了。"元朝统治者把这位只有四十七岁的宋朝丞相在闹市杀死，是一种成全，因为这样"刑人于市"，对殉道者而言，倒是一种宣传和身教。中国人民，包括他的敌人在内，都对这位殉道者致敬。后来，一座"文丞相祠"就这样盖了起来。

菜市口最精华的所在是丁字路口上，从两行翠绿的槐树北望，就是巍峨的宣武门，更是皇权的象征。高高在上讲究"刑人于市"的帝王看中了它，把它当作杀人示众的好地方。在热闹的路口杀人立威，可以达到"与众弃之"的效果。在这种作用下，菜市口是刑场中的闹市，也是闹市中的刑场，因为在行刑时候，总是就地取材，并没严格地划分市与场。路北的那家西鹤年堂，就是就地取材的一个。西鹤年堂是几百年来的老药铺，传说它的匾还是明朝宰相严嵩写的。每到行刑时候，西鹤年堂旁边就要搭上个棚，棚下放着一张长桌、一把椅子，桌上放着锡笔架，上面插着朱笔，给监斩官使用。

监斩官一般是戎服佩刀、骑着大马、气势汹汹地带着决囚队，鸣锣开道，直奔刑场。衣服上绣着"勇"字的士兵，追随着他，刽子手也跟着，其中刽子手最令人侧目，他们或穿红衣，或打赤膊，手提大刀，面目狰狞。这种人有很好的收入，一般说来，杀一个死刑犯，可得白银三两六，其中高手，一天可杀好几个人。另外还有死刑犯家属给的"孝敬"，一给就是三五十两。这种"孝敬"，是拜托请以"快刀"减少死刑犯痛苦。按照刽子手的规矩，他们用的是"鬼头刀"。"鬼头刀"在刀柄上，雕一鬼头，刀的前端又宽又重，后面又窄又轻，砍头时，反握刀柄，刀背跟小臂平行，把刀口对准死刑犯颈脊骨软门地方，以腕肘力量把刀向前一推，就把头砍下。这种功夫不是无师自通的，也靠祖传或师傅传授，做徒弟的，总是先从天一亮就"推豆腐"——反握"鬼头刀"的刀柄，以腕肘力量，把豆腐推成一块块的薄片；熟练以后，再在豆腐上画上黑线，一条条照线往前推；熟练以后，再在豆腐上放铜钱，最后要练到快速一刀刀朝黑线切，但铜钱却纹丝不动，才算功夫。这种"推豆腐"，推得出师以后，还要练习摸猴脖子，摸出猴子第一节和第二节颈椎所在，从而推广到人体结构，在砍头时，做到一刀就朝颈椎骨联结处砍下，干净利落，减少死刑犯痛苦。死刑犯家属给"孝敬"，其理也就在此。否则由生手或熟手故意装生手乱砍一气，死刑犯苦矣。另一方面，由于中国人忌讳身首异处而死，如刽子手砍头砍得恰到好处——推刀推到喉管已断时就快速收刀，使喉管前面尚能皮肉相连，头不落地，照中国人解释，这就仍算全尸而归。刽子手收放之间，能做到这种功夫，是要得到大"孝敬"的。一般行刑，都做不到这一点，但是身首异处以后，可以买来专家，把头"缝"回去，叫作"缀元"，也算聊慰生者与死者。总之，家属对刽子手的"孝敬"是少不了的，没有这类打点，花样就会层出不穷。即使死刑犯死后，花样也不会中止。例如刽子手怕颈血乱溅，每在刀一落下就用脚朝死刑犯身上一踢，使血向前溅，然后让人用剥了皮的馒头就颈腔沾血，沾成所谓"人血馒头"，照中国人传说，这种馒头可以治肺痨、可以大补。除此以外，死者身上的其他器官也会被零星割下，传说都能入药，甚至五花大绑的绳子都有避邪之功，也值得几文。

不过，这些规矩都是对一般死刑犯用的，碰到死刑犯身份是大臣的时候，就得客气多了。所有的花样都得收起，也不能将死刑犯放了篮子里抬到法场，而要正正式式用骡车护送了。到了法场，甚至有刽子手向"犯官"下跪请安的例子，口呼"请大人归天"以后，方才行刑的。做过大官的，就便是死刑临头、刑上大夫，还是有不少尊严的。

当然，尊严也是相对的，一方面来自对大臣的尊重，一方面也有赖大臣自己的表现。谭嗣同他们六个人从上骡车以后，所表现的气概，也就有了等级之分。六个人中，有人表现得激越，有人表现得沉痛，有人表现得不服，有人表现得怯懦，但是，谭嗣同表现的，却是一派从容。

菜市口西鹤年堂旁边的棚子，已经快速搭盖起来，棚下的桌椅文具,也布置得一应俱全。这回走出的监斩官可不是泛泛之辈,他是大名鼎鼎的军机大臣刚毅,是一级的满洲大员。他下令将犯官们带到,在形式上,一一验明正身,用朱笔勾决,然后按照惯例,朝地下丢下朱笔。这时谭嗣同忽然叫住刚毅,要同他说话。刚毅忌讳死囚临刑前对他说话,他把手一挥,叫左右带下去,同时用双手捂住耳朵,表示不要听。谭嗣同看到这老官僚颠顶尴尬的表情,忍不住好笑,他微笑了一下,也就不再说什么了。他被拥簇着走到法场正中,满地泥泞,太阳却是高照着,放眼望去,四边人山人海,却是鸦雀无声。"这就是祖国,这就是群众。"他心里想着,"在光天化日之下、在黑暗时代,他们在看我们流血。我们成功,他们会鼓掌参与;我们失败,他们会袖手旁观。我们来救他们,他们不能自救,如今又眼睁睁看着我们亦无以自救。在他们眼中,我们是失败者。但是,他们不知道失败者其实也蛮痛快,因为失败的终点,也就是另一场胜利的起点。这些可怜的同胞啊,他们不知道,他们永远不会知道。"

在刽子手准备行刑的过程中,他又放眼望去,望着天上的浮云,随着浮云,他的思绪快速地闪过。他想到江湖中人,在临死前慷慨激昂大喊:"二十年后还是一条好汉!"他感到也该喊一句,但不要喊那种轮回性的。轮回是不可信的,死后妄信有来生,是一种怯懦、一种自私,对来生没有任何指望而死,才算堂堂地生、堂堂地死。想到这里,他笑了。突然间,像从浮云里划破一条长空,他的喊声震动了法场:

有心杀贼,
无力回天。

死得其所,

快哉！快哉！

刽子手惊奇地望着他，赞美地点了点头。他对拿"鬼头刀"的同胞从容一笑。一般死刑犯会要求刽子手："给我个痛快！"但他不屑做此要求——他求仁得仁，早就很痛快了。

* * *

谭嗣同的躯体静静地仰卧在菜市口，他的头颅滚在一旁，血肉模糊。老家人胡理臣，带着另一个老家人罗升和浏阳会馆的长班[①]，一起赶过来，料理善后。先从西鹤年堂要来一盆水，抱起头颅，洗去泥土与血迹。他们含泪望着小主人，小主人的两眼圆睁着，嘴张开着，又像死不瞑目，又像大声疾呼。由于被砍下来半天了，面孔已经开始瘪下去，瘪下乍看是缩小，其实是肿胀的前奏，再过一天，就肿胀得面目全非了。那时候，就很难认出本人来了。

老家人们焦急地等棺材到，在下午，棺材抬来了。"缀元"师傅也请来了。师傅把头颅端正地接在颈腔上，用熟练的技巧，在脖子正面左右各连一针，又在背面补上一针，就算完成了归位的手续。大家把尸体抬进棺材里，钉上了棺材盖。老家人点了香，抚棺而跪，磕了头，就由杠房抬起棺材，向西走去。第一个经过的路口就是北半截胡同，胡同南口就是浏阳会馆。老家人胡理臣痛苦地想着："真没想到

---

① 旧北京供役于各会馆的仆人。

我家少爷住的地方，离刑场这么近！"

　　一行人等再朝西走，越过了一个胡同口，走到了下一个胡同口，开始左转进胡同，走到尽头再右转，一座古庙展现开来。他们在庙门口歇下，胡理臣先进庙里洽办，罗升在斜阳中望着庙门，正门上头有三个大字——"法源寺"。

第十三章　他们都死了

棺材停在法源寺的后房里，下面用两个长板凳横撑着，正面没有任何文字，是谁的棺材，只有知道的人才知道。老家人们帮着抬棺材、架板凳，忙得满头大汗。胡理臣从腰间掏出一条毛巾，没有擦汗，只用来把棺材擦得干净、仔细，一如几个小时前清洗小主人的血脸。最后，摆上香案，一齐下跪，磕着头，他们终于哭出声来，一一诉说着少爷的苦命与不幸。

在停柩间的门口一位老和尚默默站在那里，他是佘法师，旁边站着长大了的普净。他们一言不发，却满面悲戚。不久，他们相偕走开，走到大雄宝殿前的旧碑旁边，沉默着。

"普净，"佘法师终于开了口，"你看到了，这就是走改良路线者的下场！整整十年前，康有为在这古碑前面跟我们相识，十年来，他锲而不舍、失败了再来、失败了再来、失败了再来，终于说动了皇帝，得君行道，联合谭嗣同他们搞起变法维新了。但是，表面上的成功，其实就是骨子里的失败——康有为花了十年心血，只证明一件事，就是谭嗣同用鲜血证明的：改良之路是走不通的。他们用失败证明了此路不通，结论是，要救中国，只好大家去革命。谭嗣同可以不死却甘愿一死，最大的原因，就是要证明这一结论。我老了，不能有什么作为了，我看，从今天以后，你还是做离开庙里的准备吧，到天涯、到海角，把自己投身出去，去做一个真的革命党吧！寺庙对真正有佛心的人说来,其实至多只是一个起点和终站,因庙生佛心,因佛心而离开庙,在外救世,也许有一天,你救世归来,可在庙里终老;也许有一天,你救世失败,和谭先生一样,可在庙里停灵。不管怎么样、不论哪一种,都比年纪轻轻的就在庙里吃斋念佛敲木鱼来得真实、来得有益。我看,是时候了,你也二十六岁了,你就照师父指示,准备一下吧!"

佘法师说着,轻拍着普净的头。普净深情地望着师父。他低下头,一会儿,再抬起头来,咬着嘴唇道:

"我从八岁到庙上来,就一直担心有一天师父会不要我了,十八年过去了,今天我终于从师父口中听到这种话。当然我知道这不是师父不要我,而是更要我去做我该去做的事,我就照师父指示,到天涯海角去。唯一的遗憾是我不能由早到晚照料您老人家了。……"

佘法师微笑着,又轻拍了普净的头。"普净你看,谭先生死了,他有父亲在堂,有妻子在室。他又由早到晚照料谁呢?在四万万中国同胞前,他一己之私的亲情,一概舍弃,谁也不照料,照料的只是众生。这种心怀,才真正是出家人的心怀。儒家是'老吾老以及人之老',但佛门却是'舍吾老以及人之老',有大感情的人是不在意小感情的。"

"那么,师父,你为什么三十岁以后才出家?"普净顶了一句。"你为什么不把庙作为起点,而在年纪轻轻的时候,就遁入空门,把庙作为终站?"

佘法师为之一震。但是他很快恢复了常态,他转了身,对着庙门,没有看普净:"这是你十年前就问过我的问题,我没答复你,只说有一天你会知道。那一天啊,现在还没到来。我只能告诉你,我从三十岁后出家以来,我一直怀疑法源寺是我的终站,我虽然六十二岁了,人已垂垂老去,可是,我总觉得冥冥中还有一件事在等我去弥补、去续成、去做完,我直到今天还不十分清楚那是什么事,但我可以告诉你那不是什么事。就是:我不会寿终正寝在这里,法源寺不是我的终站。普净啊,我们在法源寺相会,也会在法源寺相离,就让我们以离为聚吧!……"

佘法师说到这里,从庙门那边,走进来两个彪形大汉。走近的时候,其中一个满面虬髯的,一直用锐利的眼光,打量着佘法师,他不友善地盯着佘法师看,佘法师察觉了,立刻表情有异,低眉不语。两个大汉擦身而过,朝里走去,也连个招呼都不打。普净看在眼里,十分奇怪。

"师父,你好像知道他们是谁,但他们对你好像不很友善。"

佘法师两眼看地,又抬头看天,轻叹了一声。

"普净,你观察入微,我的确知道他们是谁。那个留大胡子的,不是别人,就是大刀王五。"

"大刀王五!"普净惊叹起来。

"大刀王五。"佘法师平静地说,"这位'关东大侠'现在五十二岁,他整整比我小十岁。不过,我认识他的时候,他只有十七岁,那是三十五年前的事了。"

"师父那么早就认识了大刀王五?"

"那么早。"

"刚才大刀王五显然认出了师父。你们很多年不见了吧?"

"三十多年不见了。"佘法师说,"我看,我还是告诉你吧。你一直不知道我当年出家的秘密,如今我们分手在即,我就告诉你吧!"

"大刀王五跟我有一段相同的经历,这经历,大家都不愿透露的,就是我们都做过'长毛贼'。所谓'长毛贼',是满洲人对太平天国中太平军的称呼。太平天国起义时,号召恢复汉族蓄发不剃的风俗、反抗满清政府剃发留辫子的制度,所以就被叫作'长毛贼'。近五十年前,金田起义时,天王洪秀全三十七岁,其他各王都三十上下,翼王石达开只有二十岁,当时他们的确有朝气,同甘共苦,有理想、有革命气象,可是,到了打进南京城,打下了中国半壁山河,他们开始腐化了、内斗了,但是其中石达开还是像样子的。他在武汉前方,听说京城里同志内斗武斗,东王杨秀清被杀,特别赶回来挽救革命阵营的分裂,但换得的,却是他自己全家也被杀了。最后他又不见容于洪秀全,他只好出走了,随他出走的有十几万人。他在江西、浙江、福建、湖南、广西、湖北、四川等省行踪不定,最后败退云南,最后只剩四万残部,在西康抢渡大渡河不成,陷于绝境,不但被穷山恶水包围,也被清军和土人包围。那时我和王五都在他左右,我们没粮食吃,吃野草;野草吃光了,杀战马吃马肉;马肉吃光了,剩下七千人,拼死突围,逃到一个叫老鸦漩的地方,又碰到敌人,不能前进。两天以后,石达开不见了,据说他为了顾全最后七千人的七千条命,自动走到清军里投降了。可是,当我们放下武器,一起投降的时候,清军大开了杀戒,几千人被杀了,几千人四处逃命。石达开的家属早在南京就被自己人杀光了,但侥幸逃出来一个十四岁的女儿,叫石绮湘,人长得漂亮,又会写文章,六年来,跟着部队长征。那时我因为读过书,被石达开看中,替他掌管文案,与绮湘早晚见面,日久也就生情,石达开也有意把我收为女婿,但在整天转战南北的情况里,也不便成婚。石达开在老鸦漩不见了,我们事先都不知情,后来传说,自动走到清军里投降的,是一个面目很像石达开的手下,他冒充石达开,替他被清军杀了,而石达开本人,却逃亡了。在清军大开杀戒的时候,我跟绮湘、王五等一百多人,翻山越岭而走,藏在深山里,等待转机,由于处境绝望,很多人主张还是偷渡大渡河。在偷渡前,我们四下探听,来了一个离奇的消息。说一个船夫,一天傍晚搭了一个老先生过河,老先生跟船夫蛮谈得来。船夫是有心人,感到这位老先生来路不简单,但也不便多问。最后,老先生下船了,回头望着高山流水,感慨地说了一句:'风月依然,而江山安在?'就快步消失了。据船夫说,那种快步的动作,全是年轻人的动作。天亮以后,船夫发现船里留下一把伞,伞柄为硬铁所铸,上有'羽異[①]王府'四个小字,乃恍然大悟,这就是翼王石达开啊!这个消息,使大家都兴奋起来了。因为我们都知道石达开有这么一把大雨伞。绮湘更是兴奋,坚持要去找这船夫,追踪她父亲的足迹,于是大家一齐出发了。可是在河边,我们中了埋伏,清军一拥而上,我们回身四散逃跑,逃跑中我听到绮湘的叫喊,好像是出了事,但我不顾一切,还是拼命跑,那天夜黑风高,我身体又有病,突发的事件,使我突然勇气全无,竟没有勇气回头去救绮湘。事后听说石达开的女儿被俘了,被清军轮奸而死。虽然我事后自解,说我纵使当时回头救她,也未必救得了她,但以我同她的关系,在乱军中,我实在不该只顾我自己逃命,我实在可耻、实在不原谅我自己、实在没脸见人。于是,我辗转回到北京,回到跟我们佘家有点渊源的法源寺,看破红尘,最后做了和尚。如今三十年了,我回想三十年前那一晚上,我直到今天,还是弄不清我当时为什

---

① 同"异"。

么突然那么胆怯、那么突然间勇气全无。"

"师父到法源寺做和尚的事,王五他们知道吗?"

"我想他们知道。大家都在北方这么多年,都有头有脸,应该都知道老战友们后来在干什么。不过,我们没有来往。他们认为我应与绮湘同死,他们把我看成苟且偷生之辈,他们看我不起。"

"表面上,师父出了家,王五他们开了镖局,大家都不再搞革命了。是吗?"

"是吧。"佘法师淡淡地说,两眼仍望着庙门以外。他茫然地走向前去,慢慢地,走到了丁香树旁。十年前康有为写的杜甫丁香诗在他嘴边浮起,他的脑海中,千军万马,呼啸而来。这时已近薄暮,但在天边突然起了乌云。纵使在夕阳向晚,天要变,也不会等待夕阳的。

* * *

两年以后,1900年旧历七月二十日,向晚时分。

一个人坐在孤岛的水边,也不等待夕阳。他年纪轻轻的,却满脸病容,有什么夕阳可等待呢?他自己就是夕阳!

今天又是七月二十日了,他心里想。整整两年前的七月二十日,我把内阁候补侍读、刑部候补主事、内阁候补中书、江苏候补知府四个小官,擢升为四品卿衔、在军机章京上行走,参预新政,那时正是维新变法如火如荼的日子。可是,一切昙花一现,他们四个人,上任不过二十四天,就连同另外两位,横尸法场了。他自己变成了傀儡皇帝。最令人气愤的,杀他们六个人的上谕,竟然还是用他的名义发出的。他还背得出那种官样文章。上谕中说这六个人"革职拿交刑部讯究"后,"旋有人奏,若稽延时日,恐有中变,朕熟思审处,该犯等情节较重,难逃法网,倘语多牵涉,恐致株累,是以未俟复奏,于昨日谕令将该犯等即行正法。此事为非常之变,附和奸党,均已明正典刑"。这就是说,皇帝"熟思审处"以后,已认定他们"情节较重,难逃法网"了,所以,为了怕耽误了杀人时间,另生变化,就先杀人了。这种命令,证明了想杀人的人,可以无须遵守皇帝自己订的法律。按照大清的法律,执行死刑,要经过"斩监候"或"斩立决"的程序,"斩监候"是把犯人关到秋天,到秋天再奏到朝廷,没有斟酌余地的就批准秋决;有斟酌余地的就免他一死,或者来个缓决,到第二年秋天再说。至于"斩立决",那就不要等秋天,只要等到复文一到,就可以杀人。管杀人关人的是刑部,管纠察的是都察院,判死刑要另得大理寺复文。所以依照法律程序,杀人不可能这么快,不可能快到头天审、第二天就杀。如今皇帝一道命令,公然表示"未俟复奏"就把人杀了,这叫什么皇帝!

他又回想着:那六天内四道命令,条条都是以皇帝的名义发出来的,形式上,是皇帝来杀这一周前还和他在一起维新变法的人,这真是命运的嘲弄,嘲弄我自己是昏君!……

他坐在水边,思绪飘浮着,一如水面上的浮萍。但是,谁又配跟浮萍比呢?浮萍还是有根的,而我这皇帝呢,却囚居在小岛上,连根都给拔了。

蓦然间,远处传来了炮声。怎么会有炮声,他纳闷着。他不会向看守他的太监去查问,因为问也白问,什么都问不到,这些太监都是皇太后贴身的死党,一切都被交代得守口如瓶。正在他对炮声疑惑的时候,他发觉背后已经站了四个人,他转过身去,四个穿民间便服的人下了跪，为首的却是李莲英。

"皇上吉祥！"李莲英用尖锐的喉音致意着。"好久没来向皇上请安了，请皇上恕罪。"说着，他磕了头。其他三个也跟着磕了头。

"起来，你们怎么都穿着这种老百姓的衣服？"皇上问。

"不瞒皇上说，"李莲英报告着，"外面出了事。从去年以来，民间出了义和团，他们拜神以后可以降神附体，口诵咒语。金刀不入、枪炮不伤，他们说：'不穿洋布、不用洋火……兴大清，灭洋教。'到处杀洋人、杀信洋教的、烧教堂、烧火车，刚毅等满朝文武信了他们、老佛爷也信了他们，害得洋人搞八国联军，现在已经杀到北京城来了，义和团根本就抵挡不住了。老佛爷下令接皇上一起逃走，现在我们就是来接皇上。请皇上立刻进来换衣服吧！趁着兵荒马乱，化装成难民，还来得及走，再迟就来不及啦！"

光绪皇帝脱下了龙袍，改穿了黑色长衫、蓝布裤子。跟他们直奔宫外，转上了骡车，在慌乱中他频频问：

"珍妃呢？珍妃在哪里？"

"车在前面。"李莲英手一指，"女眷们都跟老佛爷在一起，随后就来！"李莲英答应着。"皇上先待在这儿。我去接她们！"说着，就朝前走去。

"我跟你一起走！我要先向皇太后请安。"光绪皇帝喊了一声，随即下了骡车，跟李莲英和众太监飞奔到宫里。他们赶到贞顺门，正看到前面一堆人，在拥簇着什么，夹杂着一个女人的哀呼。他们赶上去，正看到珍妃被太监推到井边，光绪皇帝大叫着奔上去，可是，太迟了，哀呼的嘶喊在快速减弱，扑通的水声从深井传出，太监们抢先抓住皇上。在离井十步远的地方，他被太监拖倒在地。

一个乡村农妇打扮的老女人站在贞顺门边,被一堆化了装的男女拥簇着,他们都吓呆了。老女人若无其事,她把双手上下交互错打了一下,冷冷地说:"把皇上拉起来,咱们走吧!"

一行人等,狼狈地上了路,什么都来不及带,也无法带、不敢带。走了几百里路,全无人烟。口渴了,走到井边,不是没有打水的桶,就是井里浮着人头。直走到察哈尔的怀来,才算得到补给。此后从察哈尔到山西、到河南、到陕西,两个月下来,终于到了西安。

出走十七个月后,乱局平静了。中国向八国道歉、惩凶、赔款。赔款总额是四万万五千万两,而当时中国有四万万五千万人,正好每个百姓平均要赔一两,相当于中国五年的总收入。中国老百姓为昏庸狠毒的皇太后又戴了重枷,可是重枷又岂限于赔给洋人?十七个月前,皇太后自北京出走时,身无长物;十七个月后从西安回来时,袋载箱笼的车马却多达三千辆,车队绵延七百里(二百五十英里),兴高采烈,不似战败归来,而像迎神赛会。最后一段路,从正定回北京一段,坐的还是火车——皇太后终于向西方文化搭载了。二十一辆火车,终于开进了北京城。

六年以后,1908年,光绪皇帝在位第三十四年的11月15日(旧历十月二十二日),七十三岁的西太后终于死去,但在她死前一天,三十八岁的光绪皇帝却神秘地先死了,是毒杀?是巧合?只有埋在豪华坟墓的西太后自己知道。这座豪华坟墓叫"东陵",距离北京九十英里,是花了八百万两盖成的,治丧费用又花了一百五十万两,总数接近了一千万两。在她统治的四十七年岁月里,中国人民为她花了无数的钱,最后的一千万两丧葬之资,可说是大家最愿意花的。当她的金棺材被抬出北京城门的时候,一百二十名杠夫都挤不出去了,减到八十四个人,才得脱棺而出。从此,北京城消逝了她的余晖,夕阳没落了,大清帝国也榨干了。三年以后,革命成功了,中华民国建立了。

* * *

西太后的死去,却使某一些人"复活"了。光绪皇帝的另一位妃子——瑾妃,是珍妃的亲姐姐,为她惨死的妹妹立了一个牌位,挂上"贞筠劲草"的匾额,以为追念与哀思。那恐怖的井,早被人叫作"珍妃井",在井边上用铁条贯穿石柱,封起来了,上面还盖了厚厚的木块,一眼望去,备觉阴森与凄凉。

另一个"复活"的人是张荫桓。在他被捕以后,由于他实际负责外交多年,出使过美国、西班牙、秘鲁,也在英国维多利亚女王六十庆典上做过特使,最后由英国公使、日本公使出面表达了严重关切。西太后顾忌了,乃用光绪皇帝名义发出上谕,说张荫桓"声名甚劣,惟尚非康有为之党",但以此人"居心巧诈、行踪诡秘、趋炎附势、反复无常,着发往新疆,交该巡抚严加管束"。于是,张荫桓戏剧性地死里逃生,以犯官身份,由刑部移交兵部,遣戍塞外。他颇有玩世的气派,路上还轻松得很,向人说:"这老太太和我开玩笑,还教我出关外走一回。"可是,好景不长、坏景失常,两年以后,义和团扶清灭洋开始了,西太后不买外国人的账了,一个电报打到新疆,下令把张荫桓"就地正法"。封疆大吏通知了他,他神色镇定,临刑前,还画了两页扇面给他侄儿,画好了,振了振衣袖,走到刑场,最后对刽子手一笑,说:"爽快些!"就从容死了。一年以后,清朝政府跟八国和议,外国人认为张荫桓死得冤枉,西太后又顾忌了,再用光绪皇帝名义,把张荫桓"着加恩开复原官,以昭睦谊"。为了敦睦邦交而使张荫桓死后又做上原官,"老太太"的脸面也丢尽了。

* * *

"老太太"从排外到媚外,只在她一念之间,但一念之转,却害得多少人枉死了。

"老太太"统治中国四十七年,乍看起来,所向无敌,但她的本领,只是擅长内斗,斗中国自己人,碰到外国人,却显得无知而幼稚。这种内斗内行、外斗外行的极致,就表现在她利用义和团掀起文化大乱命的闹剧上。义和团是本土文化、乡土文化的产物,它是民间低级宗教的一支,由神秘信仰到秘密组织,最后发展成公开的民团。团员的基本打扮是头裹红布或黄布,腰扎同样颜色的腰带,身穿短衫裤扎裤脚,脚上穿靴,上身外面罩上肚兜。肚兜上绣着《易经》八卦中的某一卦。从八卦信仰以下,他们抓到什么就信什么,生冷不忌,但全是中国本位文化,并且大多是低级的。他们相信吞符念咒可以刀枪不入,相信钢叉、花枪、单刀、双剑可以抵御洋枪洋炮,他们的道具是引魂幡、浑天大旗、雷火扇、阴阳瓶、九连环、如意钩、火牌、飞剑等等,顾名思义,妖妄可知;他们的偶像是玉皇大帝、洪钧老祖、梨山老母、九天玄女、二郎神、哪吒、唐僧、孙悟空、猪八戒、沙和尚、姜太公、关公、张翼德、赵子龙、托塔天王、尉迟恭、秦叔宝、黄三太、黄天霸、杨香武等等小说、戏曲人物,唯一水平以上的,只是一个李太白!他们的入团仪式是乩童式的,从拳打脚踢到口吐白沫、从跳跃晕倒到念念有词,一应俱全。所念的咒语大多是"左青龙、右白虎,云凉佛前心、玄火神后心,先请天王将、后请黑煞神"之类,并口耳相传,功夫极处,由大师兄把手一指,洋人的住处,就可被天火烧光……

无知而迷信的西太后竟相信了他们,他们串连到北京城,在西太后文化大乱命的带头下,在首善之区展开了首恶,杀人放火,疯狂地排外。他们见到西药房都要烧,结果引来四千家商店住宅被波及,还不准救火。不过,他们的本领只是对付中国人而已,本领施之于洋人,就力有未逮。他们的口号是:

神助拳,
义和团,
只因鬼子闹中原:
劝奉教,
真欺天,
不敬神佛忘祖先。
女无节义男不贤,
鬼子不是人所添,
如不信,
请细观:
鬼子眼珠都发蓝……
神发怒,
佛发愤,
派我下山把法传。

> 我不是邪白莲,
>
> 一篇咒语是真言。
>
> 升黄表,
>
> 焚香请下八洞各神仙。
>
> 神出洞,
>
> 仙下山,
>
> 扶助大清来练拳。
>
> 不用兵,
>
> 只用团,
>
> 要杀鬼子不费难。
>
> 烧铁道,
>
> 拔电杆,
>
> 海中去翻大轮船。
>
> 大法国心胆寒,
>
> 英美俄德哭连连,
>
> 一概鬼子都杀尽,
>
> 我大清一统太平年!

但是,口号归口号,真正使出的功夫,却连洋鬼子的使馆区东交民巷都攻不下。东交民巷的洋兵不过四百人,义和团围攻了两个月,可是都攻不下来,一旦成千上万的八国联军从海外打来,抵御洋人的本领与后果,也就可知。但是,义和团对洋人的本领虽然有限,对中国自己人倒是极其耀武扬威的。他们把凡是涉洋的东西都一概打砸,抽洋烟(纸烟)的要杀,拿洋伞的要杀,穿洋袜的要杀,有一家八口查出一根火柴,八口全杀;有六个学生身边有一支铅笔,六个全杀。至于他们认为信了洋教(天主教等)的,更在必杀之列。他们把洋人叫作"大毛子",信教的中国人叫"二毛子",间接与洋人有关的叫"三毛子",杀不到"大毛子","二毛子""三毛子"却不愁缺货,一经认定,砍杀、肢解、腰斩、炮烹、活埋……样样都有。活埋还有花样,有的信教的妇女,被头下脚上式活埋,把腰部以上埋在地里;腰部以下,裸露外面,在阴部插上蜡烛,取火点燃,以为笑乐……不过,认定谁是"二毛子""三毛子"标准却是很宽的,有时候,为了彰显成绩,他们会大抓农民,一抓就上百男女,一律砍头。农民在法场号叫哭喊,都不清楚自己是怎么被杀的……

西太后利用义和团掀起文化大乱命的闹剧,这场闹剧,惹来了文化的挑战与浩劫,洋人的船坚炮利文化,形成了新的挑战,更证实了中国文化与国力的脆弱;另一方面,中国本土的乡土的低层文化的猖獗与盲动,造成了新的浩劫,也更证实了中国文化与国力的脆弱。按照中国的经典文化,两国交兵,是"不戮行人""不斩来使"的,但是,当本土的乡土的低层文化蹿升到无法控制的时候,自外国的公使以下,就都卧尸街头了。

西太后本人的文化水平是低层的,她的权势蹿升到高层,文化水平却没蹿升上去,结果由她点头肯定义和团、由她带头纵容义和团,就上下衔接,串连成腾笑古今中外的文化大乱命。在这种动乱里,不但中国的农民被杀了、外国的使节被杀了、中国在朝头脑清楚的大臣被杀了,民间在野的许许多多的志士仁人也都被杀了。中国各地人头落地,不止北京城;北京城各地人头落地,不止通衢大道。在闾巷小街里,也不断传出不同的惨剧。西砖胡同的法源寺那边,就传出这么一个。

　　一天傍晚，几十个义和团分子追杀一个黑袍大汉，大汉已经负了伤，他闪进法源寺，庙门也就关起。义和团赶到，他们不尊重什么庙堂，费了一阵工夫，强行打开了庙门，推开和尚们冲进去，只见那黑袍大汉正伏在大雄宝殿的石阶上，他们冲上去，乱刀齐下，砍死黑袍大汉，然后呼啸而去。黑袍大汉是谁，义和团为什么追杀他，真相不明。

　　但是，后续的说法也冒出来了。据事后法源寺附近的人透露，那个黑衣大汉，听说不是别人，就是大刀王五，但义和团为什么追杀他，真相仍不明。

　　直到十三年后，一个来自南方的行脚僧——"八指头陀"住在法源寺，在问及当年当家和尚佘法师的下落时候，由于八指头陀出家时，曾经"燃二指供佛"，自烧指头的牺牲精神南北驰名，大家佩服他、相信他，才在当年法源寺目击和尚的口里，得到真相。原来自从谭嗣同的灵柩移到法源寺后，佘法师就把普净"赶走"了，他不要普净再和他一样地当和尚。普净走后，佘法师自己也行踪神秘起来了，听说他参加了援救光绪皇帝的行动，这一行动，是谭嗣同死前嘱托大刀王五代为执行的。由于清政府保护得严密，行动失败了。但佘法师跟镖局里的人物，仍旧保持联系。两年后，义和团在北京大串连，闹得天翻地覆，听说大刀王五想浑水摸鱼，摸出光绪皇帝，重新完成对死友谭嗣同的嘱托。可是，不知怎么惹来义和团对他的追杀，王五逃到庙里，佘法师一边叫和尚们聚在大门前与义和团尽量拖时间，一边单独跟王五在一块儿。后来大门前和尚拦不住，义和团一拥而入在大雄宝殿前，砍死了黑袍大汉。义和团走后，大家才发现，穿黑袍被砍死的，竟是佘法师！而王五呢，早被换成了和尚衣服，奄奄一息。大家极力抢救，可是，没用了，三个小时后，王五也死了。王五死前只断续留了一句话："我错怪了佘法师三十多年。如果可能，愿和他埋在一起。"佘法师和王五神秘的关系，大家都不清楚，只听说王五一直看不起佘法师，说他是懦种。但是，看到佘法师穿着黑袍装成受伤的王五，以自己一死来救王五那一幕，大家才恍然大悟。他们死后，庙里不敢声张，偷偷买了两口棺材，埋在广渠门里广东义园的袁崇焕坟后面。当时为了搞清楚，大家搜查了黑袍的口袋，发现有一张纸，纸上写着一首诗：

> 望门投止思张俭，
> 忍死须臾待杜根。
> 我自横刀向天笑，
> 去留肝胆两昆仑。

下面注明诗是谭嗣同先生"狱中题壁"之作。大家研究了一阵子，无法彻底理解，就作罢了。八指头陀也是诗人，他夜里点着蜡烛，在古庙中研究这首诗，恍然若有所悟。他对前三句都能理解："望门投止思张俭"是写后汉张俭被政府缉捕时，他亡命遁走，因为他有名望，大家都佩服他、都掩护他，害得许多人家都因掩护他而受连累。谭嗣同用这个典，表示不愿连累人，所以不愿逃走。第二句"忍死须臾待杜根"是写后汉杜根在皇帝年长后，上书劝太后归政，太后下令把他装在袋子里摔死，幸亏执行的人暗动手脚，使他虽受伤但得以装死逃生，谭嗣同用这个典，表示未能就太后归政皇帝上，有所成就，但忍死一时，目的也别有所待。第三句"我自横刀向天笑"是写他已视死如归，从容殉道。八指头陀惊叹着，他心里想："慷慨成仁易，从容就义难。"慷慨与从容是两种不同的高层次处世态度、赴难态度、牺牲态度。慷慨的表现，有一股很强烈的激情，或两目圆睁，或破口大骂，或意气纵横，或义形于色。以慷慨态度准备处世、赴难、牺牲的人，他们在内心里，有十足的正义的理由，但在外表上，却是感情的，并且是激情、强烈的激情形式的，用人比喻，这叫"方孝孺式"。明朝的方孝孺反对明成祖篡位，明成祖说这是我们家的事，先生你不要管，你只替我们写诏书就好了。可是方孝孺连哭带骂，说要杀便杀，诏书我是不写的。明成祖说你不怕死，但杀起来不止杀你一个，要诛九族的。方孝孺说就是杀我十族，我也不怕。明成祖说，好，就杀你十族。照中国传统算法，九族是在直系方面，上下各杀四代，就是从罪人的高祖、曾祖、祖父、父亲，直杀到自己的儿子、孙子、曾孙、玄孙；另在旁系方面，还要横杀到三从兄弟（母族和妻族）。但并没有所谓第十族。方孝孺说他杀十族也不在乎，明成祖就要发明个十族出来，于是把朋友和学生，也都算进去。为了增加某种效果，明成祖抓来一个就给方孝孺看一个，方孝孺毫不一顾。最后统计，一共杀了八百七十三个。方孝孺自己也慷慨成仁。中国人说"慷慨成仁易"，因为慷慨成仁时候，都在事件的高潮点上，在高潮点上的人，是情绪最冲动的、最激情的，这时候的当事人，常常心一横，可以做出许许多多大勇和大牺牲的伟大行动，而不会冷静顾虑到别的利害与困难，也不会有恐惧、伤心、痛苦、孤寂等等使人沮丧、软弱的情绪。事实上，在高潮点上不久，当事人也就"成仁"了，死得没有破绽、没有拖拖拉拉，很干脆。所以说，慷慨成仁是比较容易的。正因为慷慨成仁比较容易,所以,有人相信:不给当事人慷慨成仁的机会,也许结果可能不同。于是千方百计在狱中软化他,使他屈服。但是有人却仍不屈服。像文天祥,就是最伟大的范例。不过,比对起"方孝孺式"来,这种"文天祥式"却是更高境界的。多年的牢狱生活,那种牢,不是靠很强烈的激情才能坐的,而是靠一种平静的从容态度,而文天祥却正好表现了这一态度。最后他终于换得了你敌人来杀我。在柴市口,他神色自若,走到法场,从容而死……谭嗣同这首诗的第三句"我自横刀向天笑",写得太好了、太好了,尤其好在这一"笑"字上。这一"笑"字,写尽了他的从容态度,但笑是一种激情,也有点慷慨的成分。所以,谭嗣同之死,既有"慷慨成仁"之易,又有"从容就义"之难,难易双修,真是诗如其人、人如其诗,视死如归、从容殉道。但是第四句"去留肝胆两昆仑"指什么呢?这就费解了。

"他们都死了,"八指头陀在残烛下漫想着,"谁来检定他们的往事呢?现在,满清王朝没落了、中华民国建立了,时间愈久、时代愈变,往事就愈淹没了,但是,两昆仑的谜团,到底指谁呢?"

第十四章 "明月几时有"

"到底指谁呢？"——同一个问题，在八指头陀死在法源寺后两年，1915年，中华民国四年，又被提起了。

这一年是令中国人痛苦的一年，因为中国人好不容易成立的中华民国，遭遇了空前的劫难——中华民国总统袁世凯居然做总统做得不满足，要当起皇帝来了。全国上下，一片劝进之声。

梁启超感到很可耻，他在天津家里，偷偷会见了从北京来的神秘人物，这人物不是别人，就是他十八年前在湖南时务学堂教书时的十六岁学生——改名蔡锷、蔡松坡的蔡艮寅。

蔡锷在戊戌政变以后，到日本读书，重新回到亡命日本的老师梁启超的门下。不过，他另一位老师谭嗣同的死难意义，却引出了他跟梁启超不同的解释。在老师梁启超、太老师康有为的解释里，谭嗣同是为了走改良的路而死，所以大家要追随死者，继续走改良的路，包括跟清政府与人为善的方式在内；但在蔡锷的解释里，谭嗣同是为了证明改良之路走不通而死，谭嗣同的毅然一死，正是教我们觉悟到此路不通，而是要走革命的路。因此，他在十九岁那年，在义和团动乱发生以后，他和他的老师唐才常等十九个人，从日本偷偷回到中国，准备举事。但是，他们失败了。查办这一案子的封疆大吏张之洞，是唐才常的老师，他审问时想开脱他的学生，故意跟左右说：这个人不像唐才常呀！会不会抓错了人呢？但是唐才常却高声叫道：失败了，死就是了,我唐才常岂是苟且偷生的人!于是,他被杀了。临死前吟诗一首,最后两句是:"剩有头颅酬故友,无真面目见群魔。"他终于在"故友"谭嗣同死后不到两年,也跟着牺牲了。

唐才常在被围捕中做了一件事,他技巧地烧掉了同志名册,使官方无法株连,蔡锷等小同志因此得以逃返日本,参与下一波的革命行动。

蔡锷进了日本士官学校,成绩优异,毕业后回到中国,加入清朝的军事阵营,密谋革命,这时他二十三岁。七年以后,1911年10月10日辛亥革命在湖北发生。发生二十天后,他在云南就宣布了光复,并做了云南地区的领导人。这时他二十九岁。两个月后,中华民国成立了。

中国人的中华民国虽然成立了,但是中国人的皇帝思想并没退去。中华民国只成立了四年,如火如荼的帝制活动就展开了——戊戌政变时出卖谭嗣同的袁世凯操纵民意,想把中华民国改为中华帝国,由他做皇帝。这时候,梁启超、蔡锷他们再也忍不住了,他们要在众神默默、全国敢怒而不敢言的恐怖局面下奋起力争,为中国人争人格、为中华民国争命脉。这种努力是艰苦的,首先他们就得从袁世凯侦伺下的北京、天津脱身才成。一天夜里,蔡锷从北京溜到天津去看梁启超,他们谈到了脱身的计划。

"十七年前,"梁启超说,"我和你的谭老师在北京谈到离去和留下的问题。十七年过去了,我们又发生这一问题了。依我看,目前的发展情况,该是你先离开北方,赶到南方去,在南方举义旗、反帝制。我不能先走,我一走,袁世凯就特别注意到你,你就走不成了。所以,松坡,我来殿后,你先走。"

"可是,"蔡锷犹豫着,"如果我先走了,老师如果走不成呢?"

"那也不会影响我们基本的夙愿。记得你谭老师十七年前的《狱中题壁》诗吧？"

> 望门投止思张俭，
> 忍死须臾待杜根，
> 我自横刀向天笑，
> 去留肝胆两昆仑。

"第四句写出了去留之间，大家肝胆相照，昆仑为中国发祥地，'两昆仑'指做两位堂堂的中国人，不论是去是留，都是堂堂的。"

"当年谭老师以程婴和公孙杵臼期勉老师和他自己，'去留肝胆两昆仑'自是专指老师和他两人而言。"蔡锷补上一句。

"把'两昆仑'解释成他和我，跟上面'去留'字眼呼应起来，固然相当，但我后来看到谭老师《石菊影庐笔识》中《学篇》第五十六则，有这样的文字：'友人邹沉帆撰西征纪程，谓希玛纳雅山（喜马拉雅山）即昆仑，精确可信。希玛纳雅山在印度北，唐人呼印度人为昆仑奴，亦一证也。'这段文字，是谭老师生前自己所做的唯一对'昆仑'的诠释。这样看来，谭老师所谓的'两昆仑'，可能指的是他家的仆人，就是胡理臣和罗升。这两个人，在谭老师死后，一个去湖北向谭老师的父亲报信；一个留在北京料理善后，所以有'去留'之意。这样解释，未免狭窄了一点，不过探讨谭老师的甘心一死的原因，家庭原因，也是其中之一。他从小虽被后母虐待，但是他跟父亲的感情，却深得很。事发后，九门提督查抄来的文件中，有许多他父亲写来因反对他参与变法维新，而表示不满或断绝关系的信，满清政府因此没有株连到他父亲,其实这些家书都是谭老师为了开脱自己父亲而捏造的。当时他迟迟不肯逃走,要留下来学他父亲笔迹捏造家书,恐怕也是原因之一。谭老师出事时,大家还联合瞒他父亲,说谭老师只在坐牢而已,但是一个朋友写信不小心,泄露了,他父亲听到消息,两手抵住书桌、两眼默默垂泪,再也没说一句话。关于谭老师从容就义,不肯一走了之的原因,可有多种解释:或说他为了对支持变法维新的人有所交代而死,或说他为了提醒大家要继续走改良的路而死,或说他为了证实此路不通而提醒大家要走革命的路而死,或说他为了救他父亲而死……每种解释,其实都可以成立。"

"老师你相信哪一种?"蔡锷问。

"我相信谭老师宁肯一死的理由是多重的。但是从佛法中看破生死,进而要杀身成仁,以完正果,则是最根本的。我认为从大目标看来,他想要用一死证明改良之路不通,中国问题的真解决,有赖于大家去革命;但从眼前的较小的目标看,他的甘心一死、甘心先死,实在有鼓励大刀王五他们去救皇上的作用在内。我们不要忽略了谭老师性格中的侠义成分。在他的侠义性格里,看到光绪皇帝受了汉族影响,甘愿牺牲一切,去救中国,因而换得如此下场,他是心里不安的、抱歉的,因此他最后还要救皇上,他自己没有力量,所以拜托大刀王五他们去冒大险,于是他又对大刀王五他们心里不安、抱歉了。他最后以一死明志、以一死表示不苟活、以一死表示大丈夫对自己干的事自己会付出一条命来负责,这是很光明磊落的。从这种目标来看,'两昆仑'是反指王五和胡七的说法,反倒近似。有的说王五和胡七是昆仑派剑侠;有的说唐朝小说《昆仑奴传》有'昆仑奴'摩勒,宋朝《太平广记》也有陶岘和他'昆仑奴'摩诃,都用昆仑表达侠义的行事，所以'两昆仑'指的是剑侠们救皇上的事。那首诗最后写他自己这边，从容而死；而把救皇上的行动，托付给剑侠们了。照这样路子解释下去，可能'两昆仑'中，一个是指谭嗣同自己，另一个是指王五。他们之间的关系，也变成去者与留者的关系。当年公孙杵臼说：'立孤与死孰难？'扶养孤儿长大成人和一死了之哪个难做？程婴说：'死易，立孤难耳！'公孙杵臼说：他们姓赵的一家对你好，你就勉强担任难的一部分吧，由我担任容易的一部分，由我先去死。'赵氏先君遇子厚，子彊为其难者，吾为其易者，请先死。'我想，谭老师经过思考，认为以他的身份与处境，适合扮演公孙杵臼的角色，所以，他做了留者，而把未来的许多事，交给王五他们去办。谭老师狱中题壁诗的最好解释，大概朝这一方向才比较妥帖。"

蔡锷点了点头。但他有一个疑惑，不能解决：

"不过，照老师为谭老师印出的《仁学》里，明明有他'冲决网罗'的立论，他认为欲致人类于大同，非得先'冲决网罗'不可。他说：'初当冲决利禄之网罗、次冲决俗学若考据若词章之网罗、次冲决全球群学之网罗、次冲决君主之网罗、次冲决伦常之网罗、次冲决天之网罗、次冲决全球群教之网罗、终将冲决佛法之网罗。'又说：'君以名桎臣、官以名轭民。'又说：'君主之祸，无可复加，非生人所能忍受。'又说：'二千年来，君臣一伦，尤为黑暗否塞，无复人理。沿及今兹，方愈剧矣！'又说：'君亦一民也，且较之寻常之民而更为未也。民之与民，无相为死之理；本之与末，更无相为死之理。……止有"死事"的道理，绝无"死君"的道理。'死君'者，宦官宫妾之为爱，匹夫匹妇之为谅也。……况又有满汉种族之见，奴役天下者乎？'……由这些话看来，谭老师明明是有非君之见的,甚至有满汉之见的,但他却在得君行道的短暂机会后,做了太像太像'死君'的悲壮行动。老师说谭老师宁肯一死的理由是多重的,其中'死君'一重、为光绪皇帝一死的悲壮,是不是也占了重要的一重呢?甚至是唯一的一个理由呢?如果真的如此,那么关于谭老师殉难的解释,在五花八门之中,却以这说法更令人惊心动魄了。老师以为呢?"

梁启超坐在书桌旁,点着头,又用食指轻杵着头。他的头大大的、眼睛大大的,给人明亮睿智的感觉。在小学生蔡锷面前,明亮睿智之外,更洋溢着一股交情与默契。

"关于'死事'与'死君'的问题,在谭老师最后见我一面时,我们曾讨论过。谭老师基本上,是反对清朝的、反对皇帝的。所以在他著作中,我们看到他赞扬太平天国的革命,说洪秀全、杨秀清他们'苦于君官、铤而走险,其情良足悯焉';又赞扬法国大革命,说'誓杀尽天下君主,使流血满地球,以泄万民之恨'。……他的排满反帝言行,我们早在时务学堂时就感受到了。而一旦被满清皇帝看中重用,他就'酬圣主'式地殉死了,他前后有这样对立的转变,乍看起来,的确难以解释,而会被自然解释成他在'死君'。但是仔细看去,我认为光绪皇帝在他眼中,已经不是狭义的'君'了,而是广义的'事'了,光绪象征的是中华民族没有畛域之分,华夷共处、满汉一家;光绪象征的是变法维新、改革腐败政治的诚意;光绪象征的是自己不持盈保泰、不做自了汉①、自了皇帝,而去自我牺牲救国救民;光绪象征的不是一个通常的皇帝,而是一个真正的爱国者、一个

---

① 只顾自己,不顾大局者。

真正的有理想有抱负的人……在谭老师眼中,光绪不是'君'了,而是'事'的象征,乃至是同大业共患难的朋友。他们之间已不是君臣,而同是伟大的中国人。正如谭老师书中所说的'生民之初,本无所谓君臣,则皆民也'。谭老师因此患难有所不避、坐守待死,其实才正是他不肯一走了之的原因,站在'则皆民也'的立场,他也不要单独丢下光绪在北京。当然,这也只是原因之一。刚才我说过,每种解释,其实都可以成立,你所认为的'死君'原因,自是又加了一种。谭老师绝不是狭义的'死君',基本上,他是反对皇帝的。在这一点上,他死后十七年,你我又联手贯彻他的思想了。古人说:'西方圣人,以一大事因缘,出现于世。'谭老师一生三十三年的短短生命里,就是以此大事因缘,出现于世,为我们中国人奋斗的目标,留下了南针与血证,他现身说法,为中国人留下伟大人格的榜样,叫我们去怀念、长想。这也正是他跟我们的因缘。……"梁启超说着,泪光已经闪出来了。

蔡锷点了点头。"老师说得对,眼看就是千千万万中国人,颂王莽功德、上劝进表了;眼看袁世凯就当上皇帝了,这成什么话!全世界看中国人是什么东西呢?中国人全是没骨气没人格的了,这怎么行?"

"有你我在,就不让人把中国人看扁!"梁启超接过去,用力地说,"你我就分头努力去。事情成功,什么地位都不要,回头做我们的学问;事情失败,准备一死,既不跑租界,也不跑外国!"

就这样地,蔡锷从梁启超家里,化装逃往日本,转到他可以影响的云南,宣告起义,反对帝制;梁启超在半个月后也伺机潜往上海,转道广西、广东,游说响应云南。在千辛万苦中、在九死一生里,最后达成了延续民国命脉的目的。可是，起义者本人，却付了相对的代价，"洪宪皇帝"袁世凯在六月羞愤而死，活了五十八岁。蔡锷在五个月后，也积劳而亡，他死在日本医院里，只活了三十五岁。

在梁启超、蔡锷师生二人联手行动的同时，梁启超的老师康有为也加入了。康有为在云南起义时，一面秘密写信给蔡锷，叫他设法收复四川；一面变卖房地，以为资助。梁启超高兴他老师也参与这一行动，但是，当他发现康老师的真正目的是在打倒袁世凯后，把清朝皇帝复辟，他震惊了。在蔡锷死后，康有为以太老师的身份，写了一对挽联，内容是：

微君之躬，今为洪宪之世矣；
思子之故，怕闻鼓鼙之声来。

"闻鼓鼙而思良将"，这是康有为的满腔心事。但是，他没有良将，他只是光身一人。虽然如此，他却毫不灰心，他仍要为中国设计前途。五年前，几千年有皇帝的古国，一朝不再有皇帝了。共和、共和，共和变成了时髦的口号。孙中山在南京做了临时大总统，向北京提出了和议条件，要求清朝皇帝退位，宣统皇帝退位了；北京方面，军政大权落到袁世凯的手里，经过暗盘的谈判，孙中山把总统让出来，袁世凯在北京就任了临时大总统。中国这么大的国家，竟被革命党和老官僚这样私相授受，怎么可以呢？中国交给孙中山，固然可虑；交给袁世凯，岂不也半斤八两吗？

从帝国转到了民国，中国在形式上有了些进步。留了三百年的辫子，给剪了；行了几千年的阴历，给阳了；国旗根据清朝的五色官旗，给改成了五色旗；称呼也不"大人""老爷"了，给改成"总长""先生"了；旧有的官制，也一一给改成新名目了……

不过，这些进步多是形式上的。政府反对小脚，可是有人还在裹；政府反对鸦片，可是有人还在抽；政府反对刑求，可是有人还在打；政府反对买卖人口，可是有人还在买来卖去……民国呵，它离名义的帝国业已遥远，它和实质的帝国却还那么接近。它在许多方面，只是帝国的代名词！

有一点倒是真的遥远了，那就是全国上下对中央的向心力，那种向心力，几千年来，都由皇帝集中在一起，构成了稳定国家的基本模式。可是，民国到了，皇帝倒了。强梁者进步到不要别人做皇帝了，却没进步到不要自己做皇帝。中华民国大总统袁世凯，就是自己要做皇帝的一个。

康有为早就看出这种危机，他在新旧交替的当口，大声疾呼，做救亡之论。可是，在众口一声并且这一声就是革命的排山倒海里，竟没有人肯登，也没有人敢登他的文章了。他住在日本，五十多岁的年纪，却已投闲置散。他的心情是苍茫的。他四十岁以前，守旧者说他维新；他五十多岁以后，维新者又说他守旧。并且这种说法，早就开始了。他五十多岁时发生辛亥革命，中华民国成立之日，更是他康有为出局之时。当年别人守旧，他搞维新，大家还附和他；可是当别人排满，他却保皇；别人革命，他却"反革命"；别人共和，他却君主立宪的时候，他就显得太不合时宜了。别人只能知道第一阶段的他，却不能知道第二阶段的他。不过，康有为却是不肯怀忧丧志的，没人印他的文章，他自己在中华民国成立那年，就创办了《不忍》杂志。这杂志每月出一本，都是他自己写的，每本七八万字，他用一个人的力量，大声疾呼，要唤醒别人。不过，二十年前，他唤醒的对象，是一个皇帝；二十年后，他唤醒的对象，却是千千万万的众生。不同的是，皇帝被唤醒，可是皇帝救国有心无力；而众生呢，却根本唤不醒他们，他们千千万万，只是梦游的患者。结果呢，有心无力的，变成了康有为自己。但是，难道他从此就停止了吗？不会的，还是要找些志不同而道合的人，来救亡图存。早在辛亥革命之际，他亡命在日本，就写信给革命党领袖人物黄兴，就是当年派同志上北京想把谭嗣同接走的黄轸，也就是黄克强，提醒他中国是几千年的君主国，骤然变成共和国是会惹出麻烦的，不如学英国学日本，以立宪的君主国，来长保恒定。他认为这种"虚君共和"中最理想的虚君是孔子的后裔。但是这种迂阔的意见，谁又听得进去呢？

辛亥革命后，一晃五年了，他所预言的革命会给中国带来麻烦，好像说中了。他决心再把中国给调回头来。现在，有一个做虚君的人选，也相当合适，那就是被废除的中国末代皇帝溥仪。溥仪的缺点在他是满族人，但优势也正在他是满族人。满族统治中国，已经有两百六十八年的历史了。这一历史背景正好表示了它的稳定性。溥仪是光绪皇帝的继承人，他的年号是宣统，宣统不到三年，中华民国就成立了，溥仪变成了逊帝，溥仪手下的王公大臣变成了遗老。遗老中有很多很多效忠清室的"顽固分子"，他们无日不想复辟，把现在扭成过去，但是，他们手无寸铁、无能为力。正巧有一个长江巡阅使兼安徽督军的张勋，是顽固专家，他为了效忠清室，把他手下的三万军队都保留了辫子不剪，号称"辫子军"，有意恢复旧王朝。遂在袁世凯死后一年之日，拥立宣统皇帝"御极听政"，收回大权。在这幕活剧里，康有为也加入了，做了弼德院副院长。可是，昙花一现十三天，段祺瑞在马厂誓师而上的部队,就把"辫子军"打垮了。宣统皇帝逃到英国公使馆寻求政治庇护,张勋逃到荷兰公使馆,康有为逃到美国公使馆。

美国公使礼遇康有为,他被安置在美森院居住,整天写书作诗,苦撑待变。在整个的复辟失败中,他最大的痛苦不是无法光复旧朝,因为他早就有心理准备,知道复辟并非易事,失败了也不意外;他也不高估这些共事的清朝遗老,因为他也早有心理准备,知道这些人不成气候,搞砸了也不意外。最使他意外的反倒是:他的第一号大弟子梁启超"背叛"了他,段祺瑞马厂誓师的真正军师,不是别人,正是梁启超。梁启超在反对复辟的通电中,公开指斥"此次首造逆谋之人,非贪黩无厌之武夫,即大言不惭之书生",显然已经直接攻击到康老师头上来了。康有为躲在美国公使馆,对梁启超的"当仁不让于师",非常恼怒。他写诗说:

> 鸱枭食母獍食父,
> 刑天舞戚虎守关。
> 逢蒙弯弓专射羿,
> 坐看日落泪潸潸。

在诗中,从动物到神话,凡是显示出忘恩负义例子的,都被他选进诗里。在诗稿最后,他还写下十三个字——"此次讨逆军发难于梁贼启超也!"可见他内心的苦痛。他最心爱的学生也离他而去了,这个世界,更孤单了。

* * *

不过，在孤单中，也有对话的声音存在，那就是美国公使馆中的一名精通华语的武官，名叫史迪威，常常过来陪他聊天，两人谈得也蛮投机。有一次，史迪威问到复辟的事。

"有人说你康先生这次参加复辟，是'迷恋红顶花翎'，不甘寂寞。"史迪威一面敬了茶，一面不经意地带进主题。

"你以为我康有为那么没出息、那么反动吗？你就错了。"康有为有点激动，"对君主政治，我其实知道得清清楚楚。有史以来的'圣君'，不过是大桀小桀；所谓'贤臣'，只是助纣为虐。这些遗老辫帅，根本不知政治为何物，我参加复辟，志在实现'虚君共和'的理想而来，不是参加这些人的丑剧而来，你不要认错了人！"

"'虚君共和'？你康先生在戊戌变法时，搞的是'虚君共和'吗？"

"那时候不是。那时候我希望光绪皇帝做彼得大帝，要有实权，是'开明专制'；可是戊戌以后，我倾向'君主立宪'，认为君权要有限制；辛亥以后，由于已有中华民国的形式，我主张我们采行英国式的'虚君共和'。我的政治主张是进化的，浅人看来，我是保皇党，其实我保的皇，绝非这些遗老辫帅保的皇。我认为清朝两百六十八年的统一基础要珍惜，它是一种安定力量、向心力量。皇帝就是这种安定力向心力的象征。你看英国，从过去亨利第八的绝对君权，到今天乔治五世的'虚君共和'，都有皇帝摆在那里，英国不论怎么耍花样、怎么改变政体，它都聪明地把安定力向心力的虚有其名的象征吊在那儿。"

"既然保皇保皇，被保的皇实质上已经一变再变，甚至变到了虚有其名、空壳子,又何必这么麻烦,千方百计地吊在那儿?干脆改成人民共和国,岂不更好?"

"不然。你别忘了,中国是有皇帝的国家,已经几千年了,这个传统你必须重视,即使是利用,也是重视的一种。我在外国十六年,八次去英国、七次去法国、五次去瑞士、一次去葡萄牙,在墨西哥住了半年、在美国住了三年,所过三十一国、行经六十万里,虽不敢说尽知真相,但是一直细心考察,所以我的结论,不是虚空的,而是落实的。我深信中国当学英国,要挟天子以行共和。至于谁为天子,只要有传统象征作用的,都可以。从孔子后代衍圣公,到清廷逊帝,我都赞成。目前衍圣公只有两岁,宣统比较合适。所以我参加了复辟。我参加,是希望大家搞'虚君共和'的,没想到遗老辫帅们没见识。我提议的定国号为中华帝国、行虚君共和制、召开国民大会、融化满汉畛域、亲贵不得干政、免跪拜、不避御讳等开明民主措施,他们都不肯接受,反倒搞什么大清国、大清门、大清银行等等,妄想恢复旧王朝的统治,大家争权夺利,这哪是我的本意呢?"

史迪威点着头、点着头,他显然被康有为说服了。他站起来,又为康有为敬了茶。

"康先生的见解远大、立身正大,我们美国人都了解,这也就是我们公使馆愿意出面政治庇护康先生的原因。可惜的是,康先生的本国人对康先生反倒了解得不够,这倒是很遗憾的。这真是中国的难题。"

康有为冷笑了一下。"难题也不单是中国的吧?你们美国又何尝不然?你们开国时的先知和功臣汤玛斯·潘恩,在把美国带入新境界以后,还不是要离开美国,到法国去另找天地?他在法国,因为反对暴力革命，还被关在牢里，美国总统虽把他救回美国，但他的后半生，却在被美国人漠视中死去，直到一百多年后才被真的肯定，你们美国人对自己的先知和功臣，还不是一样！"

史迪威苦笑了一下，说："耶稣说先知总不在自己乡土上被接受，大概就是这个原因吧？不过，中国是一个伟大的民族，这个民族的人情世故，有它独特的结构，他们对你康先生，有朝一日，也许有令人惊讶的肯定，也许不要等上一百年。试看你今天的康先生，明明是犯了叛国罪的要犯，可是你却能逍遥法外，大家除了责怪你康有为老朽昏庸不合时代潮流外，对你并没有什么恶意，这种和稀泥的态度，正是中国人的一大特色。现在公使正私下和中国政府商量，闭一只眼，放你南下，这在外国是办不到的啊！法国大革命时汤玛斯·潘恩为了保护下台的皇帝，都要被关起来；而你康先生呢，把下台的皇帝推上台，也不过不了了之。中国人不了解先知，但是，他们也不过分迫害他啊！……"

"你看着吧！"康有为打断他的话，"我老了，我可能看不到了，但你会看到中国的剧变。我想我是中国最后一个仅存的先知，最后一个被群众放过、被暴民放过、被政党放过的先知。原因无他，他们认为我早已不属于他们的时代，他们放过我，一如他们放过一件活古董。但是，你等着看吧，这点残存的宽大将来也愈来愈少了。民国、民国，民犹是也、国犹是也，将来的麻烦可多得不得了呢！如果清朝是夕阳、是落日，那么民国却是夕阳落日后的黑夜，将来的麻烦可多着呢！……"说到这里，康有为抬起头来，眼望着窗外。"四十年来，我所预言的，无一不中；不听我忠告的，无一不败。这就是做先知的痛苦。这种人早在四十年前就看到中国的今天，也从中国的今天远看到四十年后,虽然四十年后,这种人早就死了,但是,这一对老眼永不死亡。你知道中国古人伍子胥的故事吗?他死前遗命把他头颅悬在城门口,要看自己国家的灭亡。"

"康先生还是不要太悲观了!"史迪威站了起来,"即使民国是黑夜,你康先生也是一轮明月,时常会照亮它。"

"是吗?"康有为笑了一下,也站起来,"不谈了,正好木堂先生要我为他题几个字,我要去挥毫了。中国的毛笔字真有用,当你想逃避一下现实,它可是最好的宝贝。"

"人家说康先生的书法,民国第一。康先生光凭毛笔字,就可不朽。"史迪威赞美着。

"不是民国第一,是中国第一、清朝第一。我不要靠毛笔字在民国站一席地。在众生嗷嗷待哺、国事鱼烂河决的时候,靠毛笔字是可耻的。不过,谈件小事,我的余生怎么生活呢?也许我得靠卖字来活了。哈哈,我生命中最渺小的一部分,竟在中华民国变成了最伟大的。史迪威先生,做先知不必再痛苦,只要他肯心甘情愿写毛笔字!"

在笑声中,两人分了手。

* * *

三天以后,在美国公使馆躲了半年以后,美国公使终于跟中国政府取得默契,用专车把康有为送到天津去。康有为临行留下了一些物件托史迪威料理,其中有一幅手卷,故意没有封起。史迪威打开一看,赫然写着雄浑的五个大字:

明月几时有

下有小字写着：

木堂先生属
康有为

　　史迪威顿然一惊，然后摇了摇头，停住了，过了一会儿，他把脸朝向窗外。"康先生秋天来，冬天走了。"他心里想着，"他该走了，北京的冬天，对他太冷了。"

第十五章　古刹重逢

九年过去了。

北京的阴历七月又到了,正南正北的天河又改变了方向,天气又快凉了。

七月一日是立秋了。立秋是鬼节的前奏。鬼节总带给人一种肃杀的气氛。家家都要"供包袱",跟死人打交道。跟死人最有肃杀关系的菜市口,更是令人注目的地方。

这天立秋正是阴天。菜市口的街道,正像北京的大部分街道一样,还没铺上石板。虽然已是1926年,清王朝已被推翻了十五年,可是,菜市口还是前清时的老样子。街上的浮土,晴天时候就像香炉,一阵风刮来,就天昏地暗;雨天时候就像酱缸,一脚踩下去,就要吃力地拔着走。

路不好是一回事,每个人都得走,为他们的现在与未来而走。但有一个老人不这样,他在为过去而走。

十五年来,他每次来北京,都要一个人来菜市口,望着街上的浮土、望着西鹤年堂老药铺,凄然若有所思。他两脚踩的泥土,本该是他当年的刑死之地。而西鹤年堂老药铺前面,也正是监斩者坐在长桌后面、以朱笔勾决人犯的地方。但是,偶然的机遇,他死里逃生,躲过了这一劫,除了西鹤年堂的老屋和他自己的一对老眼,当年的物证人证,已全化为泥土。西太后化为泥土,监斩官化为泥土,六君子化为泥土，整个的保守与改良、倒退与进步、绝望与希望、怠惰与辛勤，都已化为泥土。剩下的，只是老去的他，孤单地走上丁字路口，在生离死别间、旧恨新愁里，面对着老药铺，在泥土上印证三生。

这一次来北京、来菜市口，他已经六十九岁了。中国的时局又陷入新的混乱，北方的旧大将走马换将、南方的新军阀誓师北伐，并且这回是公然由苏联人提供机枪、大炮、金钱和顾问，来势汹汹，中国的一场新浩劫或几场新浩劫，是指日可待的。而他自己，已来日无多，又不为人所喜，避难于域外，也不得不早为之计。他这次来北京，感觉已和过去不同，过去每次来，都有下次再来的心理，可是这次却没有了。他觉得他与北京已经缘尽，这次来，不是暂留，不是小住，不是怀旧，而是告别、永别前的告别。在菜市口，他是向二十八年前的烈士告别，向二十八年前的刑死之我告别，向过去的自己告别。

离开了菜市口，他到了宣武门外大街南口，走进了南北方向的北半截胡同，胡同的南端西侧，一座地势低矮的房子出现了，那是谭嗣同住过多年的地方——浏阳会馆。会馆里的莽苍苍斋，三十年前，正是他们商讨变法维新的地方，多少个白天、多少个晚上、多少个深夜，他和谭嗣同等志士们在这里为新中国设计蓝图。三十年，这么快就过去了，莽苍苍斋老屋犹在，可是主人已去、客人已老，除了蛛网与劫灰，已是一片死寂。唯一活动的是照料会馆的老用人，在收了这位陌生老先生的赏钱后，殷勤地逐屋向他介绍。老用人一知半解地述说三十年前，这是大人物住过来过的地方。他吃力地细数莽苍苍斋主人交往的人物，他口中出现了"一位康先生"。他做梦也想不到，那位"康先生"，正含泪站在他的身边。

莽苍苍斋的匾额还在,旁边的门联,却已斑驳不清,但他清楚地记得那门联上的原文。当时谭嗣同写的是"家无儋石,气雄万夫",他看了,觉得口气太大,要谭嗣同改得隐晦一点,谭嗣同改成"视尔梦梦,天胡此醉;于时处处,人亦有言"。他大加赞赏,认为改得收敛。如今,三十年过去了,谭嗣同"气雄万夫"而去,"视尔梦梦"的,正是他自己。"再见了,莽苍苍斋;再见了,复生。"这里尘封了他们早年的岁月,这里寄存了当年救国者的欢乐与哀愁,这里凝结了谭嗣同被捕前的刹那,在那从容不迫的迎接里,主人迎接捉拿钦犯的,一如迎接一批客人。在天地逆旅中,人生本是过客,只有旧屋还活现主人,而主人自己,却长眠在万里朱殿之外,在苍苍的草莽里,默然无语,"人亦有言"。

* * *

在阴天中,他又转入西砖胡同南口,沿着朱红斑驳的墙,走进了法源寺。

四十年前,他初来北京,就住在宣武门外米市胡同,就爱上附近的这座古庙。庙里的天王殿后有大雄宝殿,在宽阔的平台前面,有台阶,左右分列六座石碑,气势雄伟。他最喜欢在旧碑前面看碑文和龟趺,从古迹中上溯过去,浑忘现在的一切。过去其实有两种,一种是自己的过去,一种是古人的过去。自己的过去虽然不过几十年,但是因为太切身、太近,所以会带给人伤感、带给人怅惘、带给人痛苦。从菜市口到莽苍苍斋,那种痛苦都太逼近了,令人难受;但古人的过去却不如此，它带给人思古的幽情、带给人凄凉的美丽和一种令人神往的幸会与契合。怀古的情怀，比怀今要醇厚得多。它在今昔交汇之中，也会令人有苍茫之情、沧桑之感，但那种情感是超然的，不滞于一己与小我，显得浩荡而恢廓。但是怀今就赶不上。智者怀古、仁者怀今，仁智双修的并不排斥任一种，不过怀今以后，益之以怀古，可以使人伤感、怅惘、痛苦之情升华，对人生的悲欢离合，有更达观的领悟。"君不见，玉环、飞燕皆尘土"。正因为结局是从今而古、从古而无，所以把自己生命的一部分，用来怀古，反倒不是减少而是加多。你自己生命减少，但一旦衔接上古人的，你的生命，就变得拉长、变为永恒中的一部分。即使你化为尘土，但已与古人和光同尘，你不再那样孤单，你死去的朋友也不那样孤单。你是他们的一部分，而他们是自古以来志士仁人的一部分。那时候，你不再为他们的殉道而伤感、怅惘、痛苦，一如在法源寺中，你不会为殉道于此的谢枋得而伤感、怅惘、痛苦，你也不会跟谢枋得同仇敌忾，以他的仇敌为仇敌。你有的情感，只是一种敬佩，一种清澈的、澄明的、单纯的、不拖泥带水的敬佩。那种升华以后的苍茫与沧桑，开阔了你的视野、绵延了你的时距，你变得一方面极目千里，一方面神交古人，那是一种新的境界，奇怪的是，你只能孤单一人，独自在古庙中求之，而那古庙，对他说来，只有法源寺。

* * *

"康先生又来法源寺看古碑了。"说话声音来自背后，康有为转身一看，看到一个中年人，在对他微笑。

中年人中等身材，留着分头，但有点杂乱，圆圆的脸上，戴着圆圆的玳瑁眼镜，眼睛不大，但极有神，鼻子有点鹰钩，在薄薄的嘴唇上，留着一排胡子。下巴是刮过的，可见头发有点杂乱，并非不修边幅，而是名士派的缘故。他身穿一套褐色旧西装，擦过的黑皮鞋，整齐干净，像个很像样的教授。

康有为伸出手来，和中年人握了手，好奇地问："先生知道我姓康？"

"康先生名满天下，当然知道。"中年人笑着说，非常友善。

"先生见过我？能认出我来？"康有为问。"你刚才说我'又'来法源寺看古碑了。你好像看我来过？"

中年人笑起来，笑容中有点神秘。他低下了头，又抬起来。两只有神的眼睛，上下打量着康有为，慢慢地说：

"我当然认得出康先生，在报上照片看得太多了。何况，我还见过康先生，不过，那是很早很早以前的事了，康先生恐怕不记得了。"

"多早以前？"

"算来康先生会吓一跳，近四十年以前。准确地说，是三十八年前。"

康有为圆睁了眼睛，好奇地问："可能吗？看先生不过四五十岁。近四十年前你只有十多岁，你十多岁时见过我？在哪里见到的？"

"就在北京。"

"在北京哪里？"

"就在北京这里。"中年人把手指地，"就在北京这法源寺里。就在这石碑前面。"

康有为为之一震。他抓住中年人的手，仔细端详着、端详着。

"你是——"

"我是——我是当年法源寺当家和尚佘和尚的小徒弟!"

康有为愣住了。他大为惊讶,仔细盯住了对方。突然间,他拥上前去,抱住中年人:"啊,我记得你!我记得你,你就是那位从河南逃荒出来、被哥哥放在庙门口的小弟弟!"

中年人不再故作神秘了,他抱住康有为,眼睛湿了。抱了一阵,两人互抱着腰,上半身都向后仰,互相端详着。中年人赞赏地摇摇头:"康先生博闻强记,真名不虚传,康先生记性真好!近四十年前的一个小和尚,你还记得。"

"也不是记性多好,而是你当年给我的印象太深刻了、太深刻了!"

康有为双手拉着中年人的双手:"你当时叫什么来着,你叫——"

"普净。我叫普净。"

"对、对!你叫普净,你叫普净!"

"普净是我做小和尚的名字,我的本姓姓李,我叫李十力。……"

"李十力?李十力是你?"康有为又一次大为惊讶,他用手指点着中年人的前胸,"你不是北京大学的名教授吗?"

李十力笑着点了点头,"教授倒是滥竽,名则未必。"

"你太客气了。"康有为说,"大家都知道中国现代有个搞'新唯识论'的大学者,我也一直心仪已久,并且一直想有缘一见的,原来就是你,就是我四十年前见过的小法师啊!久别重逢,并且重逢在四十年前的老地方,真太巧了、太巧了!"

"《墨子》中说'景不徙',《庄子》中说'飞鸟之影,未尝动也'。都是把过去的投影,给抽象地凝聚在原来地方,表示形离开了，可是影没离开。如今四十年后，康先生和我的形又重现在这儿，我们简直给古书提供了形影不离的见证了。"

康有为拍着李十力的肩膀，笑着说："你说得是。这正是形影不离啊！可惜的是，我老了，佘法师也不在了。佘法师若活到现在，也八十开外了吧？"

"正好八十整岁。并且正好就是今天——今天正是佘法师八十冥诞啊！"

"太巧了，太巧了！所有的巧事，今天都集合在一起了！佘法师八十冥诞，庙上一定有纪念仪式吧？"

"设了一个礼堂，大家行礼。这几天我从学校过来，住在庙上，一来帮忙照料，二来也清净几天，好好想些问题。正好碰到康先生来庙上，真是'有缘千里来相会'了。"

"真是'有缘千里来相会'。我这次从青岛到北京，目的也是看看老朋友。前天——八月五日——一位老朋友袁励准翰林请我吃饭，回想二十八年前的八月五日，正好是戊戌政变我出亡上轮船那天，船到上海，英国人开来两条兵舰救康有为，可是没人认识康有为。正好袁励准在船上，经他指点，我才能死里逃生。我跟袁励准近三十年不见了，这次故人重逢，在座的有大画家溥儒，当场画了幅英舰援救图，我还题了字。当时大家都说再见到近三十年不见的老朋友，真值得庆祝，没想到才过了一天，就见到你这位近四十年不见的老朋友了。我们也该庆祝一下。怎么样？等我到礼堂先向佘法师行个礼，如蒙赏光，我们就到附近吃个小馆。"

"承蒙康先生赏饭，是我的荣幸。不过今天庙上备有素席，我们就在庙上吃吧。现在时候也近晌午了，先陪康先生行礼吧！"

礼堂设在一个想不到的地方——庙上最后一进的藏经阁。原因是佘法师生前说他读书没读够，死后盼与书为伍。庙上的人为了成其遗愿，就把他供奉在藏经阁。阁前有百年古银杏一棵，枝干槎丫，荫覆半院。阶前有两株西府海棠，也两百多年了。当年大诗人龚定盦有一天整理旧物，发现一包这两棵海棠落下的花瓣，他感而有词，写道：

  人天无据，被侬留得香魂住。
  如梦如烟，枝上花开又千年。
  十年千里，风痕雨点斓斑里。
  莫怪怜他，身世依然似落花。

这位天才横溢的大诗人死后六十年，佘法师"身世依然似落花"地魂归古庙；他死后二十六年，他当年的小徒弟与一饭之缘的康有为，并肩而至，来向他行礼了。

* * *

饭厅还是当年的老样子，方形红漆桌仍旧简单而干净。墙上谢枋得的绝命诗还在挂着。从焦黄的纸张与墨色看，已经无从断定它的年代。当年佘法师说它是一百年前庙上一位和尚写的，如今再加四十年，对它也没什么。这庙里到处都是古物，一百四十年的，又算老几？岁月只有对生命有意义，一旦物化，彭殇同庚、前后并寿，大家比赛的，不再是存在多久，而是存不存在。一幅字挂在那儿，就象征了它的存在；海棠在生意婆娑中存在；佛经在烛照香熏中存在；古碑在风吹雨打中存在；而庙中那最古老的两个莲瓣形的青石柱础，更在千年百眼中存在。建悯忠寺时代的所有建筑，全都不存在了，只剩下这两个石础，令人据之想象当年。从它们巨大的尺寸和精美的雕刻上，人们想象到古庙的盛世，千百年后，只留下两个石础，从个体存在中凭吊它们整体的不存在。

如今，佘法师个体不存在了，但是他"若亡而实在"，在饭厅中，他一直是他当年的小徒弟与康有为的话题。

康有为问："佘法师到底怎么死的？我只依稀听说他死在庚子拳变里，并且还是死在庙门里，其他都不清楚。十力兄你一定清楚。"

李十力点点头，沉思了半晌，才开口说话：

"我师父死得很离奇，直到今天，我还无法清楚全貌，但是也连接得有了轮廓。"

"记得三十八年前康先生见到我师父那年，他正四十一岁，那时他已做了十一年和尚了。他三十岁出家。三十岁以前的事，他绝口不提，我问他，他有一点凄然，只是说：'我三十岁以前的历史，有一天你会知道。'师父平时修养功深，总是平静和煦，可是问到他的过去，他就皱着眉头不愿说，那种平静和煦，好像就受到很大的干扰。后来我就想，师父年轻时一定受过一次大刺激，才会看破红尘，出了家。那次大刺激一定很大很大，所以他虽然出家十多年，一提起来，还面现不安。那次大刺激直接跟他的死有关。直到师父死后，我才衔接出完整的真相。得知以后，我非常感慨。"

"记得三十八年前康先生和我师父在这桌上吃饭那一次吗？吃饭时我师父只把蛋给康先生和我吃，他自己不吃。问他为什么，他说他出家人吃全素，所以连蛋也不吃。当时我插嘴说我和师父一样是出家人，我也最好不吃蛋。但师父说我还年轻，需要营养，该吃蛋，并说我那时年纪太小，还不能算是正式和尚。我问那我什么时候算，师父说你不一定要算。我问为什么，师父说因为你不一定要在庙里长住。当时我紧张起来，问师父是不是有一天可能不要我了。师父说，不是，当然不是。师父说他只是觉得，做和尚的目的在救世，救世的方法很多，住在庙里，并不一定是好方法，至少不是唯一的方法。那时候我十六岁，十年以后，师父叫我出外做一件重要的事，我就离开庙里了。"

"什么重要的事，康先生一定很奇怪。原来我师父虽是义人佘家的后人，可是从小就喜欢活动，喜欢结交江湖中人，在外面混。他出家后，跟人说他一直住在北京，是有所隐讳的，事实上，他十五岁就离开北京，到了南方，并且加入南方的起义阵营——太平天国。由于他小时候念过些书，粗通文墨，便被'长毛贼'看中，做了石达开幕中的小师爷。太平天国内讧，石达开出走，他也一直追随。后来到了四川，日暮途穷。石达开被俘，他流亡返回北京，后来便在法源寺出家了。"

"真没想到佘法师是'长毛贼'，并且跟石达开有那么亲近的关系。"康有为插了一句。

"更没想到的是，他跟石达开仅存的女儿有过一段生死恋，可是传说在官兵打来时，他对石小姐见死不救，以致被大刀王五他们看不起，但是谁想到三十年后，他却勇敢地义救王五，被义和团暴民砍死在法源寺这里的石阶上。他含羞忍辱三十年，最后用行动证明了他的伟大人格。"

"真了不起！"康有为赞美着，"可惜佘法师年纪大了、死了，不然的话,他也许跟你走上同一条路。"

"是吗?"李十力怀疑着,"我看我师父如果肯出来,他走的路,可能是康先生这一条。他毕竟是与康先生同一时代的人。"

"你不和我们同一时代吗?"

"不瞒康先生说,我不跟你们同一时代,你们把自己陷在旧时代里,我却比较能够开创新时代。例如,我参加革命,辛亥革命时,我就正在武昌从事奔走。可是,辛亥革命下来,发现中国还是不行,革命革得不彻底。要救中国,只有再来一次新的革命。新的革命,是共产党的革命。你康先生是自己人,在你面前,我不必隐瞒,但请代我隐瞒,我在五年前,就参加了这种革命了,那时我四十九岁,作为革命党,年纪好像太老了一点,可是李大钊说我参加过辛亥革命,如今又参加共产党革命,这种转变与进步,有示范的意义,因此也欢迎我加入。我现在就在北方做地下工作,表面是北大教授,骨子里却是革命党。不过,不论教书或革命,都是把自己抛到外面的工作,都是一种尘缘。尘缘久了,我就到庙里来灵修几个小时。"

"我每次回到庙里,就像回了家、回到自己的世界、回到我同我师父的世界。我喜欢法源寺、喜欢过庙里的清净生活,我就希望我能终老在这里,不再到外面去。但是,清净不了几个小时,外面就有一股力量吸我出去、里面就有一股力量推我出去。那股力量来自佛法的正觉、来自我师父的督促、来自我内心的呐喊,使我谴责我自己,叫我不要到法源寺来逃避。法源寺不是避难所,法源寺是一个前哨、一个碉堡、一个兵工厂。虽然我那么喜欢去做杨仁山[①],去弘扬佛法,

---

① 杨仁山(1837—1911年),近代著名的居士佛学家。

但是，我自己永远无法只做庙里的人，没有自己的参与，弘扬又怎么够？有时候，参与就是一种最好的弘扬，我不入地狱，谁入地狱？在地狱外边弘扬十句，不如朝地狱里面迈进一步。二十八年前，谭先生为这种佛理做了最伟大的先行者，他为走改良的路而死，却以身首异处，指示我们此路不通，要走革命的路。十五年前，我参加了辛亥革命；五年来，我又参加了共产党的革命。从第一次革命到第二次革命，我从三十九岁参加到五十四岁，作为革命党，我有点年纪大了，但是，我无法停止，我好像不革命就没把一生的事情做完。我希望我能尽快把第二次革成功，革命成功后，我告老还庙，完成我在法源寺终老的心愿。不过，看到国家局面如此，我想我的希望恐怕太奢求了。也许有一天，我不能老着回来了，如能死着回来，那便像袁督师那样能在庙上过个境，我也于愿已足了。"

听完李十力的这番话，康有为沉思不语。他站起来，走到窗前，望着院中的丁香，别有所思。半晌过后，他转过身，直视着李十力：

"戊戌前后以来，快三十年了。三十年前，我做的，不是你们流行的革命，而是改良。但在西太后那些人眼中，其实与革命也差不了多少。革命就是我们那一代的所谓造反。造反也不过杀头。但我们没造反，还不是杀了头。后来谭嗣同他们死了，你们都相信改良是一条死路、都相信只有革命才成，如今一革不成，又要再革，再革真能成功吗？我老了，我看不到了。我看到的，只是改良也不成、革命也不成。但我仍相信改良，虽然改良的基础——两百六十八年的清朝培养的基础，已经被摧毁得七零八落，但是，鲁莽灭裂的救国方法，还是很可疑的，至少那种代价是惨痛的、是我们付不起的。并且，人民的信仰和信念、人民的价值观念，不是一朝一夕硬造起来的。清朝天下造了两百六十八年,才有了那么点规模,你们想在短短的十几年或几十年里造出天堂来吗?我真的不敢相信!只怕造到头来,造到千万人头落地、造到人心已死,那时候再后悔也来不及了。"

"康先生的话,我能明白。"李十力慢慢地说,"但是,我们又有什么选择?我们的处境,就好像我小时候在家乡逃难,任何可以聊慰饥渴的,我们都要去追求、都要去采行[①]、都要去拼命。我们不敢说我们今天信的主义,一定可行;但是我们清楚知道昨天的法子,一定不可行。因此我们一定要去试一试……"

"国家大事,"康有为打断他的话,"岂可以尝试出之?试出麻烦,谁负责?"

"我们负责。就好像二十八年前,你们负责一样。你们当年岂不也是试一试?"

"我们是试一试,但我们试验失败了,流的只是我们自己的血。人民是草木不惊的。可是你们呢,你们流的,是人民的血。值得吗?"

"流血是难免的,值不值得要看从哪个角度看。即使你们只流自己的血,志士仁人的血也是血。现在看来,你们二十八年前的试一试,是否值得,也不无可疑。其实你们的试一试,在大前提上,就全错了。你们以为说动光绪皇帝,得君便可行道,其实,即使光绪皇帝有心变法又怎样?那么大的集团中,觉悟的只有他那一个人,一个人又能怎样?你别忘了,他们是一个大集团,一个靠着压迫别人的不平等与保护自己的特权共生着、互利着的大集团。整个大集团不能改

[①] 采取,实行。

变，一个人的觉悟，闹到头来，只是一场悲剧而已。一个人带着一个大集团做坏事，坏事对大集团有好处，虽然不合正义，他会得到拥护；可是，一个人带着一个大集团做好事，好事对大集团有坏处，虽然合乎正义，他会得到反对。西太后正代表着带着大集团做坏事的前者，光绪皇帝正代表着带着大集团做好事的后者，结果呢，光绪皇帝到头来会发现他代表不了大集团，大集团僵在那儿纹风不动，他只代表了他自己！想做理想主义者吗？好的，但理想主义者是低低在下的人做的，不是高高在上的人做的。高高在上的人只能继续同流合污，带头共谋大集团的私利，不这样干，却想更上层楼，到头来会发现，没人同你上楼，你想下楼，梯子也给偷跑了。

"你康先生精通经史，但你没注意到，我们中国政体是一个最缺少变法弹性的政体，中国的政治有一个底色，那就是当政集团，当政的不只是个人而是一个集团，这个集团也有特色，特色也许是家族、也许是宦官、也许是士大夫、也许是满洲人，不管是哪一种，都是集团，不只是个人。集团中任何一两个人的觉悟，如果只是个人，都没有用，这个个人甚至是集团的头子也不行，除非整个集团变色，但整个集团变色谈何容易？既得利益与保守观念早就封杀了这种可能。

"你康先生方法的行不通，毛病就出在你忽视了中国政治中这种集团特色，忽略了满洲人的集团特色，你犯了中国变法政治家王安石的毛病，以为只要上面说动了皇帝一个人，下面有利于全体百姓，就可以变法了。你把问题看得太简单了。你想跳过皇帝下面百姓上面那个中间集团而想和平转变，这是很不可想象的。和平的转变不能靠一两个觉悟的个人立竿见影，你必须得先改变那个集团，但集团又是不见棺材不流泪，所以谈变法，简直走不通。

"王安石变法，上面说动了皇帝一个人，下面有利于全体百姓，可是在朝的士大夫集团反对他，大臣文彦博向皇帝说过一句话，文彦博说皇上你是同士大夫治天下，不是同百姓治天下。这话说得一针见血。想改革，你想越级跳，跳不成的。甚至最上层的大官支持你改革，可是下层通不过，也行不通。最好的例子是满洲人道光皇帝要禁鸦片烟。道光不是坏皇帝，他俭朴，朝服破了要人补，不换新的，他连唱戏都不准，禁止一切浮华。鸦片烟危害中国人，人人知道，道光要禁烟，最上层的大官也都没话说，可是下层因为有利可图，你就再禁也禁不住。道光初年鸦片进口不到六千箱，十几年下来进口超过七倍，四万多箱，为什么？中国官商有利可图，上下包庇。你皇帝再威风，也行不了新政。"

"照你这么说，你又怎么解释俄国呢？俄国在彼得大帝时代，岂不也是高高在上的人带头吗？可是俄国人却成功了。"康有为不服气。

"不错，可是彼得大帝与光绪皇帝的处境完全不同。彼得大帝虽然也是幼年登基，但是他只碰到大他十五岁的同父异母姐姐的七年摄政，而不是像光绪皇帝那样碰到大他三十六岁的大姨妈的四十七年专权。这是不能比的。反正，总归一句话：中国是一个最难变法的民族，能在中国搞变法，纵是大英雄豪杰也没办法。所以，为中国计，绝不要走改良的路，改良是此路不通的，我们要用霹雳手段去革命，提醒中国人：当一个政权从根烂掉的时候，它不能谈改良，当它肯改的时候，都太迟了。就如一个人在被逼得没法的时候才肯做好事，可是那时候做，十次有九次，都太迟了。我们不要相信这种政权会改良，我们要革命！只有革命，才能解决一切问题！"

"照你把革命说得这么神奇、这么包医百病，"康有为夷然说着，

"那么，照你说来，你对我们过去的作为，一笔抹杀了？"

"也不是。你们是我们的先行者。没有你们，哪有我们。改良失败的终点，其实正是革命成功的起点。你们证明了改良此路不通。能用几个人的死，证明了一条国家大事的路走不通，这是多么幸运，这是多大的功德！也许有一天，我们千万人头落地，才能证明此路不通，那时候，我们真愧对你们、愧对人民、愧对中国了。"

"另一方面，"李十力接着说，他手指着康有为，"是你个人显示给我们的特殊意义。由于你康先生的高明与长寿，近三十年来，你虽然被我们抛在后面，认为你落伍了，但你毕竟曾在我们前面，你是我们的先知、是20世纪中国第一先知，只可惜三十年下来，时代跑得比你快，先知变成了后卫，但你仍是一面镜子，从你那儿，才看清了我们自己。你的不幸是生不逢辰、生得太早；你的幸福是健康长寿、活到今天。从生不逢辰、生得太早看，你生在中国，却不早不晚，碰到了西太后的集团。

"人们谈西太后的罪恶和她这个集团的罪恶，都犯了一个毛病，就是只谈他们当政后他们自己做的，而不谈他们当政后自己做不出来却拦住别人不许别人做的。我觉得他们这个集团本质是反动的、无能的、低能的，他们自己做出来，实在没有什么高明的，所以从这个观点谈来谈去，都乏善可陈；但如果从另一个观点，就是他们自己做不出来却拦住别人不许别人做的观点来看，因他们拦路所造成中国的损失，我觉得反倒更值得研究。这就是说，不必从正面来看，而该从反面来看；无须从已成的来看，不妨从假设的来看。这样一看，人们会惊讶地发现，根本的问题已经不在他们为中国做了多少，而在他们拦住别人，拦别人路，不许别人做的有多少。

"西太后的集团的另一个罪恶，是他们除了耽误中国现代化的时间以外，又拆下了大烂污，使别人在他们当政时和当政后，要费很多很多的血汗与时间去清场、去补救、去翻做、去追认、去洗刷、去清扫、去还债、去平反冤假错。这就是说，他们祸国的现遗症和后遗症非常严重，说粗俗点，就是你要替他们做过的'擦屁股'。他们做拦路虎于先，又到处拉大便于后，他们的可恶，不做的比做出的，其实更多。他们是一块顽固的绊脚石，自己不前进，却又使别人不得前进。你正好为这一局面做了证人，直到今天，还清清楚楚地证明给人们看，顽固的绊脚石政权，是多么可恨！

"你的不幸，是你一生都跟这死老太婆密不可分。你同她好像是一块硬币，两人各占一面，她朝天的时候你就朝地，她朝上的时候你就朝下，她走运的时候你就倒霉，你生来就和她完全相反，但又被命运硬铸在一起，难解难分。如果同铸在一块硬币上的比喻恰当，那么，你和她正好一体两面，代表了你们那时代，如果没有了她那一面，这块硬币，也不能在市面上当一块钱用了。不错，虽然在市面上这块钱不能用了，但它变成了变体，在博物院和古董店里反倒更有价值。但那种价值只有博物院古董店的价值，是历史的价值，不是现实的价值、实用的价值。"

康有为突然一惊，两眼茫然地望着李十力，专心听李十力继续说。

"你们被命运硬铸在一起，这就是说，尽管你们相反，有荣有枯，但你们属于同一个时代，也象征同一个时代、也构成同一个时代，如今她那一面没有了，你这一面，代表的只是断代，不是延续；只是结束，不是开始。

"这也许是宿业,你命中有这么毒辣的敌人挡住你,她专制、她毒辣、她手段高、她有小集团拥护、她运气一好再好、她长寿、她只比你大二十三岁,一辈子罩住你,使你那一面硬币永远朝地朝下。你的整个青春都用来同她斗法,但你一直不能得手。好容易,熬了多少年后,她死了,但你青春已去,你老了,江山代有才人出,时代比你去得快,你是落幕的 19 世纪里最后一个先知,但 20 世纪一来,你就变成了活古董。

"你命运注定要为时代殉难,你超不过你的时代;谭嗣同精神和身体都早为时代殉难了,你身体活下来,但你的精神却早已同谭嗣同一块儿坐化死去,只是你自己不知道。"

康有为茫然不语,想了很久,只说了六个字:

"那么,梁启超呢?"

"梁启超不同。梁启超不算是先知,他不代表时代,但他离先知最近,所以他能老是花样翻新:他十六岁前是神童式的小学究,碰到你,大梦初醒,摇身一变变成维新派,然后是保皇派,然后跟你分开,拥护民国,变成共和派,比革命党还革命党。他整天求新求变,绝不顽固,有服善[①]之勇,他的口号是'不惜以今日之我与昨日之我战',一点都不难为情。尤其在你和张勋复辟那段日子里,他公然'当仁不让于师',骂你是'大言不惭之书生',这种气魄,真是直追孔子呢!基本上,梁启超和你不同,严格说来,他和西太后不属于同一个时代,而你,你却跟西太后同一个时代。他从那个时代变出来,你却陷在那个时代。我无法说这是宿命,但这真像是一种孽缘,就好

---

① 佩服、顺从别人的长处;服膺善言、善行。

像我们中国神话里愚公移山的故事，愚公想移这座山，是一种伟大的精神；但他生命里正好碰到这座挡住他的大山，则是一种孽缘。我说你和西太后同一个时代，她就像那座挡在愚公眼前的大山，终生在你眼前拦路。你的整个青春都浪费在开路找路上面，这是你的大不幸。如果没有这条拦路虎、这块绊脚石，你们的青春与才干一开始就可以用来为中国建国，不会浪费。

"你的不幸也许是跟他们相见恨早，所以你的青春就在抢滩时消磨掉了，像是接力赛跑，你跑起步的人，就不可能跑到终点，你只能跑四分之一，就交棒出场。你生来就不是看到最后胜利的人。

"戊戌政变本质是不可能成功的，这一点那边西太后知道、荣禄知道、袁世凯知道，这边谭嗣同知道、王五知道，但只有光绪和你不知道。所以理论上，除非出现奇迹，政变一定失败，政变失败，你一定死，最后光绪知道了，逼你出京，你本人九死一生，在你本人生死上出了奇迹，你没死，但并非说明你不该死，所以你的生命，早已在六君子溅血时一起结束。你命中注定要在接力跑中跑的是那一段、那第一段，而不是以后的第二段、第三段、第四段。所以，事实上你没死，但在感觉上和理论上，你早已是古人。人们看到你，是看到历史，你并不比戏台上的你更真，报上说南边演戊戌政变的戏，你也去看了，看到台上的自己，你康先生泪洒戏院。其实，戏台上的你，才是真的你；而真的你，却已经变成了活古董。康先生啊，我是你的小兄弟，我们古刹结缘，近四十年后又再续前缘于古刹，今天以后，可能劳燕分飞，此生相会，恐已无多，我一定要讲出我心里的真话，来给你康先生做历史定位。佛门里说：'有情来下种，因地果还生，无情亦无种，无性亦无生。'如今四十年前的'因'与'地'，生下今天我们重逢的'果',让我们最后以'无情'道别,也算是一种古今罕见的因缘。也许多年以后,康先生和我都归骨于法源之寺,那时候,我们再来相会,也应了谭嗣同'直到化泥方是聚'的指点,康先生说是吗?"

康有为面容悲戚,无奈地点了点头。他走出法源寺的时候,谭嗣同的旧句,一直在他嘴边:

> 柳花凤有何冤业,
> 萍末相遭乃尔奇。
> 直到化泥方是聚,
> 只今堕水尚成离。
> ……

在人世的沧桑中,他与大半的同志堕水成离了,近四十年后,还在今天补上当年的小普净!普净今天的一席话,使他顿悟:他的一生,总是与时代相错,不是早于时代,就是迟于时代。在三十年前,人们说他是洪水猛兽;在三十年后,人们说他是今之古人。其实,在他内心深处,他不同意他已迟于时代。他深信他的救国方法,"我们试验失败了,流的只是我们自己的血。人民是草木不惊的"。但是,他们呢?他们要千万人头落地,落地以后,还不知要多少年的全国陆沉鱼烂之惨,才能有个眉目。当然,他是看不到了,看不到,倒也是幸运。中国三十年前在旧一代的祸国者手里,三十年后在新一代的祸国者手里,现在又有新一代的革命者出来救国,救国者要打倒祸国者,像普净这种人,他们的真诚、他们的热情、他们的努力、他们的勇于牺牲，都是令人敬佩的、都是没问题的。问题是谁能把握住未来的发展，会如其所愿？设计未来是容易的，从设计角度看，他不相信时代跑得比他快。他现在还是先知，他写的《大同书》，二十万字之多，是对世界未来最详尽的设计。他19世纪在中国搞变法，却在21世纪为世界画蓝图，这才是先知。先知的眼光就是要远，在人们只关心朝廷的时候，他关心到中国；在人们只关心中国的时候，他又关心到世界。他总是朝前去了，可是人们还回首朝背后指点他，他觉得好孤立。现在的人们只知道欣赏过去的他；只有未来的人们，才能追怀现在的他。那时候，他早已不在人世了。这就是先知的下场，他只有未来，却只能活在现在。在这次来菜市口、莽苍苍斋、法源寺以前，他先到广东义园，凭吊了袁崇焕的墓，凭吊"有明袁大将军"，表达他对当年到北京救国而牺牲的广东前辈的敬意。他登上广渠门，面朝北，左右望着。广渠门左边是袁崇焕的墓地，广渠门右边就是袁崇焕为保护北京皇帝、人民而血战的旧沙场。谁能想到，当年拼命在沙场上保护皇帝、人民的人，却在八个月后，被皇帝下令千刀万剐而死。而在执行千刀万剐之时，人民误以为他是卖国贼，争着跑上前去咬他的肉，甚至出钱买他的肉来咬！只不过一墙之隔，却隔掉了多少人间的情义与是非！记得佘法师说过："袁督师的不幸是，他生前死后正好碰上明清两个朝代，明朝说他是清朝的，清朝说他是明朝的。……个人在群体斗争的夹缝中，为群体牺牲了还不说，竟还牺牲得不明不白。……"如今，轮到他康有为自己了，他也正好碰上清朝，清朝说他太前进，民国又说他太落伍，在夹缝中，他也为群体牺牲得不明不白。清朝时候说他太前进，他承认；可是民国到来说他太落伍，他却不服气。原因只是他过去做先知带路，带得与人们距离近，大家跟得上；可是，现在他做先知带路，却带得与人们距离远了，大家跟不上了，跟不上却还误以为他落伍，这不是他的悲哀，这是追随者的悲哀。自戊戌以来，他亡命十六年、历经三十一国、行路六十万里，全中国读万卷书又行万里路的，他是唯一的一个。他深信他的见解是深思熟虑的、是无人可及的。可是，他见解日新、人却日老，没人再听他的了，普净是他最后一个听众，也是最好的，但普净不是追随者。最后，康有为走在落日前面，连追随他的自己的身影，也不在自己背后了。

普净送他到了门口，站在法源寺门前，他转过身，面朝着寂静的古刹，朱红的大门半开着，正衬出人的庄严和庙的庄严。"再见了，普净；再见了，法源寺。"他有一点哽咽，但还是说完了内心的自语："你们曾看到我青年的梦幻、中年的梦碎，却未必看到我老年的梦境，我老了，我走了，我不会再来了。"

转过身来，他没有回头，却挥手告别。普净眼眶湿了，静静地看着他远去的背影。"康先生老了，他走得那么慢——"普净突然若有所悟，"可是，在最后这段路里，他还是走在我前面。"

尾声——掘坟

1927年2月28日,康有为离开法源寺后七个月,在梁启超带头为他庆祝七十大寿后二十三天,死于青岛。

1927年4月28日,康有为死后两个月,张作霖绞死李大钊、李十力等共产党员二十一人于北京。其中李十力移柩法源寺。他临上绞架前抬头望天,含笑说的最后一句话是:"康先生,虽然绞刑使血流不出来,我也算先流了我们的血。"消息传出,大家不知"康先生"何所指。

1928年7月4日,孙殿英为了盗墓,掘了西太后坟。事后蒋介石扬言要查办,但是,当蒋介石的新婚夫人宋美龄收了赃品,并把西太后凤冠上的珠子装在自己鞋上的时候,查办之说,也就不了了之了。

1966年到1976年十年"文革"期间,红卫兵为了"破四旧",于山东掘了康有为的坟。同一"文革"期间,也为了"破四旧",袁崇焕的坟也给平墓毁碑了。不过,由于传说棺材里有个"金头",引发了"革命小将"的贪念与盗宝兴趣,平墓不够,还是把坟给掘了,挖到三个人的深度,结果一无所得……(编者略)

* * *

所有地面上活动的，都化为尘土、都已躺下；剩下的，只有那静止的古刹，在寒风中、在北国里，悲怆地伫立着。啊！北京法源寺、北京法源寺！多少悲怆因你而起，因你而止，因你而留下串联、血证与碑痕。虽然，从悯忠台残留的石础上，知道你也不再静止，也在衰亡。你的伫立，也因你曾倾倒。但是，比起短暂的人生来，你是长远的、永恒的。你带我们走进历史，也走出历史，只有从你的"法海真源"里，我们才看到中国的"血海真源"。

啊！北京法源寺、北京法源寺！我们不配向你再会，是你向我们道别，向我们一代一代道别。我们一代一代都倾倒了，只有你伫立。不过，我们乐见你的伫立，我们一代一代，把中国人民的血泪寄存在你那里。你的生命，就是我们的。

1990年12月31日，在中国台北。

我写《北京法源寺》

《北京法源寺》作为书名，是十六年前我第一次做政治犯时在国民党黑狱中决定的。自一九七一年起，我被国民党政府关过两次，第一次十足关了五年八个月；第二次十足关了六个月，一共十足关了六年两个月，再加上被在家软禁十四个月，一共是七年四个月。七年四个月中，六年两个月是在牢里度过的。我历经七间牢房，其中有保安处不见天日的密封房、有军法处臭气四溢的十一房、有仁教所完全隔离的太平房、有台北看守所龙蛇杂处的三二房……其中住得最久的，是军法处的八号房，我一人住了二年半之久。八号房不到两坪大，扣掉四分之一的马桶、水槽和四分之一的我用破门板架起的"书桌"，所余空间，已经不多。一个人整天吃喝拉撒睡，全部活动，统统在此。不过不以人为本位，小房间内也不乏"生物"，白蚁也、蟑螂也、壁虎也、蜘蛛也、蜈蚣也……都户限为穿、来去自如。至于狗彘不若的人，就自叹弗及。八号房的户限与来去，主要靠墙与地交接点上的一个小洞，长方形，约有30厘米×15厘米大，每天三顿饭，就从小洞推进来；喝的水，装在五公升的塑料桶里，也从小洞拖进来；购买日用品、借针线、借剪指甲刀、寄信、倒垃圾……统统经过小洞；甚至外面寄棉被来，检查后，也卷成一长卷，从小洞一段段塞进。小房虽有门，却是极难一开的。门虽设而常关，高高的窗户倒可开启，可是通过窗上的铁栏看到的窗外，一片灰墙与肃杀，纵在晴天的时候，也令人有阴霾之感。在那种年复一年的阴霾里，我构想出几部小说，其中一部，就是《北京法源寺》。

由于在黑狱里禁止写作，我只好粗略地构想书中情节，以备出狱时追写。一九七六年我出狱，在料理劫后之余，开始断断续续写了前几章。一九七九年我复出文坛，在其他写作方面，一写十二年，出书一百二十种，被查禁九十六种，被查扣十一万七千六百册。这十二年间，几乎全部主力，都投在其他写作方面了，《北京法源寺》就被耽误了。十二年中，只断续写了万把字，始终没法完成。

耽误的原因其实不全在时间不够，而是我心理上的一个求全故障。伏尔泰（Voltaire）说过一句话："最好是好的敌人。"（Le mieux est l'ennemi du bien. The best is the enemy of the good.）正因为我要写得"最好"，结果连"好"都踌躇下笔了。

国民党在台湾三十七年之久的报禁解除后，我决定创办《求是报》，一方面跟这个伪政权周旋，打倒它，为它送葬；一方面要用这种报纸媒体，造成时势，深入人心，为中国造前途。我深知报纸一办，我的时间就被困住，《北京法源寺》将不知何年何月问世了。因此我花了一个多月的时间，每天写两个多小时，终于在去年年底，快速完成了它。艾维林渥（Evelyn

Waugh）① 说一部长篇小说需要六个星期才能完稿，我这部书，恰如其说。由于它只是我史诗式小说中的一部，我自不打算用一部小说涵盖所有的主题，所以，它涵盖的，只在四百个子题以内，但内容也很惊人了。

《北京法源寺》以具象的、至今屹立的古庙为纵线，以抽象的、烟消云散的历朝各代的史事人物为横剖，举凡重要的主题：生死、鬼神、僧俗、出入、仕隐、朝野、家国、君臣、忠奸、夷夏、中外、强弱、群己、人我、公私、情理、常变、去留、因果、经济（经世济民）等等，都在论述之列。这种强烈表达思想的小说，内容丰富自是罕见的。

为什么罕见？因为《北京法源寺》是历史小说。一般历史小说只是"替杨贵妃洗澡""替西太后洗脚"等无聊故事，《北京法源寺》却全不如此。它写的重点是大丈夫型的人物。这是一部阳刚的作品，严格说来，书中只有一个女人，并且还是个坏女人，其他全是男性的思想与活动。它写男性的豪侠、男性的忠义、男性的决绝、男性的悲壮。但它并不歧视女人，从光绪的珍妃的哀怨、到谭嗣同的闰妻的死别，都可反映出这些，只是它的主题不止于男女之情而已。

《北京法源寺》中的史事，都以历史考证做底子，它的精确度，远在历史教授们之上（例如张灏写《烈士精神与批判意识》，作者俨然谭嗣同专家，但书中一开头就说谭嗣同活了

---

① 伊夫林·沃（1903—1966年），代表作品有《衰亡》《一抔土》《旧地重游》等。

三十六年,事实上,谭嗣同生在一八六五,死在一八九八,何来三十六年?)。在做好历史考证后,尽量删去历史中的伪作(例如根据王照《小航文存》和唐才质《戊戌闻见录》,谭嗣同在狱中,不可能再写信给康、梁),而存真实。不过,为了配合小说的必要,在刀口上,我也留下关键性的可疑文献(例如谭嗣同狱中诗,"去留肝胆两昆仑"的事,我在《历史与人像》中早有考证,但这是历史学的范围,不是小说的范围,在小说中,我另做处理),甚至还有将错就错之处(例如谭嗣同孙子谭训聪写《清谭复生先生嗣同年谱》中说"亲赴法源寺访袁",但照袁世凯《戊戌日记》,他住的是法华寺。但我为了强调法源寺的故事性,特就年谱将错就错处理)。大体说来,书中史事都尽量与历史符合,历史以外,当然有大量本着历史背景而出来的小说情节,但小说情节也时时与史事挂钩,其精确度,别有奇趣(例如书中描写谭嗣同看到的日本公使馆"那一大排方形木窗",事实上,是我根据一九〇〇年的一张日本公使馆的照片做蓝本写出来的。又如整个有关法源寺的现状,是许以祺亲在北京为我照相画图的;有关袁崇焕坟墓资料,是潘君密托北京作家出版社李荣胜代我找的;有关康有为、谭嗣同故居现状,是陈兆基亲自代我查访的……)。清朝史学家说"中有苦心而不能显""中有调剂而人不知",大率类此。

　　史事以外,人物也是一样。能确有此人、真有其事的,无不求其符合。除此以外,当然也有塑造的人物,但也尽量要求不凭空捏造(例如小和尚普净,他是三个人的合并化身,就参加两次革命而言,他是董必武;就精通佛法而言,他是熊十力;就为共产党献身做烈士而言,他是李大钊。我把他定名为"李十力",并在李大钊等二十人被绞名额中加上一名,就是因此而来。又如在美国公使馆中与康有为对话的史迪威,他确是中文又好又同情中国的人物,我把他提前来到中国,跟康有为结了前缘)。这类"苦心"与"调剂",书中亦复不少。

总之,写历史小说,自然发生"写实的真"和"艺术的真"的问题,两种真的表达,小说理论头头是道。《北京法源寺》在小说理论上,有些地方是有意"破格"的。有些地方,它不重视过去的小说理论,也不重视现代的,因为它根本就不要成为"清宫秘史"式的无聊小说,也不愿成为新潮派的技巧小说,所以详人所略、略人所详,该赶快"过桥"的,也就不多费笔墨;该大力发挥的,也不避萧伯纳(G.B.Shaw)剧本《一人演说》之讥。

正宗小说起于18世纪,红于19世纪,对20世纪的小说家说来,本已太迟。艾略特(T. S. Eliot)已咬定小说到了福楼拜(Flaubert)和詹姆士(Henry James)之后已无可为,但那还是七十年前说的。艾略特若看到七十年后现代影视的挑战,将更惊讶于小说在视觉映像上的落伍和在传播媒体上的败绩。正因为如此,我相信除非小说加强仅能由小说来表达的思想,它将殊少前途。那些妄想靠小说笔触来说故事的也好、纠缠形式的也罢,其实都难挽回小说的颓局。

在一般以小人物为小说的矮丛中,我高兴我完成了以大人物为主角的这部《北京法源寺》。写大人物是多么振奋自己、振奋人心的事！书中大人物之一谭嗣同，他以身殉道、"踔属敢死"（章太炎语），更是"清季以来"，"一人足以当之"的"真人物"（熊十力语）。他一生心血，全在《仁学》一书。写成之后，他感于台湾新丧日本之手，乃不用真名，而以"台湾人所著书"颜其封面，借哀浊世；如今，我独处台湾，写《北京法源寺》，"台湾人所著书"之讖，百年孤寂，又复重演。契阔四十载。今印此书以归故国，沧海浮生，难忘我是大陆人而已。

1991 年 6 月 12 日